MÉMOIRES
SECRETS
POUR SERVIR A L'HISTOIRE
DE LA
RÉPUBLIQUE DES LETTRES
EN FRANCE,
DEPUIS MDCCLXII JUSQU'A NOS JOURS;
OU
JOURNAL
D'UN OBSERVATEUR,

CONTENANT *les Analyses des Pieces de Théâtre qui ont paru durant cet intervalle ; les Relations des Assemblées Littéraires ; les notices des Livres nouveaux , clandestins , prohibés ; les Pieces fugitives, rares ou manuscrites, en prose ou en vers; les Vaudevilles sur la Cour ; les Anecdotes & Bons Mots ; les Eloges des Savants , des Artistes , des Hommes de Lettres morts , &c. &c. &c.*

TOME VINGT-NEUVIEME.

. . . . *huc propius me ,*
. . . . *vos ordine adite.*
Hor. L. II, Sat. 3 , ℣. 81 & 82.

A LONDRES,
CHEZ JOHN ADAMSON.

M. DCC. LXXXVI.

MÉMOIRES

SECRETS

Pour servir a l'Histoire de la République des Lettres en France , depuis MDCCLXII, jusqu'a nos jours.

ANNÉE M. DCC. LXXXV.

1. *Mai.* Les comédiens françois ont joué hier pour seconde nouveauté , depuis la rentrée d'après pâques , *Albert & Emilie*, tragédie en cinq actes & en vers. Ce sujet , tiré du théâtre allemand , a pu avoir du succès dans le pays , où le goût n'est pas encore bien épuré. D'ailleurs, l'on y retrace les mœurs de la nation , l'on y retrouve des usages & des fêtes qui peuvent l'intéresser. Il y est question de princes dont la gloire vit encore dans les chroniques du pays. Toutes ces circonstances ont séduit l'auteur & les comédiens

A 2

qui fe font mis de concert en frais, & tout inutilement. Excepté le troifieme acte, dont la premiere moitié eft très-importante, & par l'appareil du fpectacle, & par un grand étalage de
fentiments héroïques; le public a foutenu le refte
très-impatiemment, & les huées font devenues fi
fôrtes au dernier acte qu'on n'en a prefque rien
entendu.

Cette tragédie eft de M. *Dubuiffon*, l'auteur de
Nadir.

1 *Mai*. Extrait d'une lettre d'Amiens, du 25
avril... Rien de plus vrai que tout ce qu'on vous
a raconté de *crequi-Canaple*, ou *à la longue
barbe*. C'étoit un original, mais un homme de
génie dans fon genre. Il avoit fait défenfes par
huiffier à fon curé de lui donner les prieres no-
minales à fa mort; il lui dit qu'il vouloit être
enterré dans fon jardin. Le curé en référa à l'évêque.
Ce prélat répondit: que puifque M. *de crequi* s'étoit
mis lui-même hors de l'églife, il falloit l'y laiffer.
La famille a trouvé cela très-mauvais; elle vouloit intenter un procès à l'évêque, d'autant que le
défunt n'avoit point enfeigné fa volonté par écrit.
Heureufement, M. *de Machault* le pere, qui a
encore du crédit, s'en eft mêlé. Il a fait entendre à fon fils que c'étoit pour les vivants qu'on
honoroit les morts. Il a été convenu que le ca-
davre feroit exhumé & enterré avec toute la décence
convenable.

2 *Mai*. Extrait d'une lettre de Rouen, du 25
avril... Le parlement a enrégiftré ou plutôt homologué dernierement un établiffement de charité, formé dans la paroiffe de Saint-Denis près
d'Alençon depuis 1767; vous voyez qu'il eft antérieur à tous les clubs, à tous les mufées, à

tous les plans de bienfaisance dont nos journaux
font farcis aujourd'hui. Plusieurs ministres ont désiré qu'on en formât de pareils dans chaque paroisse. Il est principalement dû au curé, monsieur *Colombet*. Par ce moyen il n'est aucun men-
diant dans ce village, on n'en trouvera point
dans aucun dépôt du royaume. Il en a presque
banni aussi la chicane. C'est l'esprit de l'article IV
du réglement, par lequel il est défendu d'assister
ni fainéants ni plaideurs. Depuis trente ans les prônes
de ce bon pasteur roulent principalement là-dessus.
Il donne aussi des prix d'agriculture.

2 *Mai*. Le docteur *Seiffer*, médecin allemand,
attaché à M. le comte d'*Artois* en qualité de consultant, raconte que s'étant trouvé appellé chez
madame la princesse de *Lamballe*. la Reine y étoit
venu, & lui avoit demandé s'il étoit médecin
du sieur *de Beaumarchais*, comme on le lui avoit
dit ? Sur quoi le docteur ayant répondu à sa majesté qu'en effet il étoit chargé du soin de la santé
de cet homme célebre, l'avoit été voir à Saint-
Lazare & le soignoit en ce moment : *Vous avez
beau le purger*, s'écria la Reine, *vous ne lui
ôterez pas toutes ses vilenies*.

2 *Mai*. Le parlement de Rouen a pris aussi fait
& cause pour les négociants de son ressort dans
le grand procès du commerce contre les Américains, & a fait des remontrances au Roi dans le
genre de celles de Bordeaux.

2 *Mai. Pizare* ou *la Conquête du Pérou*, est un
opéra composé depuis 1779. Le poëme est d'un
chevalier *Duplessis*, & la musique du sieur *Candeille*.
Cet ouvrage déjà présenté trois fois au comité
avoit été rejeté autant de fois ; enfin M. le baron
Breteuil lui a accordé sa protection, & l'a fait

A 3

recevoir. On en a fi mauvaife opinion que les premiers fujets ont fait beaucoup de difficulté d'en prendre les rôles, & que celui de femme doit être exécuté par Mlle. *Gavaudan* cadette. Le fieur *Candeille* eft un compofiteur excellent pour donner des leçons, mais nullement fait pour lutter contre *Gluck*, *Piccini*, *Sacchini*. C'eft demain que cette tragédie lyrique fera exécutée pour la premiere fois.

2 *Mai.* Dans ce fiecle philofophe où l'on veut détruire tous les préjugés, il étoit naturel d'attaquer un des plus abfurdes, celui qui fait rejaillir fur toute une famille l'infâmie répandue fur l'un de fes membres par un fupplice honteux. On peut fe rappeller les deux jeunes gens qui ont été roués pour s'être révoltés deux fois en prifon. L'un d'eux nommé *Defaignes* avoit un frere contrôleur - général des domaines en Normandie, très - bon fujet. La direction de Clermont étant venu à vacquer, il s'eft trouvé que c'étoit à lui à monter. Les chefs lui ont accordé la place ; mais en même temps ont confulté M. le contrôleur - général pour favoir fi la tache imprimée au nom de cet officier de finances n'étoit pas un obftacle. M. *de Calonne* a répondu qu'on avoit très - bien fait de récompenfer le mérite, & afin de procurer plus d'éclat à ce choix, il a écrit à M. l'intendant de Rouen pour l'engager à annoncer lui-même cette nomination au nouveau directeur, & l'a prié d'affecter de lui donner à dîner avec beaucoup de monde, afin de mieux remplir l'objet du miniftre : on ajoute que l'intendant d'*Auvergne* a été invité de lui faire auffi un accueil flatteur & public.

3 *Mai.* Les mefmériftes, comme l'on fait,

ont tenté par divers moyens d'engager avec leurs adversaires une querelle au parlement, & de le faire s'expliquer sur leur compte. Mais cette compagnie l'a éludé jusqu'à présent dans la crainte sans doute de se compromettre. Cette secte, car on peut la qualifier de telle, a imaginé un nouveau moyen. Un M. *Varnier*, docteur - régent de la faculté de médecine & membre de la société royale, attaché au mesmérisme, a bien voulu se sacrifier pour le bien public & pour la gloire de son chef : par son zele à prêcher la nouvelle doctrine, il a mérité l'animadversion de la faculté, s'est fait rayer & en conséquence plaide aujourd'hui contre les doyen & docteurs de ce corps. On voit un mémoire en sa faveur répandu avec profusion : il est signé d'un avocat peu connu mais suivi d'une consultation du 16 avril, souscrite par dix - sept jurisconsultes, dont plusieurs sont célebres.

3 *Mai.* L'affaire élevée entre MM. les abbés *Soulavie* & *Barruel* tracasse si étrangement monsieur l'archevêque, qu'il voudroit user de toutes les tournures possibles pour l'assoupir sans aucune décision.

Il est question d'un voyage autour du monde que M. *de la Peyrouse*, capitaine des vaisseaux du Roi, doit entreprendre incessamment par ordre de sa majesté ; comme il emmene avec lui plusieurs savans, tels que des astronomes, des géographes, des naturalistes, le clergé avoit imaginé d'y faire employer l'abbé *Soulavie* en cette derniere qualité, & le président de l'assemblée prochaine, M. l'archevêque de Narbonne, le lui avoit insinué avec la promesse d'une pension de 6,000 livres sur les économats, s'il acquie çoit à la proposition ; ce voyage devant durer quatre ans , c'étoit gagner tout le temps nécessaire & il y avoit à parier que le procès ne se réveilleroit pas au bout de ce long intervalle.

M. l'abbé *soulavie* n'a pu se laisser gagner par des offres aussi obligeantes , aussi honorables même ; il en a senti toute la séduction , & a préféré de poursuivre la réparation due à son honneur attaqué. Mais afin de ne pas trop indisposer ses chefs , il a pris le prétexte du mauvais état de sa santé.

4 Mai. Malgré la prévention générale du public contre *Pizare* , hier l'affluence s'est trouvée beaucoup plus grande à la premiere représentation qu'on ne s'y attendoit. Malheureusement les connoisseurs & le grand nombre des spectateurs se sont confirmés de plus en plus dans leur mauvaise opinion.

Le poëme n'est point mal coupé , il fournit à beaucoup de spectacle & de mouvement sur la scene ; mais la musique n'y répond pas , & le récitatif sur-tout a paru monotone & sans caractere. Point de chant , point d'airs de ballets agréables. Le peu de bon qui s'y trouve , consiste en des réminiscences des grands maîtres que M. *Candeille* a conservées depuis ses voyages.

L'exécution n'a pas peu contribué au dégoût du public : elle a été mauvaise. La Dlle. *Gavaudan* sur-tout qui a un joli organe, mais n'a point l'aptitude nécessaire aux grands mouvements, aux éclats de voix & aux airs fréquents de son rôle, l'a rempli fort désavantageusement.

Enfin les danses , malgré les premiers sujets qui ont brillé , n'ont pas contribué à relever cet opéra. Le dernier ballet est sans intention & sans effet.

4 Mai. Depuis plus de deux mois on parle d'une

espece de secte fort étrange qui s'étoit établie à Ermenonville, & y tenoit des fêtes mystérieuses qui ont alarmé le gouvernement. On veut que madame de *sainte-Helene* en fût. On raconte de ces assemblées des choses si extraordinaires, si dégoûtantes & si absurdes, qu'on ne peut les croire sans de plus amples éclaircissemens. On dit que plusieurs membres ont été arrêtés, & l'on nomme sur-tout le chevalier *Duplain*, qui est renommé pour ses connoissances chymiques. On le met à la Bastille.

4 *Mai*. On ne sait point au juste quelle route tiendra M. *de la Peyrouse* dans le voyage autour du monde qu'il entreprend. Il aura une escadre de plusieurs bâtimens Il déclare que le Roi s'y intéresse beaucoup, que c'est sa majesté qui en a conçu le plan, & doit diriger sa marche en grande partie.

5 *Mai*. La faculté de médecine de Paris n'avoit aucune notion du *Magnétisme animal* avant le livre du docteur *Thouret* sur cette matiere.

Le docteur *Millin*, malgré cette ignorance absolue, proposa de prendre un parti contre ce système; il fit une motion fondée sur ce que le mesmérisme enlevoit chaque jour à la faculté quelques-uns de ses membres les plus recommandables.

Sur cette dénonciation le 24 juin 1784, la faculté arrête : « Que la chose n'est pas encore assez » mûre ; qu'il ne faut rien faire d'inconsidéré » ni de précipité dans une affaire d'aussi grande » importance ; qu'une temporisation modérée est » plus convenable à l'ordre des médecins ; qu'il » est plus sage, plus avantageux & plus hon- » nête d'attendre que les observations des com-

A 5.

» miffaires nommés par le Roi aient éclairci ce que
» la doctrine du magnétifme animal pouvoit avoir
» d'illufoire ou de réel. »

Les obfervations de ces commiffaires ayant paru,
la faculté fe hâta de les adopter aveuglément le
24 août.

Le 28 du même mois elle fit un arrêté compofé
de trois articles, portant :

1°. Qu'aucun docteur n'ait à fe déclarer partifan
du prétendu magnétifme animal, ni par fes écrits,
ni par fa pratique, fous peine d'être rayé du tableau des docteurs-régents.

2°. Qu'on recevroit la renonciation au magnétifme des douze docteurs qui l'avoient propofée.

3°. Que ceux qui pratiquoient le magnétifme,
& ceux qui étoient abfents, feroient cités, pour
qu'on prît une réfolution à leur égard.

Tous les docteurs ayant été appellés tour-à-
tour, la plupart donnerent l'exemple de la foumiffion, en fignant ce formulaire, par lequel ils
s'engagerent à ne jamais croire au magnétifme
animal, ou au moins à ne laiffer jamais paroître
leur croyance.

Ce formulaire au contraire révolta plufieurs des
médecins qui avoient fuivi avec affiduité le traitement du magnétifme, & fur-tout le docteur
Varnier. Ce fut dans cette difpofition qu'il parut
à l'affemblée où il avoit été mandé pour rendre
compte de fon refus.

Elle fut très-tumultueufe ; c'étoit un mélange
confus de voix, de cris, de fons mal articulés,
à travers defquels il put feulement diftinguer des
injures contre le magnétifme animal & fes partifans, des doléances fur la décadence & la ruine
prochaine de la médecine ; le tout terminé par

cette apostrophe répétée avec acclamation, *signez* ou *rayé*.

Comme le docteur *Varnier* ne parut pas effrayé de la menace, plusieurs de ses confreres s'écrierent & lui enjoignirent de sortir de l'assemblée.

Le doyen *Pourfour Dupetit* employa son autorité, tout ce qu'il put obtenir fut un peu plus de modération & de complaisance à entendre l'accusé; mais inutilement.

Intervint le 23 octobre 1784, le décret proclamé pour la troisieme & derniere fois, par lequel, sur le rapport du doyen, la faculté, après avoir fait réciter ses précédents décrets des 18 septembre & 7 octobre 1780, 23 juin, 14 & 28 août, 4 & 18 septembre 1784, ensemble les lettres écrites au doyen par MM. *Deflon*, *Thomas d'Onglée*, *Varnier*, *de la Porte*, *Coquereau*, *Sabathier*. & après les avoir entendus, hélas ! beaucoup trop, (c'est la propre traduction du latin : *quibus auditis nimium eheu !*) il a été constaté que M. *Deflon* & plusieurs docteurs de la faculté, oubliant leur serment & les vertus qui conviennent à un médecin, s'étoient rangés sous les étendards d'une milice aussi fourbe que dangereuse de charlatans, qui dresse des embûches à la santé, aux bonnes mœurs & à la fortune des citoyens, en abusant de leur crédulité..... La faculté a décidé de rayer du catalogue des docteurs-régents M. *Varnier*..... jusqu'à ce que par la signature il ait adhéré au décret du 28 août.

Tels sont les faits qui ont précédé la contestation élevée aujourd'hui entre ce docteur & la faculté.....

5 *Mai.* Il va éclore un nouvel ouvrage périodique à l'usage du beau sexe, sous le titre de

jeuni du *Courier lyrique & amufant*, ou *paffe-temps des toilettes*. Il commencera en juin.

6 Mai. Le mémoire du docteur *Varnier*, après l'expofé des faits, répond aux deux motifs du décret, & parce qu'il a pratiqué la médecine avec des perfonnes qui étoient fans droit de l'exercer, & parce qu'il eft partifan déclaré du *magnétifme animal*.

D'abord le docteur *Varnier* établit pour répondre au premier chef d'accufation, que l'article 77 des ftatuts de la faculté qui lui fert de bafe, n'a jamais été entendu à la rigueur; qu'il pourroit s'autorifer de l'exemple de fes confreres les plus diftingués, fe permettant tous les jours d'y déroger, quand il s'agit des progrès de la fcience ou de l'intérêt des malades. Enfuite M. *Deflon*, dont il fuivoit le traitement, eft docteur de la faculté; & d'ailleurs, en fait de cours & d'inftruction, la qualité de profeffeur n'eft point un obftacle; enfin c'eft dénaturer abfolument l'occupation du docteur *Varnier*, de traveftir en pratique de médecine, fon affiftance aux traitements magnétiques.

Quant au fecond chef, appuyé fur ce qu'il a perfévéré par fes écrits, fes difcours & fa pratique dans fon attachement au magnétifme animal, & refufé de figner le formulaire du 28 août 1784, il répond que, s'il lui a été permis de fe livrer à l'étude du magnétifme animal, fans pouvoir être traité d'infracteur des réglements de la faculté, c'eft une conféquence néceffaire qu'il lui a été permis également de prendre fur cet objet telle opinion qu'il jugeroit à propos; car il feroit trop abfurde de prétendre que la faculté n'auroit laiffé à fes membres la liberté de s'inftruire, que pour exiger enfuite le facrifice de leur inftruction ; genre de defpotifme auffi contraire à la raifon qu'au régime de la faculté.

Dans cette partie du mémoire fe trouve une digreffion étendue contre le rapport des commiffaires nommés par le Roi pour examiner le traitement du *magnétifme animal* , & le docteur prétend en faire voir les vices , les contrariétés , les abfurdités.

La conclufion eft un éloge pompeux du magnétifme animal , dont le docteur *Varnier* ne rougit point de fe déclarer l'enthoufiafte & l'apôtre.

Le mémoire eft terminé par la confultation , où l'on eftime que la radiation de M. *Varnier* eft injufte à tous égards , & que le décret qui la prononce ne peut manquer d'être annullé.

6 Mai. Le Courier lyrique & amufant doit paroître tous les quinze jours , à commencer du premier juin. Il fera compofé d'un cahier de 16 pages in - 8. diftribué en premiere & feconde partie.

Une moitié contiendra des chanfons , des romances , des ariettes & vaudevilles avec les airs notés , quand ils ne feront point connus. On promet que les paroles feront toujours choifies , comme jolies pieces de vers , de maniere à pouvoir plaire même aux perfonnes qui ne chantent pas.

L'autre moitié offrira un répertoire amufant d'anecdotes , de bons mots , de traits hiftoriques.

La mufique fera revue avec la plus grande attention par M. *Greffet* , compofiteur agréable , connu par plufieurs airs légers , & qui doit en richir cette collection de fes meilleurs morceaux.

Le choix des anecdotes de la feconde partie, & celui des paroles de la premiere, fera fait par un homme de lettres d'un goût exercé, mais qui gardera l'anonyme.

Tel eft *le Profpectus* de ce journal, qui n'annonçant aucune critique, doit trouver grace aux yeux de ceux qui la redoutent & en être prôné.

6 Mai. Comme la cour eft bien aife de fe rendre maîtrelle des objets à traiter dans l'affemblée décennale du clergé qui doit s'ouvrir le 25 de ce mois, & de pouvoir les faire décider à fon gré, cette affemblée doit être compofée en grande partie de prélats à fa dévotion, à commencer par le préfident, l'archevêque de Narbonne, fubftitué au cardinal *de la Rochefoucault*, qui avoit d'abord été défigné. De ce nombre de nofleigneurs très-leftes, on vouloit exclure l'évêque d'Amiens, peu propre à figurer parmi eux; mais celui-ci a refufé de fe prêter aux défirs du miniftere, il a déclaré que c'étoit fon tour & qu'il le foutiendroit. La décifion a été en fa faveur : alors il a dit qu'il lui fuffifoit d'avoir foutenu & fait reconnoître le droit de fon fiege; qu'afin de prouver qu'il n'étoit guidé par aucune vue d'ambition ou de turbulence, il y renonçoit; & c'eft M. l'évêque de Noyon qui le remplace, & fera beaucoup plus agréable au grand nombre.

7 Mai. La comtefse de Chazelle, jouée hier aux Italiens pour troifieme nouveauté, a été plus mal accueillie encore que les précédentes, & huée à-peu-près depuis le premier acte jufqu'au cinquieme, qui a été écouté plus tranquillement. On conçoit que pendant un tumulte auffi fré-

quent & aussi soutenu , il étoit impossible de-
bien suivre la marche de l'ouvrage , & sur-tout
d'en saisir les détails. On voit en général que le
sujet est tiré des *Liaisons dangereuses* ; que le
héros est un roué calqué sur celui de ce roman ;
mais beaucoup plus gauche , plus vil & plus
odieux, s'il est possible ; comme il finit de même
& est tué, c'est mal-à-propos qu'on a donné le
titre de comédie à *la comtesse de Chazelle* ; c'est
tout au moins un drame très-noir, & à cause
de la catastrophe elle mériteroit plutôt le titre de
tragédie bourgeoise.....

C'étoit un bruit accrédité depuis quelques
jours que la piece étoit de madame *de Montesson* ;
comme elle s'est trouvée sur le répertoire tout-à-
coup & a devancé tous les concurrents, ce qui
annonçoit un auteur très en crédit , cette circonstance a fortifié les conjectures, augmentées
encore à la représentation par l'absence de cette
dame & du duc *d'Orléans*, qui ne manquent
jamais les nouveautés. Enfin la modération avec
laquelle les journaux en parlent aujourd'hui ,
même l'abbé *Aubert*, tout confirme la rumeur.

7 Mai: M. *de Forbonnais*, qui a joué un rôle
sous quelques ministres, en possession d'écrire sur
toutes les matieres de finance ou de commerce ,
a composé de son propre mouvement un mémoire
sur la grande question agitant aujourd'hui les
chefs de l'administration , sur le procès élevé entre les colonies & la métropole. Ce politique est
absolument pour le commerce exclusif, & comme
il sait que M. le maréchal duc *de Castries* est fort
attaché à l'opinion contraire, qu'il auroit peine
à revenir contre son arrêt du conseil, M. *de For-*
bonnais a adressé son mémoire au contrôleur-

général ; il s'est flatté de trouver ce ministre-ci plus disposé à adopter ses raisonnements, à les faire valoir, & à combattre dans le conseil le ministre de la marine, auquel il est naturellement opposé.

8 *Mai*. Le sieur *Audinot*, désespérant de rentrer en possession de son spectacle, a reçu l'offre qu'on lui a faite d'en monter un au Bois de Boulogne, où jouoit autrefois la troupe appellée des *petits Comédiens du Bois de Boulogne*. Il doit même y exécuter une piece pour laquelle il lui a fallu du crédit ; c'est *le Barbier de Séville*, mis en musique par M. *Paësiello*, que les trois grands spectacles se sont si bien contesté qu'aucun n'en est resté en possession. C'est demain qu'*Audinot* doit ouvrir son nouveau théâtre. Il a été défendu aux journaux de l'annoncer, & l'on ne sait cet événement que par ouï-dire, ou par l'affiche qu'on en voit à Passy & dans les environs.

Du reste, son procès, dit-on, a été évoqué au conseil, & il se répand outre son *factum*, deux autres *factums*, l'un du sieur *Parisot*, qui s'est trouvé attaqué dans le mémoire du sieur *Audinot*, & l'autre du sieur *Gobiot de Salins*, souffleur d'*Audinot*, qui prend la défense de son maître.

8 *Mai*. Depuis quelque temps M. le duc de *Choiseul* est tombé grièvement malade : cet événement a causé une forte sensation : ses amis se sont empressés de lui témoigner des soins ; madame la duchesse *de Grammont*, madame la comtesse *de Brionne*, M. le duc *du Châtelet*, M. le prince *de Beauveau* & plusieurs autres grandes dames & grands seigneurs, se sont installés dans son hôtel, & ont voulu même y coucher.

Du reſte, quatré ſecretaires étoient continuel-
lement occupés à écrire les bulletins ; le concours
étoit immenſe chez le malade, & il falloit obſerver une étiquette néceſſaire dans cette foule ;
premiere, ſeconde antichambre, ſalon, chambre
à coucher ; chacun avoit ſa place dans ces différentes pieces, & les élus ſeuls étoient dans la
derniere.

L'empreſſement parmi les médecins n'a pas été
moindre. On en a compté juſqu'à onze ; aſſuré-
ment il n'en falloit pas tant pour l'expédier ;
auſſi paſſe - t - il pour mort aujourd'hui, & dès
ce matin l'on ne délivroit plus de bulletin.

La reine y envoyoit réguliérement un page
chaque jour, & pluſieurs fois enſuite & juſqu'à
quatre ſur la fin : on veut que le Roi n'y ait pas
envoyé une ſeule fois.

Les politiques ont cru s'appercevoir, depuis
la maladie du duc *de Choiſeul*, de l'influence
ſecrete de cet ex-miniſtre dans le conſeil de la
Reine ; c'eſt-à-dire, qu'ils ont obſervé qu'elle
commençoit à ne plus agir. En ſorte que cette
mort, ſuivant eux, eſt un bonheur véritable, &
peut opérer du changement dans les intrigues in-
térieures & extérieures ; on ſait que le duc *de
choiſeul* a toujours paſſé pour un grand maître
en ce genre.

Quoi qu'il en ſoit, aucun miniſtre remercié
n'a conſervé tant de conſidération durant ſa diſgrace, même ſous ce regne ; car on peut regarder
comme telle l'obſtination du Roi à ne jamais
vouloir ſouffrir qu'il ſoit rentré à la cour & en
place, malgré le déſir de la Reine & tous les
efforts de la nombreuſe cabale du duc de *Choiſeul.*

8 *Mai*. On ne voit point encore l'arrêt du conseil contre le comte *d'Arcq*, & l'on en défespere aujourd'hui. Cela confirme le bruit courant que le duc *de Penthievre*, soit modération, soit crainte de donner de l'éclat à cette affaire qui, même gagnée, lui fait peu d'honneur, ou plutôt à son conseil, n'a point voulu faire trop connoître l'arrêt ; qu'il s'est contenté d'en faire tirer des copies manuscrites pour l'envoyer aux endroits où il doit nécessairement être signifié.

Par cet arrêt le comte *d'Arcq* est débouté de toutes ses demandes ; il lui est défendu de prendre le nom de comte ou de chevalier *d'Arcq* ; enjoint à lui de porter celui de *sainte-Foy* qu'annonce son extrait baptistaire, &c. ; tous ses mémoires supprimés : défenses à Me. *Ader* d'en publier de pareils à l'avenir.

9 *Mai*. Depuis long-temps il y a une fermentation considérable dans le grand banc à l'occasion de la place de premier préfident. Deux concurrents la briguent sur-tout, M. *de Lamoignon* & M. *Gilbert*. Le Roi s'obstine à conserver monfieur *d'Aligre* qui lui convient dans cette place ; en même temps il veut garder M. *d'Ormesson* pour seconder ce chef & le remplacer au besoin. Cependant comme ce dernier s'ennuyoit & menaçoit de quitter, sa majesté a fait part de son projet à M. *d'Aligre*, & l'a chargé d'arranger tout cela, & de chercher un moyen de satisfaire son collegue.

M. *d'Aligre* n'a trouvé d'autre expédient que de dresser des lettres-patentes qui donnent dès ce moment date & rang entre les préfidents du parlement, au fils de M. *d'Ormesson*, conseiller, ayant l'âge suffisant pour succéder à son pere ; mais restant toujours tel par cette faveur.

En conséquence les lettres - patentes ont été portées aux chambres assemblées vendredi dernier, & enrégistrées, malgré les réclamations de quelques mécontents : ç'a été sur - tout un coup de foudre pour MM. *de Lamoignon & Gilbert*, qui ne s'y attendoient pas.

9 Mai. On parle de deux ouvrages posthumes de M. l'abbé *de Mably*. L'un a pour titre: *Du droit & des devoirs du citoyen* : l'autre, *du beau & des talents.* On annonce sur-tout ce dernier comme bien supérieur à tout ce que le pere *André*, l'abbé *Dubos*, l'abbé *Batteux* & autres ont écrit sur les principes des beaux arts, & à ce que lui-même a déjà publié sur les principes de la politique. Il étoit sur le point de le livrer à l'impression, lorsqu'il a été attaqué de la maladie dont il est mort.

10 Mai. Par une inconséquence fort singuliere, malgré les défenses de parler en aucune maniere du livre de M. *Necker*, d'en nommer même le titre, on annonce dans toutes les feuilles périodiques une critique détaillée de cet ouvrage; on en rend compte, & l'abbé *Aubert*, le journaliste ministériel, l'organe du gouvernement, comme on a vu, pour l'interdiction, est le premier à faire connoître des *Remarques d'un François*, ou *Examen impartial du livre de M. Necker, sur l'administration des finances de la France, pour servir de correctif & de Supplément à son ouvrage.* Il répand même à cette occasion sa bile contre l'ancien administrateur des finances, & se complaît à exalter ce pamphlet, que les gens impartiaux disent n'être pas trop bon. Il l'accuse avec le critique de s'être rendu coupable du crime de *lese - constitution.* On l'attribue au comte *Du-*

buat, qui a déjà écrit fur des matieres politiques.

11 *Mai.* Quoique les négociants fe flattent de gagner leur procès contre les Américains planteurs, & que l'arrêt du confeil ne tardera pas à être retiré, ils n'en continuent pas moins d'inftruire leur caufe de toutes les manieres. On vante fur-tout un dernier mémoire de la ville de Bordeaux, où l'auteur parle comme un vieillard de quatre-vingt-quatre ans qu'il fe donne, & cependant a tout le nerf, tout le feu de la jeuneffe. M. *de la Cofte* a fait fon rapport annoncé depuis long-temps, & l'on dit que c'eft un chef-d'œuvre déterminant pour le miniftere.

11 *Mai.* Les précautions du gouvernement pour empêcher que la connoiffance des actes de police exercés juridiquement par le parlement de Bretagne à l'occafion des plaintes contre les mauvais tabacs dont cette province eft infectée, ne porte l'alarme, font que les arrêts de cette cour ne percent que lentement ici. Le dernier qu'on a annoncé, rendu lorfque cette cour, laffe des délais qu'avoit défirés M. le contrôleur-général, a cru devoir agir enfin & continuer fes pourfuites, eft du 4 mars. C'eft celui qui ordonnoit la brûlure des tabacs faifis par les jurifdictions inférieures.

11 *Mai.* On a vanté en 1781 une demoifelle *Renaut*, âgée de onze ans, qui débuta dès-lors au concert fpirituel, & mérita l'attention & les éloges de tous les amateurs. On craignoit feulement qu'on ne la forçât trop de travail, & que fon talent prématuré ne fe perdît. Heureufement cela n'eft point arrivé ; elle s'eft trouvée

en état de paroître sur le théâtre de la comédie italienne, & elle a joué lundi le rôle de *Lucette* dans *la fauſſe Magie*, avec un ſuccès qui ne dément point les eſpérances qu'elle donnoit il y a quatre ans. C'eſt un prodige ; il faut voir s'il ſe ſoutiendra.

11 *Mai*. Mlle. *Gavaudan* cadette, une des coryphées chantants dans les chœurs, acquiert par degré une ſorte de célébrité ; elle eſt d'une très-jolie figure, elle a une voix fort agréable & commence à jouer de petits rôles avec ſuccès; en ſorte qu'elle eſt parfaitement aujourd'hui ſur le trottoir. Un plaiſant, ſans doute pour la mieux faire connoître, vient de lui adreſſer une eſpece d'épître ou de déclaration d'amour bizarre, ſous le nom, & dans le ton d'un Gaſcon : quoique cette piece, trop longue pour être bonne, ſoit aſſez plate, elle fait fortune, & ſans doute reçoit ſon luſtre de l'héroïne.

12 *Mai*. Madame la princeſſe *Czartorinſka*, dans un hameau de Pologne s'eſt occupée à élever un monument à tous les auteurs qu'elle a lus à la campagne & qui l'ont inſtruite & émue, ainſi que ſa ſociété. Ce monument eſt une pyramide de marbre, dont les quatre faces doivent être chargées des noms de ces grands perſonnages, à leur rang.

D'un côté, *Pope*, *Milton*, *Young*, *Sterne*, *Shakeſpear*, *Racine* & *Rouſſeau*.

De l'autre, *Petrarque*, *Anacréon*, *Métaſtaſe*, le *Taſſe* & *la Fontaine*.

Sur le troiſieme, madame *de Sévigné*, madame *Riccoboni*, madame *la Fayette*, madame *Deshoulieres* & *Sapho*.

Sur le quatrieme enfin, *Virgile*, *Geſſner* & l'abbé *de Lille*.

Ces quatre faces feront accompagnées d'arbres, d'arbuftes & de fleurs.

Les rofes, le jafmin, le lilas, des paquets de violettes & de penfées, feront du côté des femmes. *Petrarque*, *Anacréon* & *Metaftafe* auront le myrte ; le laurier fera pour *le Taffe* ; le faule pleurant, le trifte cyprès, les ifs accompagneront *Schakefpear*, *Young* & *Racine*. Pour le quattrieme côté, le hameau choifira ce que les vergers, les bois, les prairies peuvent offrir de plus agréable.

Il ne s'agit plus que d'une infcription, & d'une voix unanime, il a été écrit à M. l'abbé *de Lille* pour lui en demander une.

Ce poëte a répondu de Conftantinople où il eft, une lettre très-galante à madame la princeffe *de Czartorinska*, & lui a choifi pour infcription relative & aux grands hommes à qui le monument eft élevé & à ceux qui l'ont imaginé, celle-ci fimple & vraie : *les Dieux des Champs aux Dieux des Arts*.

11 *Mai*. L'affaire du fieur *Audinot* devenant très-grave par l'intérêt vif qu'y prend le public, on ne fauroit trop éclaircir les faits tels qu'on les recueille dans les divers mémoires des parties.

Ce fut au commencement du mois d'août 1784 que l'opéra fit fignifier un arrêt du confeil qui lui accordoit tous les privileges des petits fpectacles, pour les exercer ou les faire exercer par qui bon lui fembleroit.

Dans le courant de feptembre on reçut des foumiffions ; le 16 on adjugea.

Les fieurs *Gaillard* & *d'Orfeuille*, moyennant 30,000 livres de redevance pour chacun des fpectacles qu'ils alloient réunir, fe rendirent adjudicataires du privilege des *Variétés* & de *l'Ambigu comique*.

Le sieur *Audinot* ne parut pas d'abord très - sensible à la perte de son spectacle ; les clauses du bail & les charges sembloient lui promettre des indemnités qui l'en consoloient ; mais l'établissement des *variétés* au Palais - Royal l'alarma d'autant plus vivement, qu'il le menaçoit de rendre inutiles ses salles, ses décorations & tout ce qu'exigeoit le spectacle de l'*Ambigu comique*.

En conséquence, quoique le bail fût passé, le sieur *Audinot* en référa à M. le lieutenant - général de police, comme juge en cette partie, & l'on traita la chose par voie de conciliation. Elle ne put avoir lieu, & depuis ce temps le sieur *Audinot* a conservé ses prétentions à la charge des sieurs *Gaillard* & *d'Orfeuille* ; ce qui fait la matiere de leur différend.

Le sieur *Audinot* a publié un mémoire contre ces directeurs, qui en a produit d'autres. Il y attaque un sieur *Parisau*, ci - devant son répétiteur, aujourd'hui au service de ses adversaires. Celui - ci a répondu, & dans sa réponse a maltraité le sieur *Gabiot de Salins*, le souffleur du sieur *Audinot* : de-là une défense de ce dernier. Enfin l'ex - directeur fait une sortie contre son confrere *Nicolet* qui, plus adroit que lui, a senti l'avantage de rester en possession, même avec perte ; on assure que le sieur *Nicolet* doit répondre & repousser les atteintes du sieur *Audinot* ; ainsi cette guerre foraine n'est pas encore prête à finir : on reviendra successivement sur chacun de ces mémoires, qui amusent les avocats & les amateurs des petits spectacles.

12 *Mai*. M. le duc *de Penthievre*, outre les significations nécessaires de l'arrêt contre le comte *d'Arcq*, aujourd'hui sieur *de Sainte-Foy*, en a

envoyé des copies manuscrites aux princes, aux
grands seigneurs & aux principaux magistrats,
avec une lettre où il dit que n'ayant point répondu à la foule des mémoires répandus contre
lui avec profusion au nom du comte *d'Arcq*,
il croit devoir leur faire part du jugement ci-
joint.

13 *Mai.* M. le duc *de Choiseul* est mort en
effet le dimanche 9 ; il a été présenté le 11 à
Saint - Eustache sa paroisse, & transféré de là à
Chanteloup. Jamais on n'a vu cortege plus nombreux & plus brillant. C'étoient des cordons - bleus
à l'infini, des cordons - rouges, des cordons - étrangers ; des vieillards courbés sous le poids des ans
sembloient aller descendre dans leur tombe après
avoir rendu au défunt ce dernier devoir.

Par son testament le duc de Choiseul a ordonné qu'il soit enterré dans le cimetiere de sa
duché - pairie, au milieu de ses vassaux, dont il
avoit voulu être le pere durant sa vie. Cette disposition est humaine & philosophique ; mais ce
qui ne l'est guere & même est puérile, c'est d'avoir
voulu qu'on plantât un cyprès mâle sur sa tombe,
&, ce qui n'est rien moins que galant & délicat
envers sa femme, c'est de lui avoir fait d'avance
envisager sa propre destruction, de lui avoir pres-
crit en quelque sorte une place à côté de lui,
sur laquelle il seroit également planté un cyprès
femelle.

Du reste, par ce testament le duc *de Choiseul*
évalue ses biens à 14 millions & ses dettes à dix ;
& comme il sentoit que ce calcul pouvoit bien
n'être pas fort exact, il invite madame la duchesse *de Choiseul* à concourir au paiement de ses
dettes. En effet, on doute qu'il y ait de quoi.

Dans

Dans le reste de ces dispofitions dictées par le mourant avec beaucoup de fang - froid, en préfence de quatre notaires & rédigées en quatre pages, le duc *de Choifeul* n'oublie pas fes amis préfents; il fait madame la duchesse *de Grammont* fa sœur, fa légataire univerfelle. Il inftitue M. le duc *du Châtelet* fon exécuteur teftamentaire; il le prie d'accepter en reconnoiffance fa toifon d'or de diamants, & d'en détacher la rofe du milieu pour être donnée à madame la comtesse *de Brionne*. Tel eft ce qu'on a retenu & ce qu'on cite comme le plus intéreffant.

Une diftinction de plus que les amis du duc *de Choifeul* auroient défirée à fon convoi & qui lui a manqué, c'eft que M. le comte *d'Artois* eût ordonné aux quatre compagnies de grenadiers des gardes - fuiffes d'y affifter; honneur à rendre à leur ancien colonel.

13 *Mai.* Le fieur *Floquet* vient de mourir. Ce jeune muficien en a fait affez pour fe conferver une réputation, & faifoit trop peu pour mériter d'être regretté : il ne travailloit prefque plus & ne vivoit guere que chez des filles; ce qui l'a conduit à fa perte. Il étoit membre de l'académie philarmonique de Boulogne.

14 *Mai.* M. *Milcent* annonce qu'il a traité le même fujet qu'*Albert & Emilie* fous fon vrai nom, tiré du théâtre allemand, qui eft *Agnès de Bernau*; que dès le 19 octobre 1784, fon drame avoit été reçu des Italiens, qu'ils le répétoient & l'alloient jouer lorfque les comédiens françois ont pris les devants. M. *Milcent* ajoute qu'ayant appris cette nouvelle à Rouen qu'il habite, il a retardé fon ouvrage pour laiffer fon rival jouir de tout fon fuccès. Sa lettre aux journaliftes de Paris

eft datée du 4 mai. L'objet de l'avertiffement de l'auteur eft de ne point paffer pour plagiaire, lorfque fa piece paroîtra.

14 *Mai.* Le vent du nord qui regne conftamment depuis plus de trois mois & la féchereffe qu'il entraîne, ont excité le zele des deux puiffances. Déjà nombre de paroiffes des environs de Paris s'étoient empreffées de venir à Sainte-Genevieve l'invoquer ; on parle de quelques-unes qui avoient pouffé l'humiliation jufqu'à faire le chemin les pieds nus ; enfin M. l'archevêque a rendu aujourd'hui un mandement qui ordonne des prieres de quarante-heures.

De fon côté le gouvernement qui par divers arrêts du confeil a déjà cherché les moyens de fecourir les provinces dévaftées par le même fléau, a fait publier le 8 de ce mois un arrêt portant réglement & modération des droits fur le beurre à Paris ; nature de comeftible fi effentiel à la préparation des mets.

Voici encore un inftant critique pour M. le lieutenant-général de police, & fans fa vigilance continuelle l'approvifionnement de cette capitale auroit déjà manqué. La difette de fourrages & la crainte de ne pouvoir les renouveller ont déterminé beaucoup de cultivateurs à tuer leurs bœufs & vaches ; en forte que M. *le Noir* eft aux expédients pour faire fournir de ce bétail les marchés de Seaux & de Poiffy. Jamais peut-être adminiftrateur n'a eu autant d'occafions de montrer fon intelligence & fon activité, & ne l'a fait avec autant de fuccès.

15 *Mai.* Extrait d'une lettre de Laufane, du 7 mai 1785...... Depuis quelques jours il réfidoit en cette ville un étranger qui fe nommoit

M. *Auvray*. Sa figure honnête & flétrie par les chagrins & les maladies le faisoit paroître vieux avant l'âge. Il disoit être venu pour vivre auprès de M. *Tissot* & suivre ses conseils sur sa santé ; du reste, il se proposoit de faire des ouvrages & travailler à l'histoire ; il s'étoit même arrangé d'avance avec un libraire. On ne sait s'il avoit déjà écrit ; mais par sa conversation il sembloit très-instruit & avoir beaucoup de littérature : en outre tout annonçoit en lui l'homme bien éduqué & de bonne compagnie. Quoiqu'accablé d'infirmités & affecté de la vue, il avoit un caractere de main encore superbe, talent extraordinaire dans un homme de condition & dans un ancien militaire, car on sait aujourd'hui que c'est le comte *de sanois*, chevalier de Saint-Louis & ancien aide-major des gardes-françoises.

Tout-à-coup on apprend qu'il a été arrêté le 4 mai. C'étoit la nuit, il étoit couché & dans son premier somme. On enfonce la porte, & quatre hommes se précipitent dans la chambre avec fureur : ce sont les sieurs *Fenot*, lieutenant de police de la ville ; *Desbruguieres*, inspecteur de police de Paris ; *Brezard*, maréchal des-logis de la maréchaussée de Besançon, & un postillon qui avoit conduit le comte *de sanois* dans sa route. *Je vous fais mon prisonnier*, dit le Sr. *Fenot*..... En même temps on met le scellé sur ses effets & papiers, on fouille par-tout jusques dans la paillasse, & après deux jours d'interrogatoire, de perquisitions & de mauvais traitements, on l'embarque le 6 mai dans une voiture & on l'emmene.

On dit quel il est, que c'est en outre un banqueroutier frauduleux qui a emporté quatre cents mille francs à sa femme & à ses créanciers, &

B 2

qu'on l'a fait revenir pour qu'il rende compte de
fon vol. Telles font les rumeurs de la ville répandues par les émiffaires de la police de Paris:
pour moi je n'en crois rien. Je vais aux informations & vous raconterai ce que j'aurai découvert concernant cette anecdote extraordinaire
& fans exemple à Laufane.

15 *Mai.* Il paroît un arrêt du confeil très-important dans la librairie & dans la littérature,
portant réglement pour affurer la fourniture qui
doit être faite à la chambre fyndicale de Paris,
de neuf exemplaires de tous les ouvrages imprimés ou gravés, & pour prévenir l'annonce par
la voie des papiers publics des ouvrages prohibés
ou non permis.

Cet arrêt eft daté du 16 avril, & n'eft connu
que depuis peu; il ne doit avoir fon effet qu'au
premier juillet; comme il eft très-compliqué,
il faut l'étudier pour en connoître l'efprit, avant
que d'en rendre compte.

15 *Mai.* Un particulier nommé *Haudement*,
naviguant pour le marchand depuis 27 ans, a
fait une fpéculation de fortune & s'eft évertué
d'une maniere nouvelle. Il vient d'amener à Paris
fur la Seine un petit bâtiment armé en guerre,
qui porte huit canons, huit efpingoles, avec d'autres menues armes & eft monté par fept hommes
d'équipages, dont il eft capitaine.

Ce bâtiment fe nomme le *Dauphin* : le fieur
Haudement annonce qu'il a été conftruit à Breft,
d'où pendant la derniere guerre il eft forti plufieurs fois, eft allé en courfe & a fait quelques
prifes. C'eft dans ce port que le *Dauphin* a été
réarmé pour être amené à Paris : pendant fa tra-
verfée il a relâché dans différents ports de la

Manche, & enfin eſt heureuſement arrivé au Pont-
Royal, où le ſieur *Haudement* compte reſter en
relâche pendant un mois ou ſix ſemaines. Il l'a
fait enclorre ſur la Seine & commence depuis le
10 de ce mois à le montrer aux curieux ; il en
démontre la conſtruction, les agrêts & apparaux ;
il y fait les manœuvres maritimes & exercice
d'artillerie : il annonce que le Roi & la famille
royale l'ont vu & en ont témoigné la plus grande
ſatisfaction.

16 *Mai*. Madame *de Monteſſon*, malgré le peu
d'accueil fait à ſa piece, l'avoue hautement aujourd'hui : elle perſiſtoit à la faire jouer une ſeconde fois ; cependant on eſt parvenu à vaincre
ſon amour-propre & à lui faire ſentir qu'une
grande dame comme elle ne devoit pas s'expoſer
de nouveau à ſemblable humiliation. La comteſſe
de Chazelle a enfin diſparu de deſſus l'affiche.

16 *Mai*. Il faut ajouter à ce qu'on a dit de
M. *Floquet*, que ſon titre de membre de l'académie philarmonique de Boulogne n'étoit pas un
vain titre ; que, lorſqu'on déſire entrer dans cette
académie, on a ordinairement trois ſoirées pour
faire ſes preuves ; qu'il les fit en une ſeule, &
compoſa en deux heures & demie un *Canto fermo*,
une *Fugue* à cinq parties, & le verſet *Crucifixus* du
Credo ; ce qui le fit recevoir unanimement. Il
avoit débuté à Paris par ſon ballet *de l'Union de
l'Amour & des Arts*, dont on a parlé amplement
en 1773. Il avoit fait chanter une meſſe de ſa
compoſition à la cathédrale d'Aix, ſa patrie, avant
d'avoir onze ans accomplis. Il y étoit né le 25
novembre 1750.

16 *Mai*. Depuis long-temps il étoit queſtion
de transférer aux céleſtins l'établiſſement formé

pour l'inftruction des fourds & muets par l'abbé *de l'Epée* & foutenu à fes frais. Enfin par un nouvel arrêt du confeil du 15 mars dernier, il eft ordonné définitivement que cet abbé entrera en poffeffion du local que fa majefté lui affecte, & le recéveur - général du clergé eft commis pour toucher provifoirement les revenus qui font ou feront deftinés à cet effet.

17 *Mai.* Afin de fe montrer de plus en plus digne de l'attention & des foins du gouvernement, monfieur l'abbé *de l'Epée* cherche aujourd'hui un enfant fourd, muet & aveugle de naiffance. M. le lieutenant - général de police s'étant affuré qu'il n'y en avoit aucun dans les hôpitaux de Paris, doit faire inferer cette annonce dans tous les papiers publics, afin d'avoir un de ces êtres malheureux, quelque part où il exifte & de quelque nation qu'il foit.

17 *Mai.* On a choifi fur la terraffe du château de Verfailles une portion de terrain contigu à l'appartement de monfeigneur le Dauphin, dont on a fait un jardin, & où tout le public peut le voir s'occuper des travaux ruftiques. Chaque matin le Roi vient manier avec lui la beche & le rateau, retourner la terre de fes mains auguftes & lui donner des leçons d'agriculture. On ne fait fi c'eft fimplement pour amufer le jeune prince & fatisfaire fon goût, ce qui feroit encore très - louable de la part de fa majefté, & donneroit une excellente idée de fes fentiments paternels. Mais on doit préfumer encore que des vues politiques dirigent ce genre d'éducation, & qu'on veut infpirer de bonne - heure à l'héritier d'un grand empire agricole le goût d'un art qui en doit faire la richeffe & le bonheur. Les éco-

nomiftes fur-tout font enchantés de ce fpectacle.

17 Mai. *Principes Economiques de Louis XII &
du Cardinal d'Amboife, de Henri IV & du Duc de
Sully, fur l'adminiftration des finances, oppofés
aux Syftémes des Docteurs modernes.* Tel eft le titre
& le but de l'ouvrage de l'abbé *Beaudeau* en réfutation du volumineux traité de M. *Necker.*

Il entreprend d'y prouver qu'en derniere analyfe le fyftême de l'ancien adminiftrateur des finances tant admiré, n'aboutit, *quant à la fpéculation,* qu'à faire prendre les acceffoires pour le
principal, les effets pour les caufes, les chimeres
pour les réalités; qu'il fe réduit *dans la pratique*
à facrifier les intérêts du Roi, de la nobleffe, des
autres propriétaires des terres & de leurs cultivateurs ou rentiers oififs, aux banquiers agioteurs,
aux trafiquants du négoce étranger, aux fabrica-
teurs des objets les plus futiles & les plus dif-
pendieux.

Il promet du refte de répondre à toutes les
objections qui lui feront propofées; car il fuppofe que fon adverfaire ne dédaignera le gage
du combat mis modeftement à fes pieds, &, re-
devenu fimple particulier, n'éludera plus un défi
que fon élévation au miniftere l'empêcha d'accepter alors.

L'ouvrage eft divifé en trois parties : la premiere comprend l'expofition des principes généraux, dont l'oubli total fait la bafe des fpéculations modernes; la feconde, leur application aux
détails de l'adminiftration des finances : il réferve
la derniere pour les réponfes aux difficultés qu'on
pourra lui oppofer.

Ce petit traité d'économifme, fimple, méthodique, clair, est infiniment plus intelligible que toutes les *cogitations* ténébreuses du docteur Genevois, que son antagoniste bourre d'importance. Il lui fait voir qu'il n'entend rien aux principes d'administration d'un royaume agricole.

18 *Mai*. L'académie des sciences devoit décerner à pâques 1785 les différents prix annoncés dans sa séance publique de novembre 1785, soit pour la reconstruction, soit pour la restauration de la machine de Marly. Aucune des pieces envoyées pour le concours ne lui ayant paru remplir ses vues, quoique plusieurs d'entre elles contiennent des observations intéressantes & utiles; elle propose le même sujet pour l'année 1787, sous le même titre de *prix extraordinaire*; elle publie le même programme en observant:

1°. Que les auteurs seront invités à apprécier, autant qu'il sera possible, les avantages & les défauts de la machine actuelle de Marly, afin qu'on puisse juger s'il y a beaucoup à attendre des machines mieux entendues & mieux exécutées.

2°. Que les auteurs pourront être dispensés d'envoyer des modeles pour les machines qu'ils proposeront; qu'il suffira qu'ils expliquent clairement leurs idées par le discours & par les figures. Si néanmoins ils jugeoient à propos de s'expliquer par des modeles, ils pourront se contenter d'en envoyer de petits, & seulement pour les parties qu'ils jugeront les plus nouvelles & les plus utiles dans leur projet.

Les pieces qui auront obtenu les prix, seront proclamées dans l'assemblée publique de Pâques 1787.

18 *Mai. Mémoire & consultation pour le sieur*

Nicolas-Médard Audinot, propriétaire & directeur du spectacle de l'*Ambigu comique*, demandeur ; contre les sieurs Gaillard & d'Orseuille, locataires du privilege des spectacles de l'*Ambigu comique* & des *Variétés amusantes*, défendeurs. Tel est le titre du mémoire annoncé & devenu fort rare.

Après le récit des faits, très-intéressant, on y voit que le sieur *Audinot* a fait assigner ses adversaires au Châtelet de Paris, pour se voir solidairement condamner à lui payer :

1°. La somme de 80,000 livres, tant pour l'éviction qu'il a éprouvée par leur fait, que pour la pension qu'il a droit de prétendre.

2°. Le prix de ses salles, tant au boulevard du Temple, qu'aux foires Saint-Germain & Saint-Laurent, ainsi que des habits, décorations, & tous les ustensiles propres au service desdites salles & à l'exploitation desdits spectacles, le tout à dire d'experts.

3°. A l'acquitter, garantir & indemniser de tout ce qui seroit & sera dû, au fur & à mesure de chaque échéance, pour la location des terrains sur lesquels sont construites les salles des foires Saint-Germain & Saint-Laurent.

4°. A payer annuellement une somme de 3000 livres, pour lui tenir lieu de location de la salle du spectacle sur les boulevards du Temple, s'ils ne la veulent point acheter, ainsi qu'il leur est offert ci-dessus.

5°. A maintenir & exécuter tous les marchés & engagements qu'il a faits, relativement à l'exploitation de son spectacle, avec tous entrepreneurs, acteurs & actrices, & autres employés à son spectacle.

6°. A lui payer la somme de 10,000 livres

B 5

pour l'indemnifer du tort de la privation defdits
acteurs, actrices, &c. pendant le refte du temps
des engagements pris avec eux.

7°. Enfin fe voir faire défenfes de reprefenter
aucunes pieces faifant ci - devant partie du répertoire de l'*Ambigu comique*, imprimées ou manufcrites, fans fa permiffion par écrit, attendu
qu'elles lui appartenoient exclufivement, les ayant
achetées ou compofées; fe voir également faire
défenfes de faire jouer dans leur orcheftre la
mufique qu'il a fait compofer pour fon théâtre;
& pour l'avoir fait depuis le premier janvier 1785,
qu'ils feroient condamnés à 50,000 livres de dom-
mages intérêts, &c.

Après les moyens établiffant la juftice de fes
demandes, fuit une confultation du 12 mars,
où l'on eftime que les prétentions du fieur *Audinot*, non - feulement font fondées fur l'équité
naturelle, mais encore fur des titres refpecta-
bles.

19 *Mai.* C'eft dans un arrêt du confeil du 29
mars dernier, concernant la balance du commerce, qu'on voit le réfumé des nouvelles fonctions de meffieurs *Boyetet* & *Dupont.* Elles feront
de faire chaque année un tableau raifonné &
circonftancié de la balance du commerce tant intérieur qu'extérieur; de raffembler à cet effet les
réfumés des états d'exportation & d'importation;
d'entretenir toutes les correfpondances néceffaires
pour acquérir une connoiffance exacte de la fituation du commerce du royaume; de faire leurs
obfervations fur les gênes qu'il éprouve, & fur
les accroiffements dont il eft fufceptible.

19 *Mai.* L'arrêt du confeil qui transfere aux
Céleftins l'établiffement de l'abbé *de l'Epée*, en

faveur des fourds & muets, contient entr'autres difpofitions, qu'il fera annuellement payé fur les biens des Céleftins une fomme de 3,400 livres pour être employée à l'entretien de ces malheureux de l'un & de l'autre fexe qui pourront en avoir befoin, & à faciliter l'inftruction de l'eccléfiaftique adjoint aux travaux de cet infti-tuteur pour fe former au même enfeignement.

20 *Mai*. On apprend avec peine que M. *Sac-chini* renonce à travailler pour l'opéra, tant que le fieur *Morel* y exercera fon defpotifme. Il lui attribue la chûte de fon *Dardanus* après cinq ou fix repréfentations; fuite de la menace que lui fit le fieur *Morel*, parce qu'il avoit refufé de mettre en mufique un poëme de fa façon, ou du moins que lui offroit ce financier. En effet il priva *Dardanus* de tous les acceffoires néceffaires à fon enfemble, fi néceffaires à un fpectacle où l'on fe prend autant par les yeux que par les oreilles.

21 *Mai*. Le détail des efforts du fieur *Audinot* pour monter un fpectacle, pour furmonter les obftacles qu'il a rencontrés, & le porter au degré de perfection où il l'a mis, eft curieux & mérite des éloges.

En 1768 il fit part de fes vues à M. *de far-tines*, qui approuva fon plan & lui accorda la permiffion néceffaire.

Les trois grands fpectacles de Paris en prirent de l'ombrage & fe réunirent pour le contrarier.

L'opéra prétendit qu'il ne pouvoit admettre dans fon fpectacle, du chant, des danfes & un orcheftre, fans bleffer ouvertement les privi-leges.

La comédie françoife lui défendit la déclama-

B 6

tion. La comédie italienne lui interdit les ariettes
& les vaudevilles.

En conséquence, pour ne point heurter ces
puissances dramatiques, il imagina des acteurs de
bois ; ce qui fit cesser les plaintes , mais ne rem-
plissoit pas ses vues. Il obtint la permission de
substituer des enfants à ces comédiens de bois. Il
réussit complétement , au point que les directeurs
des autres spectacles de son espece se piquerent
d'émulation , & voulurent imiter le nouveau
genre dont le sieur *Audinot* étoit créateur : son
établissement devint la plus belle époque pour les
théâtres forains.

En 1775 le sieur *de l'Ecluse* sollicita & obtint
la permission d'établir un théâtre à côté de l'*Ambigu Comique* , nom de celui du sieur *Audinot* ,
sous le nom de *Variétés amusantes*.

Cette concurrence piqua d'émulation le sieur
Audinot : il perfectionna la pantomime , genre de
spectacle peu connu dans la capitale ; il composa
lui-même les pieces qui pouvoient lui être propres. Ce nouveau fruit de ses veilles & de son
imagination lui concilia de plus en plus les bontés & les encouragements du public , au point
que ses progrès alarmerent de nouveau les trois
grands spectacles.

Il appaisa d'abord l'opéra auquel les spectacles
forains sont subordonnés , & il conclut avec les
administrateurs de l'académie royale de musique
un traité en date du premier mai 1780, par
lequel, moyennant 12 livres par chaque représentation de jour, & 6 livres par chaque représentation de nuit , il devoit continuer à jouir de son
spectacle dans l'état actuel & sans aucune innovation.

Le fieur *Audinot* s'engageoit en outre de ne faire exécuter dans fon orcheftre ou fur fon théâtre, aucun air de ballet, ou autres tirés des ouvrages récents exécutés depuis dix ans à l'opéra ou à la comédie italienne.

Une perfonne chargée de veiller à l'obfervation exacte de la préfente foumiffion, devoit avoir toujours & à toute heure fes entrées au fpectacle du fieur *Audinot*.

A l'égard des deux autres grands fpectacles, ils prétendirent que le fieur *Audinot* ne pouvoit, fans leur nuire & fans porter atteintes à leurs privileges, faire jouer des pieces dramatiques fur fon théâtre.

La prétention des deux comédies fut accueillie, & il fut réglé qu'aucune des pieces de l'*Ambigu Comique* ne pourroit être jouée qu'elle n'eût été dégradée ou décompofée par un des acteurs, foit du théâtre françois, foit du théâtre italien.

Heureufement cette cenfure exercée mal-adroitement n'a tourné qu'à l'avantage du fieur *Audinot*, & il étoit tout étonné de voir qu'en fortant des mains du mutilateur, les pieces n'en fuffent que meilleures & mieux goûtées du public.

Cependant on grevoit le fieur *Audinot* d'une charge pefante, mais qu'il fupporta volontiers en faveur de fon objet; le quart des pauvres.

On ne ceffoit de le vexer par toutes fortes de moyens, & en frais feuls de nouvelles conftructions, on lui avoit fait dépenfer plus de 300.000 livres pour onze falles de différente efpece.

C'eft dans cet état des chofes qu'eft arrivé la

révolution qui lui a fait perdre ses deux établissements, que deux étrangers allant sur ses brisées l'ont évincé. Le 23 août il s'étoit résolu à un nouveau sacrifice, & avoit promis de payer à l'opéra le dixieme de chacune de ses représentations, le quart des pauvres déduit. Enfin le mercredi 15 septembre sa ruine fut consommée pendant son absence, par le traité des sieurs *Gaillard* & *d'Orfeuille*, par lequel les deux spectacles de l'*Ambigu Comique* & des *Variétés amusantes* leur furent affermés pour quinze ans, à compter du premier janvier 1785, moyennant 30,000 livres par an, pour chacune, par le sieur *Jansen*, inspecteur général de l'académie de musique, à condition pourtant de payer aux anciens directeurs desdits spectacles les indemnités ou pensions qu'ils ont droit de prétendre, de maintenir & exécuter tous les marchés faits par eux, & de traiter tant des salles, que de tout ce qui sert à l'exploitation desdits spectacles. Ce qui fait la matiere du procès.

21 *Mai.* Suivant une lettre de M. *Blanchard*, citoyen de Calais & pensionnaire du Roi, datée de Londres le 6 mai, & adressée aux journalistes de Paris; cet aéronaute a eu la satisfaction de faire voir une Françoise planer dans les airs au-dessus de la ville de Londres. Cette rivale de madame *Tible* est mademoiselle *Simonet*, âgée de quatorze ans & demi seulement.

21 *Mai.* Par une bizarrerie fort singuliere M. *Dubuisson*, en réponse à M. *Milcent*, dont on a rapporté les plaintes, lui annonce qu'il travaille à arranger pour la scene françoise la comédie angloise intitulée *the misterieux husband* (le mari mystérieux) que son rival déclare avoir mis

depuis six mois sur le chantier pour la scene italienne. C'est dans une lettre datée du 14 mai que M. *Dubuisson* plaisante assez bien M. *Milcent* sur sa fausse délicatesse.

22 *Mai.* C'est décidément mardi que la Reine vient à Paris.

21 *Mai.* On ne sait par quel abus on laisse les meilleurs sujets des spectacles priver la capitale de leur présence, & aller dans les provinces y faire des récoltes d'argent, quoique leur part ici soit plus que suffisante pour leurs besoins & même pour un luxe révoltant.

C'est ainsi qu'on apprend que madame *Duga-zon*, qui s'est fait long-temps désirer aux italiens sans paroître, est actuellement à Lyon. Suivant une lettre datée de cette ville du 7 mai, elle y a produit un enthousiasme universel. Le vendredi 6 elle étoit annoncée pour la derniere fois ; elle jouoit le rôle de *Babet* dans *le Droit du Seigneur;* au moment où chacun vint lui offrir son présent, on vit tomber à ses pieds une couronne, que le sieur *Gervais*, chargé du rôle du seigneur, ramassa & lui présenta aux acclamations de toute la salle. Le spectacle fut interrompu pour entendre la lecture d'une piece de vers composée à la louange de cette actrice par le sieur *Patra*, l'un des premiers acteurs de cette troupe. Madame *Dugazon*, sensible à tant d'honneurs, a consenti de donner encore quelques représentations.

22 *Mai.* Le sieur *Audinot*, dans une longue note de son mémoire se plaint beaucoup du sieur *Nicolet* qui, au lieu de le respecter dans son mal-heur, semble vouloir aggraver le sort de ce con-frere, & exerce contre lui des répétitions mal-honnêtes & injustes. Il s'y compare au lion mou-

rant, & dit qu'il n'a pas la force de réſiſter au *coup de pied de Nicolet*. Celui-ci ſe trouve violemment inſulté par cette note, & veut, dit-on, faire paroître un mémoire juſtificatif.

23 *Mai.* Le ſieur *Germain Pariſau*, dans ſon mémoire contre *Audinot*, eleve trois queſtions :

1°. En livrant une piece au théâtre pour être repréſentée, a-t-il perdu le droit de la faire imprimer ?

2°. Le ſieur *Audinot* a-t-il pu valablement former oppoſition à l'impreſſion de cette piece, lorſque l'auteur ne lui en a point cédé la propriété ?

3°. Quel eſt le juge qui doit connoître de la demande ; n'eſt-ce pas le magiſtrat de la police, à qui la connoiſſance eſt attribuée, par arrêt du conſeil, de toutes l s difficultés qui naiſſent entre les auteurs, les acteurs, les fourniſſeurs & les directeurs des ſpectacles forains?

Par une délibération datée de Paris le 30 mars 1785, Me. *Marteau* décide les trois queſtions à l'affirmative en faveur du ſieur *Pariſau*.

Quant aux procédés, celui-ci, reprenant les divers paragraphes du memoire de ſon adverſaire, les refute de ſon mieux, & prétend que l'on ne peut lui reprocher rien dans ſa conduite envers le ſieur *Audinot*, pour lequel il a montré la reconnoiſſance, le zele & les égards qu'il lui devoit; qu'il le pouſſeroit bien plus vigoureuſement, s'il ne reſpectoit ſon malheur.

Quoi qu'il en ſoit, cette défenſe eſt foible & n'at enue en rien l'attaque du ſieur *Audinot* trèsbien établie contre les ſieurs *Gaillard* & d'Orſeuille.

23 *Mai.* Extrait d'une lettre de Lauſane, du

15 mai 1785...... On persiste à dire dans ce pays-ci que le comte *de Sanois* a été arrêté en vertu d'une lettre de cachet expédiée sur les plaintes en escroquerie & vol de la femme, de la fille, du gendre, des parents & des créanciers du comte *de Sanois* ; & je persiste moi à ne pouvoir croire une telle accusation : sans doute rien ne ressemble plus à un honnête homme qu'un coquin ; aussi n'est-ce pas sur la physionomie noble, sur les mœurs douces, sur la candeur, la décence, la politesse du comte *de Sanois* que je m'en rapporte ; mais voici mes raisons.

1°. Il s'étoit monté ici sur le ton le plus simple & le plus modeste.

2°. Quoiqu'on l'ait arrêté brusquement & au dépourvu, toutes les recherches qu'on a pu faire pendant deux fois vingt-quatre heures chez lui & dans toute le ville n'ont abouti à rien. On ne lui a trouvé que huit louis, quelques petits meubles d'argent, son linge & ses habits.

3°. Comment des créanciers auroient-ils pu avoir le temps de s'arranger depuis son évasion, de se concilier au point d'en venir à cette cruelle extrémité ?

4°. Comment une femme, une fille & un gendre, auroient-ils osé proposer au gouvernement une pareille horreur ?

5°. Comment le comte de Vergennes, ce ministre si sage & si honnête, s'y seroit-il prêté ? car il a fallu une réquisition de sa part auprès de notre gouvernement.

6°. Comment le nôtre tout foible qu'il soit, tout asservi à celui de France, auroit-il consenti à une violation du droit des gens pour semblable cause ?

..Voici mes conjectures. Le comte *de sanois* eſt un homme d'eſprit , il ſe propoſoit d'écrire ; quand on a cette démangeaiſon , ce n'eſt pas à ſoixante ans qu'on remet à la ſatisfaire : il avoit donc écrit précédemment ſuivant toute vraiſemblance ; il vouloit compoſer ſur l'hiſtoire , matiere chatouilleuſe ſi l'on embraſſe le temps préſent : il étoit par ſon état , par ſa maniere de vivre , par ſes liaiſons , à portée de ſavoir bien des choſes : on lui a remarqué dans la converſation une grande horreur du deſpotiſme miniſtériel ; il s'exprimoit ſur celui de France avec beaucoup de chaleur. ... Il aura peut-être compoſé quelque brochure , quelque ouvrage dans ce genre ...... *Inde ira*.... Les miniſtres ont les bras longs , ils ſont implacables dans leurs vengeances. ... Vous m'apprendrez ſi j'ai conjecturé juſte.... Vous êtes à la ſource.... Inſtruiſez-moi à votre tour.

23 *Mai.* Par un arrêt du conſeil en date du 5 mars , le Roi ordonne que les biens des céleſtins du dioceſe de Paris , dont la régie eſt confiée au ſieur de *Saint-Julien* , receveur-général du clergé de France , ſeront à l'avenir adminiſtrés ſous l'inſpection de l'archevêque de Paris.

23 *Mai.* M. *Cherin* , généalogiſte & hiſtoriographe des Ordres de Saint-Michel & du Saint-Eſprit , généalogiſte de celui de Saint-Lazare , vient de mourir ; il avoit en outre le titre de commiſſaire du conſeil & étoit cenſeur royal. C'étoit un homme d'une probité rare , d'un déſintéreſſement à toute épreuve. Il a été enterré aux grands auguſtins , où eſt le dépôt des jugemens & autres actes concernant la nobleſſe , & le ſiege pour ainſi dire de ſon tribunal.

24 *Mai.* Entre les diverſes épitaphes imaginées

pour le duc *de Choiseul*, voici la moins mauvaise, en ce qu'elle porte sur les honneurs qu'il a reçus dans les deux moments les plus critiques où les prétendus amis, les flatteurs des grands, & toute leur cour les abandonnent ordinairement.

Ci gît *Choiseul*, dont le génie
Triompha constamment du sort,
Et qui sut terrasser l'envie
Dans l'exil & même à sa mort.

24 *Mai.* L'affaire du sieur *Audinot* est une hydre de mémoires. C'est aujourd'hui le sieur *Gabiot de salins*, son souffleur, qui entre en scene & attaque le sieur *Parisau.* Celui-ci a fondé son agression contre son directeur sur une note où il est relégué & traité ironiquement de *fidele Parisau*, parce que, quoiqu'encore répétiteur du sieur *Audinot* & gagé par lui, il travailloit déjà pour ses adversaires: à son tour le sieur *de Salins* se prétend calomnié par le mémoire du sieur *Parisau*, & vient au secours de son maître contre l'auxiliaire des sieurs *Gaillard & d'Orseuille.*

Le sieur *Gabiot de Salins* se trouve aussi calomnié par le sieur Parisau; le 19 avril il a rendu plainte pardevant un commissaire & présenté requête au lieutenant-criminel. Tel est le motif de son mémoire où, pour sa justification, il présente le tableau de sa conduite comparé à celui de son adversaire, avant & après l'éviction de leur directeur commun.

On juge facilement que ce mémoire a été composé uniquement afin de rendre plus odieux aux yeux du public les spoliateurs du sieur *Audinot* & tous leurs adhérents.

· Au reste, le sieur *Gabiot de Salins* nous apprend
qu'il est auteur, & a composé *les Adieux de l'Am-*
bigu comique, qui produisirent tant d'effet le
dernier jour & où l'on trouvoit ce vers que ne lui
ont pas pardonné les sieurs *Gaillard* & *d'Orfeuille*:
A l'or de l'intrigant, l'honnête homme est vendu.

24 *Mai*. Durant la sécheresse effroyable qui
regne depuis long-temps, sa majesté est déjà
venue au secours de la Lorraine par un arrêt du
conseil particulier ; aujourd'hui elle pourvoit
au soulagement de son royaume entier, en permettant aux habitants des campagnes d'envoyer
& conduire dans tous les bois de ses domaines,
ainsi que dans ceux des communautés séculieres
& régulieres, les chevaux & les bêtes à cornes
seulement, & de les y faire pâturer jusques au
premier octobre prochain ; à la réserve néanmoins
des taillis dont les recrues ne sont pas encore
défendables aux termes des ordonnances.

Sa majesté en outre pourvoit à la conservation
des veaux en renouvellant les réglements qui
tendent à en perpétuer l'espece ; elle ordonne à
tous les commissaires départis de veiller à la
conservation des bestiaux, & de lui rendre compte
des moyens qu'ils croiront les plus favorables
pour remplir ses intentions, sur-tout dans les
parties les plus souffrantes de leurs généralités.

Elle les autorise à annoncer des primes d'encouragement, tant pour la multiplication & l'éleve
des bêtes à cornes, que pour mettre en usage de
nouveaux genres de nourriture utiles aux bestiaux ;
notamment à exciter à la culture des turneps
ou grosses raves, & autres plantes propres à
former des prairies artificielles, dont les graines
seront distribuées gratuitement aux habitants des
campagnes les moins aisés.

Sa majesté promet en outre d'accorder aux habitants des campagnes, sur l'avis des intendants, tous les secours qu'ils estimeront nécessaires pour les divers objets dont elle les charge.

25 Mai. Il paroît un ouvrage sur la *caisse d'escompte*, de M. le comte *de Mirabeau* fils, dont certaines gens sont fort contents. Il traite la matiere comme pourroit le faire un homme du métier. Telle est la premiere annonce qu'on en répand.

25 Mai. Les comédiens italiens ont donné hier la premiere représentation de *la Dupe de soi-même*, comédie en trois actes & en prose, tirée du théâtre du célèbre *Goldoni*.

Cette piece est vraiment dans la maniere de ce grand maître; des caracteres variés & soutenus, des situations comiques, amenées sans efforts, une intelligence raisonnée de la scene, un dialogue naturel & facile: malgré ces parties qui constituent essentiellement le mérite d'un drame de ce genre, celui-ci n'a point eu de succès par le principal personnage, d'une vérité trop nationale & trop étrangere à nos mœurs, indispensable cependant; le lieu de l'action étant en Hollande.

Malgré sa chûte, les connoisseurs trouvent infiniment plus de mérite dans cette comédie que dans plusieurs autres qui ont réussi.

26 Mai. La Reine est en effet venue avant-hier en grand cortege & avec toute la pompe de la majesté royale; car le Roi lui avoit accordé que les deux régiments des gardes-françoises & gardes-suisses bordassent la haie, depuis la porte de la conférence où elle a pris ses carrosses, jusques à Notre-Dame & Sainte-Genevieve. Elle a d'abord remercié Dieu de la naissance du duc *de*

Normandie , & par une dévotion particuliere à
la patrone de Paris, s'eſt réunie aux prieres publiques, pour demander à Dieu la fin de la ſéche-
reſſe : elle eſt revenue dîner au château des
Tuileries.

Le canon des Invalides , de la Greve & de la
Baſtille a tiré , & le petit bâtiment *le Dauphin*
a fait feu des deux bords.

L'après - midi ſa majeſté eſt allée à l'opéra voir
Panurge , avec madame *Eliſabeth* ; enſuite ſouper
au Temple chez M. le comte *d'Artois*. A ſon
retour elle a paſſé par la place de *Louis XV* , &
a joui du coup - d'œil d'un bouquet en artifice
que lui a donné M. le comte *d'Aranda* ſur la
terraſſe de ſon hôtel. C'étoit peu de choſe. Le
beau ſpeCtacle c'étoit celui de l'illumination de la
colonnade , ordonnée ſous les auſpices de monſieur *Thierry de Villedavray* , garde - meuble de la
couronne.

On ne ſe rappelle point en avoir vu de plus
riche & de meilleur goût: elle donnoit à ces
bâtiments l'air d'un palais de fée.

De - là , la Reine eſt allée coucher au château
de la Muette.

On ne peut qu'applaudir au bel ordre mis par
la police dans toute cette journée. C'eſt peut - être
pour la premiere fois qu'on s'eſt occupé du peuple.
Aucun carroſſe n'a pu reſter dans la place à huit
heures du ſoir, en ſorte qu'on s'y promenoit
comme dans les Tuileries. Il n'eſt arrivé qu'un
ſeul accident par des chevaux fougueux qui ont
pris le mors aux dents, effrayés par le bruit des
boîtes.

Le matin de la journée du 24, le temps étoit
à l'orage , & l'après - midi il a changé & eſt

devenu très-beau ; ce que le peuple a remarqué,
& superstitieusement appliqué aux circonstances.
Il a dit que sainte Geneviève, touchée des prières
de sa majesté, se disposoit à faire cesser la calamité
de la sécheresse ; mais que tout le fruit de cette
bonne œuvre avoit été perdu par le mélange
d'un divertissement profane avec un culte religieux.

Il n'y a point eu de *vive le Roi*, *vive la Reine*,
durant tout le cours de la marche de sa majesté ;
ce qui l'a sensiblement affligée. Elle a été très-
applaudie au contraire à l'opéra, & a répondu à
ces acclamations par des révérences plus multipliées & plus gracieuses encore que de coutume.

Hier la Reine est revenue à Paris ; elle a dîné
chez Mad. la princesse *de Lamballe*, & est allée
ensuite à la comédie italienne.

Il est à observer que l'illumination générale
ordonnée pour le 24, étoit la troisieme à l'occasion de la naissance de M. le-duc *de Normandie*.

26 Mai. Les soins de M. le baron *de Breteuil*,
envers les savants & gens de lettres, se font aussi
étendus à l'académie des sciences, & il s'est fait
de nouveaux arrangements.

1°. Le Roi a créé deux nouvelles classes dans
cette compagnie : l'une de physique générale,
l'autre d'histoire naturelle & de minéralogie.

2°. Sa majesté a en même temps ordonné les
fonds pour six nouvelles pensions.

3°. Sa majesté supprime dans toutes les classes,
la dénomination d'adjoint.

4°. Chacune des huit classes actuelles ; savoir,
géometrie, astronomie, chimie & métallurgie,
botanique & agriculture, histoire naturelle &

minéralogie, fera compofée de fix membres, trois penfionnaires & trois affociés.

Il n'y a rien de changé à l'ancienne difpofition des claffes d'honoraires, d'affociés libres, & d'affociés étrangers.

L'ordonnance de ce nouvel établiffement eft du 25 avril.

27 Mai. Par un arrêt du confeil du 7 avril, il eft ordonné auffi que la régie des biens des chanoines réguliers de Sainte-Croix de la Bretonnerie, confiée au fieur *de Saint-Julien,* receveur-général du clergé, fera continuée fous l'infpection de l'archevêque de Paris.

27 Mai. Les lunes du coufin Jacques, divifées par *influences* & par *accès.* Tel eft le titre d'un nouvel ouvrage périodique, dont le titre original annonce fans doute une feuille qui devroit l'être, & peut-être ne fera que très-commune. Quoi qu'il en foit, voici fa divifion telle qu'elle eft décrite dans le *Profpectus* : chaque lune formant un numéro féparé (petit in-12.) fera divifée par *influences* & chaque *influence* par *accès.*

Il y aura quatre *influences* par *lune* : celle de la *nouvelle lune,* celle du *premier quartier,* celle de la *pleine lune* (ordinairement plus gaie & plus folle que les autres) & celle du *dernier quartier,* qui fera toujours intitulée, *Ma Gazette*; la lune n'ayant pas coutume d'influer comme à l'ordinaire dans les derniers jours.

Un nombre d'*accès* égal au nombre des jours de la lune, au dernier quartier près, complétera chaque numéro formant un volume, tantôt plus, tantôt moins confidérable, tantôt gai, tantôt trifte, fouvent bien fou, quelquefois même un peu philofophique, felon les *influences.*

Le

Le premier numéro contenant vingt *accès* &
Ma Gazette, à commencer du 7 juin inclusive-
ment, jusqu'au 6 juillet exclusivement, paroîtra
vers la nouvelle lune de juillet, peut-être même
auparavant.

28 *Mai.* La Reine voudroit augmenter son
domaine de Saint-Cloud par l'acquisition de
Villedavray, dont M. *Thierry*, premier valet de
chambre du Roi, est seigneur. Elle en a parlé à
celui-ci, qui est fort attaché à cette possession.
Il est aimé du Roi, & n'osant déclarer à la Reine
sa répugnance, il en a parlé à son maître, qui
lui a répondu : « Puisque la Reine désire si fort de
» vous acheter Villedavray, il faut le lui vendre;
» *mais vendez-le lui bien cher.*

29 *Mai.* Les sieurs *Alban* & *Valet*, directeurs
de la manufacture d'air inflammable de Javelle,
qui avoient, dès l'an passé, annoncé un *Ballon
de plaisance* qui seroit arrêté à terre, & serviroit
seulement à élever sans aucune crainte ceux qui
voudroient en essayer, n'ont pas donné suite à ce
projet : ils ont cependant construit dans leur
moulin un aérostat, nommé le *comte d'Artois*. Ils
ont voulu en offrir les prémices au prince qui leur
a permis de le servir de son nom. Instruits que
le duc *d'Angoulême* & le duc *de Berry*, étoient
à Bagatelle, ils s'y sont transportés dans leur
aérostat &, en présence de ces petits princes &
de leur cour, ont navigué dans les airs jusqu'à
Longchamps, & sont revenus de Longchamps à
Bagatelle.

Madame la comtesse *d'Artois* s'étant rendue
sur les six heures du soir dans ce château, ils ont
recommencé les mêmes manœuvres & avec plus
de facilité encore par l'habitude.

Ces navigateurs n'avoient pas tenté leur essai à ballon perdu ; ils avoient une corde qui pendoit à terre, à l'aide de laquelle ils pouvoient se faire arrêter quand ils vouloient.

Encouragés par cette expérience, ils vont travailler de plus en plus à perfectionner leurs moyens de direction dont ils ne font pas mystere, & qu'ils écrivent être les mêmes que ceux annoncés dans les journaux de Paris des 4 janvier & 4 février 1785.

Leur lettre adressée au même journal est datée de Paris le 15 mai 1785.

29 *Mai.* Un M. *Nicolaï*, libraire à Berlin, a publié en Allemagne & en Suisse, un ouvrage dans lequel il parle d'une maniere très-désavantageuse & très-malhonnête de la méthode composée par M. l'abbé *de l'Epée*, pour l'instruction des sourds & muets : il dit que c'est la production d'une tête affoiblie par l'âge & qui ne suit point les procédés d'une exacte métaphysique ; il lui préfere la maniere dont M. *Heinich*, instituteur des sourds & muets à Leipsick, se conduit à leur égard.

M. l'abbé *de l'Epée*, outré de cette sortie, en a écrit au prince *Henri* qui, ayant assisté à ses leçons durant son séjour à Paris l'année derniere, a pu en juger & en a paru très-content. Il a supplié son altesse royale de vouloir bien interposer son autorité, pour forcer le sieur *Nicolaï* d'entrer en lice, & il a offert en même temps de déférer à l'académie de Berlin le jugement de cette cause.

M. *Nicolaï*, pressé par le prince *Henri*, a éludé le combat, en déclarant qu'il n'avoit point eu intention d'attaquer la méthode de l'abbé *de*

l'Epée ; mais la conduite de l'inftituteur de Vienne
au fujet de certaines queftions inférées mal-à-
propos dans les programmes de ces exercices
publics.

M. l'abbé *de l'Epée*, qui auroit pu fe contenter
d'un pareil défaveu, a pouffé M. *Nicolaï*, & dans
une lettre qu'il lui a adreffée le provoque perfonnellement à comparoir devant l'académie de Berlin. Il fe félicite d'avoir déjà pour lui les fuffrages
des académies de *Zurich* & d'*Upfal* ; il ne refufe
pas même le jugement de M. le profeffeur *Engel*,
favant Allemand, très-profond fans doute, qu'in-
voque fon adverfaire.

M. l'abbé *de l'Epée* a envoyé copie de cette
lettre à l'académie de Berlin avec une autre, où
il rend compte à la compagnie de ce différend,
& le tout eft inféré au journal de Paris du
27 mai.

30 *Mai*. Me. *Linguet* depuis le foufflet qu'il a
reçu en pleine rue à Londres du fieur *Morande*,
ne pouvant fupporter le féjour de cette ville, a
fait l'impoffible pour en fortir & fe ménager un
refuge ailleurs. En conféquence il a profité des
offres de fa majefté impériale, il les a même
provoquées par fes mémoires de l'Efcaut, & il fe
tranfporte de nouveau à Bruxelles. Il y avoit
donné rendez-vous à fon correfpondant, monfieur l'abbé *Tabouet*, qui s'y eft rendu il y a fix
femaines environ: il l'a conduit à Londres, d'où
l'abbé eft revenu, & il prend fes derniers arrangements, afin de paffer à Bruxelles. M. l'abbé *Tabouet* annonce aujourd'hui que les annales inter-
rompues depuis les numéros de l'Efcaut, vont
reprendre & fe diftribuer plus réguliérement,
graces aux bontés de l'Empereur & de la Reine,

30 *Mai.* On fait que M. & Mad. *Necker* font de retour de Montpellier. La fanté de celle-ci n'eft pas merveilleufe encore. Ils font dans une terre appellée Marole, auprès d'Arpajon, qu'ils ont louée. M. le maréchal *de Caftries* s'eft empreffé de les aller voir. On ne dit point que ces époux foient venus à Paris ; & tant qu'on ne l'y verra pas, les ennemis de M. *Necker* ne feront pas bien perfuadés que ce retour foit fort agréable à la cour.

31 *Mai.* M. *le Paon*, peintre de fon alteffe féréniffime monfeigneur le prince de Condé, vient de mourir au Palais-Bourbon. C'eft une perte pour les arts ; car cet artifte, quoiqu'il ne fût pas de l'académie, on ne fait pourquoi, avoit un talent réel & fupérieur dans fon genre. Dans les tableaux qu'on voit chez fon protecteur, il lutte fans défavantage contre le fameux *Cazanova*.

31 *Mai.* La querelle entre les négociants & les planteurs de nos ifles, dure toujours & fe prolonge ; il paroît fans ceffe de nouveaux écrits à ce fujet. C'eft aujourd'hui un *Précis pour les grands propriétaires des colonies françoifes de l'Amérique contre les divers écrits des négociants des villes maritimes du Royaume.*

L'auteur anonyme établit d'abord ce que les colonies françoifes de l'Amérique font à la France ; c'eft-à-dire, d'une très-grande importance, fuivant lui, puifqu'elles occupent la dixieme partie des habitants du royaume, & fourniffent un cinquieme du revenu du tréfor public.

Il difcute enfuite les principes des loix prohibitives & prouve ou prétend prouver :

1º. Que nos colonies ne doivent aux négociants de France qu'une très-petite partie de leur puiffance & de leurs richeffes.

2°. Qu'elles font pour la métropole ce que la métropole est pour elles ; c'est-à-dire, que la métropole & les colonies doivent tirer de leurs échanges un avantage mutuel qui se réalise aux dépens des consommateurs étrangers , & que la richesse des colonies est toute à l'avantage de la métropole.

3°. Que l'importation des vivres & d'objets utiles à l'agriculture par les habitants de l'Amérique septentrionale, à Saint-Domingue & aux isles du vent , loin de nuire au commerce de France, lui deviendroit avantageuse.

De-là un parallele des cultivateurs & des négociants, & divers paragraphes propres à soutenir l'opinion de l'auteur qui, d'après le maintien de l'arrêt du conseil du 30 août , prédit de grands progrès au commerce maritime & à la navigation de la France, ainsi qu'une grande prospérité au commerce & aux manufactures du royaume.

31 *Mai.* Extrait d'une lettre de Lausane , du 21 mai 1785 .... En attendant que vous ayez de plus amples éclaircissements sur notre étranger, il faut vous conter une petite anecdote à ce sujet, qui vous donnera une idée de l'insolence de l'exempt de police dépêché pour l'arrêter.

Comme le comte *de sanois* avoit encore intérêt d'économiser les frais de sa détention , & qu'il y avoit une place vacante dans sa voiture, il proposa de la donner à M. *Mercier* , l'auteur du *Tableau de Paris*, qui étoit ici & se disposoit à retourner dans votre capitale ; mais le sieur *Desbruguieres* refusa, sous prétexte que c'étoit trop mauvaise compagnie, qu'il ne voyageoit point avec un taré... Tout Lausane qui estime infini-

ment M. *Mercier* , a été indigné quand ce propos
s'est répandu.

1 *Juin* 1785. Après avoir porté le deuil du
duc de *Mecklenbourg - Schwerin* , prince régnant,
pendant six jours seulement, on a repris celui du
prince *Jules-Léopold de Brunswick - Wolffenbuttel*,
frere du duc régnant, & quoique non souverain,
il a été ordonné de huit jours. On a été surpris de
ce changement d'étiquette, & l'on assure que le
Roi l'a voulu ainsi pour honorer la mémoire
d'un prince mort malheureusement , & si glo-
rieusement en voulant aller au secours de pauvres
gens qui se noyoient , & que la crainte d'un
sort semblable faisoit abandonner ; beau trait
qu'on lit avec attendrissement dans tous les papiers publics.

1 *Juin.* Il faut ajouter quelques circonstances à
l'entrée de la Reine à Paris , événement trop
important pour en omettre rien.

La Reine qui faisoit proprement son entrée,
puisqu'elle venoit seule, & qu'à la naissance du
Dauphin elle étoit accompagnée du Roi , auroit
bien désiré amener avec elle cet auguste enfant. Elle sentoit combien ce gage précieux
auroit échauffé le zele des Parisiens & lui auroit
attiré des bénédictions. On a représenté à S. M.
que ce n'étoit point l'étiquette, qu'elle s'y op-
posoit, & *Madame* a d'ailleurs fait valoir son
droit d'être dans le fond du carrosse à côté de la
Reine ; ce qui ne pouvoit avoir lieu si M. le Dauphin venoit , à qui la premiere place , après le
Roi , étoit due par-tout. Elle a dit qu'en
conséquence ne pouvant déroger à sa prérogative, elle s'abstiendroit plutôt d'assister à la cérémonie ; ce qui a jeté un peu de froid entre la
Reine & *Madame.*

Après avoir été à Notre-Dame, ce qui eſt d'étiquette, la Reine ne s'eſt rendue à Sainte-Genevieve que pour ſatisfaire à l'uſage, & d'ailleurs à cauſe des circonſtances où l'on invoquoit déjà la Sainte. S. M. déjà fatiguée, a donc cru inutile de mettre à cette invocation le même cérémonial qu'à Notre-Dame, & pour abréger a prié ſes dames de ne point deſcendre.

Le peuple, toujours attaché aux apparences & plus confiant en ſainte Genevieve qu'en la mere de Dieu, a trouvé mauvais qu'on traitât la patrone de Paris plus leſtement que la Vierge; ce qui n'a pas contribué pour peu à le rendre morne durant le reſte de la marche de ſa majeſté.

La princeſſe de Conti & la princeſſe de Lamballe étoient venues joindre la Reine à Notre-Dame, & l'ont accompagnée juſques aux Tuileries.

Beaucoup de monde, de gens de la cour, & les divers chefs des corps attendoient la Reine au château; mais S. M. excédée de fatigue & de chaleur, pour être rendue plutôt chez elle, a monté par le petit eſcalier; en ſorte que chacun a couru bien vîte de ce côté, a joint la Reine à la hâte, qui a ſur le champ congédié tout le monde, & n'a conſervé que Mad. *Eliſabeth* pour dîner avec elle.

Madame & Mad. la comteſſe *d'Artois*, qui comptoient dîner avec la Reine, ont été priſes au dépourvu. La premiere eſt allée au Luxembourg, & la ſeconde a été traitée par Mad. la ducheſſe *de Lorge*, ſa dame d'honneur.

Au moyen de cette ſéparation, la Reine eſt allée ſeule à l'opéra avec Mad. *Eliſabeth*, & le reſte de la journée s'eſt paſſé de même.

Le ſouper de M. le comte *d'Artois* n'étoit

C 4

composé que de neuf convives ; la Reine, madame *Elisabeth*, la princesse *de Chimay*, la duchesse *de Polignac* & madame *Diane* en femmes ; & en hommes, M. le comte *d'Artois*, le chevalier *de Crussol* son capitaine des gardes, le baron *de Bezenval* & le duc *de Coigny*.

La Reine, après avoir assisté en cérémonie au bouquet du comte *d'Aranda*, a changé de chevaux au château de la Muette, s'est mise à son aise & est venue parcourir les diverses illuminations de la capitale.

Le mercredi au soir, sa majesté s'est rendue à Saint-Cloud, où elle a donné une fête au Roi, illumination, &c. & s'est rendue, pour coucher, à Versailles.

Le jeudi, jour de la Fête-Dieu, la Reine s'est trouvée incommodée. Elle n'a pu accompagner le Roi, suivant l'étiquette, à la grand'messe. Sa majesté pour respirer, s'est soustraite au tumulte de la cour & s'est rendue au petit Trianon.

2 *Juin*. Madame *de saint-Prest*- la femme du maître des requêtes, a été enlevée la nuit du samedi au dimanche 29 mai, par ordre du Roi, & conduite au couvent de Saint-Michel. C'étoit une femme fort scandaleuse, séparée de son mari, elle vivoit dans un grand désordre. Il y a toute apparence que c'est sa famille qui l'a fait arrêter.

2 *Juin*. Le jour où madame la duchesse *de Lorge* donnoit à dîner à madame la comtesse *d'Artois*, ne sachant comment amuser cette princesse dans la soirée, elle avoit imaginé de lui faire voir la maison de M. le comte *d'Orsay* (*Grimod* en son nom). Ce fils de financier très-riche, a donné dans les arts, & en effet possede une des maisons de Paris les plus curieuses à voir pour la richesse.

le goût, le luxe & les singularités qu'elle renferme. Ayant la foibleffe de rougir de fa naiffance
qui ne répond pas à fes vues ambitieufes, il a
cherché à la couvrir par des alliances de femmes
infiniment au - deffus de lui & tenant aux plus
grandes maifons.

M. le comte *d'orfay* flatté de l'honneur que
devoit lui faire madame la comteffe *d'Artois*, s'étoit
hâté de réunir auprès de lui tous les grands feigneurs dont fes deux femmes lui ont procuré
l'alliance. Mais tout cet étalage s'eft trouvé inutile : madame la comteffe *d'Artois*, qu'on n'avoit
pas confultée, a préféré d'aller à Bagatelle, voir
fes enfants qui ne s'y font pas trouvés, parce
que M. le comte *d'Artois* les avoit envoyés chercher pour leur faire rendre leurs hommages à la
Reine, fur - tout par le duc *d'Angoulême*, grand-
prieur de France, à qui appartient le Temple, &
chez lequel étoit alors par conféquent fa majefté.

Madame la comteffe *d'Artois* s'eft trouvée réduite au fpectacle de l'aéroftat des fieurs *Alban*
& *Vallet*, dont on a parlé. Enfuite elle eft revenue à Paris, voir les illuminations & le bouquet du comte *d'Aranda*.

3 *Juin.* La Reine fenfible, comme elle doit
l'être, à l'indifférence du peuple, en a parlé au
Roi à fon retour & a verfé dans le fein de fa
majefté fa douleur de n'avoir pas entendu ces acclamations bruyantes, fi flatteufes pour les fouverains. *Je ne fais comme vous faites*, lui dit fon
augufte époux : *pour moi je ne vais pas de fois
à Paris qu'ils ne crient jufqu'à m'étourdir.*

3 *Juin.* M. *d'Abbadie*, confeiller honoraire
au parlement de Paris, préfident à mortier au
parlement de Navarre, après trente années de

magiſtrature , dont douze marquées au milieu des révolutions publiques par un dévouement généreux , ſe voit à l'âge de cinquante ans- frappé ſubitement d'une interdiction proviſoire, obtenue au parlement de Pau par ſa famille, lorſqu'il étoit à Paris depuis le mois de décembre dernier , oc-cupé à vaquer à ſes affaires. Il eſt mis en chartre privée chez lui , & obligé de ſe réfugier chez monſieur le lieutenant - général de police qui , heureuſement inſtruit de cet attentat ſcanda-leux , lui offre ſon hôtel pour aſyle. Tel eſt l'objet d'un mémoire curieux que le préſident fait répandre avec profuſion dans toutes les mai-ſons , ſuivi d'une conſultation. du 2 mai. Cette étrange affaire mérite plus de détails , qu'on don-nera lorſqu'on en ſera mieux inſtruit.

4 *Juin*. On peut ſe rappeller les folies du mar-quis *de Brunoy*, ſur - tout celles qu'il fit dans le temps pour l'égliſe de ſa terre. Elle eſt décorée avec une pompe, une richeſſe & une magnificence dont il n'y a pas d'exemple. M. l'archevêque de Paris , en y faiſant ſa viſite , a été frappé de ce luxe religieux : il a reconnu combien il s'y trou-voit de ſuperfluités , combien de choſes abſolu-ment inutiles pour le ſervice divin dans une égliſe de campagne ; il a penſé qu'on pourroit appli-quer à un meilleur uſage le prix de la vente de tant d'effets précieux , d'ornements, de vaſes ſa-crés d'or & d'argent , d'argenterie, de dentelles, d'étoffes riches , en l'appliquant à ſecourir les pauvres du lieu , & même à doter des établiſſe-ments pour eux , pour les malades , pour l'inſtruc-tion de la jeuneſſe & pour les autres beſoins de la paroiſſe.

Monſieur , aujourd'hui poſſeſſeur de Brunoy,

a approuvé ces vues d'utilité publique pour ses vaſ-
ſaux. En conſéquence, après avoir réſervé abon-
damment tout ce qui pouvoit contribuer à la
décence & à la dignité du culte dans l'égliſe de
Brunoy, le prélat a permis de vendre le ſurplus ;
ce que le parlement a ordonné par arrêt.

L'amas incroyable de toutes ces extravagances
pieuſes du marquis, leur brillant étalage fait aujourd'hui ſpectacle, & l'on s'empreſſe d'aller les
voir à la merci, où elles doivent ſe vendre.

4 *Juin*. Le journal de Paris eſt ſupprimé d'aujourd'hui ; on varie encore ſur la cauſe. Il faut
attendre de plus amples éclairciſſements.

5 *Juin*. On ſe reſſouvient que les derniers états
de Bretagne, avant de ſe ſéparer, avoient arrêté
d'ériger une ſtatue à *Louis XVI*. dans une ville
de la province. N'ayant point trouvé à Rennes ni
à Nantes d'emplacement convenable, ils ont prié
ſa majeſté de vouloir bien déſigner elle-même la
ville, & ſa majeſté a nommé Breſt.

En conſéquence M. *Pajou*, ſculpteur du Roi,
nommé par la province, va ſe rendre dans ce port,
afin de voir l'emplacement & compoſer enſuite
les acceſſoires du monument dont la direction lui
eſt confiée.

5 *Juin*. Le Roi, par les mêmes motifs qui lui
ont inſpiré l'arrêt du conſeil du 17 de ce mois
(rendu, comme celui-ci, ſur le rapport de M. *de
Calonne*.) pour la ſubſiſtance & la conſervation
des beſtiaux, a cru devoir y ajouter la ſuppreſſion des droits impoſés ſur les fourrages apportés
des pays étrangers, en ne conſervant qu'une légere taxe, dans l'unique vue de connoître les
quantités importées.

L'objet de cet arrêt du 27 mai, eſt d'encourager les spéculations des commerçants, & de les exciter à faire venir des fourrages de chez l'étranger.

En outre, on y a joint une *Instruction* sur les moyens de suppléer à la disette des fourrages & d'augmenter la subsistance des bestiaux, publiée par ordre du Roi. On y trouve une foule de ressources dont l'usage doit être varié suivant les lieux & les circonstances. C'est à la sagesse & à la prudence des intendants que sa majesté en réserve le choix.

Cette instruction a été rédigée d'après une assemblée tenue le 20 mai par M. le contrôleur - général, & composée de personnes recommandables par leurs connoissances en économie rurale.

5 *Juin*. M. *Houdon*, célebre sculpteur, part incessamment pour l'Amérique, où le congrès l'appelle. Il doit y travailler à la statue du général *Washington* & au buste de M. le marquis *de la Fayette*.

6 *Juin*. Une chanson intitulée : *l'Ambassade*, du chevalier de *Boufflers*, où ce poëte aimable plaisante sur ce genre de mission, & même un peu sur les souverains, rapportée dans le journal de Paris, du 31 mai, est le motif prétendu de sa suppression ; ce qui paroît d'autant plus injuste, que la piece est extraite d'un journal nouveau, intitulé : *Les quatre Saisons*, imprimé avec permission.

6 *Juin*. La quatrieme nouveauté jouée hier aux François depuis leur rentrée, a été plus heureuse que les précédentes. Non - seulement elle a réussi, mais le succès a été tel qu'il y en a peu d'exemples. C'est une tragédie en cinq actes & en vers, ayant pour titre *Roxelane & Mustapha*.

Ce fujet a déjà été mis au théâtre plufieurs fois, & fur-tout dans ce fiecle par MM. *Belin* & *de chamfort*. On en a parlé à l'occafion de ce dernier. Il eft naturellement fi rempli de fituations intéreffantes qu'il eft facile de les faire valoir. Quoi qu'il en foit, la partie du fentiment eft fupérieurement traitée dans la nouvelle piece ; il y auroit peut-être plus de chofes à défirer du côté de l'intrigue ; mais le public n'a femblé improuver que peu d'endroits aifés à changer & ne tenant point au fond. Ainfi, l'auteur peut regarder fon triomphe comme complet.

Pour mieux en apprécier le mérite, il faudroit avoir fous les yeux les deux autres pieces, & les comparer. En général, le dernier compofiteur femble avoir connu fon fujet plus profondément, & fans en fauver toutes les invraifemblances, y avoir mis infiniment plus d'art & d'intelligence.

C'eft un débutant : il fe nomme *Maifonneuve*. On affure qu'il avoit compofé fa piece, déjà très-ancienne, avant celle de M. *de Chamfort*, mais que le crédit de celui-ci l'a emporté & l'a fait paffer avant.

M. *de Maifonneuve* ne paroiffoit point appellé par fon état aux hautes conceptions de la tragédie. Il tient une boutique de mercerie ; mais il a une femme qui en prend foin & lui laiffe tout le temps de fe livrer aux Mufes. Il eft du refte très-modefte : caractere ordinaire du vrai mérite & fur-tout indice du génie. Il eft dans la force de l'âge, & n'a pas trente-cinq ans.

6 Juin. M. le préfident *d'Abbadie* a de fon chef deux millions de biens-fonds. Il venoit de fuccéder à M. *de Borda*, fermier-général, fon oncle, laiffant un héritage de plus de quatre

millions. C'eſt cette fortune exceſſive qui a réveillé la cupidité de ſa femme, du Marquis *du
Coudray*, lieutenant-général des armées du Roi,
ſon beau-frere, & de la marquiſe ſa ſœur. Depuis
trois ou quatre ans des peines ſecretes lui avoient
fait reſſentir des atteintes de mélancolie. C'eſt de
cet accident qu'ils ſe ſont prévalus pour, lorſqu'il
étoit à Paris occupé à recueillir la ſucceſſion de
ſon oncle, qu'il y vivoit dans la maiſon du défunt
avec ſa femme, ſa ſœur & ſon gendre, le faire interdire à Pau, le 3 mars ſur avis de parents &
amis.

Inſtruit de cet arrêt le 26 mars, le préſident
ſe diſpoſoit à aller à la campagne, lorſqu'il s'eſt
trouvé priſonnier de ſa femme, comme on l'a
dit, & n'a échappé à cette captivité que par le
zele de M. le lieutenant de police, ſon voiſin.

Dès le jour même, 26 mars, il a rendu plainte
de la chartre privée dans laquelle il venoit d'être
détenu. Il a formé auſſi oppoſition à l'arrêt du
3 mars, par requête du 8 avril, & s'eſt ſoumis,
par proviſion, à ne pouvoir diſpoſer de ſes biens
que de l'avis & ſous l'aſſiſtance d'un conſeil. Il a
demandé en même temps à être interrogé par
M. le lieutenant civil, viſité par ſes proches &
examiné par des médecins.

Le préſident, dans ſon mémoire, fait voir que
ce complot, formé par la cupidité, ſoutenu par
l'intrigue cachée depuis long-temps ſous les apparences de l'amitié, s'il réuſſiſſoit, ſeroit injurieux
à toute la magiſtrature, funeſte à la ſociété entiere, & flétriroit ſur-tout le parlement de Pau,
qui, perſiſtant dans une illuſion paſſagere,
ôteroit, pour complaire à des parents cupides,
impoſteurs & dénaturés, la fortune, l'honneur &
l'état à l'un de ſes membres.

7 Juin. Le nouvel ouvrage de M. le comte *de Mirabeau*, sur la caisse d'escompte, ne lui fait point honneur, si l'on en croit des gens impartiaux & connoisseurs qui l'ont lu, en ce qu'on juge facilement qu'il s'est rendu l'organe du sieur *Panchault*. Il se lit avec un certain intérêt ; mais on sent que l'auteur, malgré tout son esprit & toutes ses connoissances, n'étoit point en état de traiter par lui-même une pareille matiere. Le livre est hérissé de calculs arithmétiques & politiques qu'il n'a pu faire. D'ailleurs l'objet en est très-vicieux, puisqu'il tend à mettre cette caisse sous la main du gouvernement ; ce qui seroit contre son institution, ce qui faciliteroit les coups d'autorité, la subversion des fortunes, l'infraction des loix & le despotisme, contre lequel M. *de Mirabeau* s'est tant récrié jusqu'à présent.

7 Juin. On en revient aujourd'hui à dire que le sieur *de Beaumarchais* garde une retraite volontaire ; que son obstination à n'en point sortir afflige la cour, où il a beaucoup de partisans, & embarrasse M. le baron *de Breteuil*, chargé d'arranger l'affaire ; qu'il a fait offrir au mécontent le cordon de Saint-Michel, ce qu'il a refusé avec hauteur, en disant qu'il avoit des charges donnant la noblesse ; que cette décoration, trop commune & réservée aux artistes, ne serviroit qu'à lui attirer de mauvaises plaisanteries. Il persiste à vouloir une pension sur la cassette du Roi.

8 Juin. MM. *Berard* & *Gourlade*, deux directeurs de la nouvelle compagnie des Indes, ont eu une querelle si vive entr'eux qu'ils en sont venus à mettre l'épée à la main il y a quelques jours. M. *Gourlade* a désarmé son adversaire, lui a cassé son épée & lui en a jeté les morceaux au nez.

M. *Berard*, furieux de ce procédé méprifant, vouloit recommencer ; mais M. *de Calonne* fentant le mauvais effet que produiroit dans le public cette rixe non moins dangereufe que ridicule, a interpofé fa médiation & a forcé les deux rivaux de s'embraffer.

8 *Juin*. Le fieur *Panchault* eft fi content du livre de M. le comte *de Mirabeau*, qu'il l'annonce publiquement, & par une tournure d'éloge fort extraordinaire & peu flatteur pour l'amour-propre de fon éleve en matiere de fifcalité & d'agiotage, il déclare modeftement qu'il ne feroit pas fâché de l'avoir compofé & qu'il s'en glorifieroit.

9 *Juin*. Le fameux comte *de Morangiès* revient fur la fcene, & va de nouveau occuper le palais & le public. Il faut fe rappeller qu'il avoit époufé en premieres noces une fille du duc *de Saint-Aignan*, dont il a un fils. Depuis il s'eft remarié à une efpece de courtifane, & en a eu un enfant femelle, à qui fon frere contefte l'état. Voilà en gros la matiere du procès, dans lequel il doit fe publier inceffamment des mémoires.

9 *Juin*. On affure que madame la ducheffe *de Choifeul*, fe faifant un point d'honneur d'acquitter les dettes de fon mari, fe retranche & même fe retire au couvent, pour y mieux parvenir & plutôt.

10 *Juin*. On a parlé l'année derniere d'un nouvel incident dans le régime fifcal, qui mettoit le parlement de Bordeaux aux prifes avec le miniftere : il s'agiffoit du contrôle des billets à ordre, qu'exigeoit le fermier. En conféquence arrêt du 10 mars 1784 contre cette innovation. La conteftation n'eft pas finie, fans doute ; car on voit un nouvel arrêt de cette cour, en date du 9 mars de cette année qui, *fous le bon plaifir du Roi*, ordonne que le précédent fera exécuté. En con-

féquence, fait inhibition & défenfes, tant au commis du bureau du contrôle de cette ville, qu'à tous autres du reffort de la cour, de percevoir le droit de contrôle des billets à ordre, lettres de change, ou autres effets commerçables, *à peine de concuffion, &c.*

10 *Juin.* Dans le *Journal militaire*, confacré à publier les hauts faits des guerres, tant fur terre que fur mer, il n'étoit fait mention d'aucun des exploits de la marine marchande. Meffieurs de la marine royale ne faifoient parler que d'eux. Un négociant de Rochefort s'eft plaint, au mois de février dernier, de cette omiffion injurieufe. Il a repréfenté aux rédacteurs du Journal que depuis le regne de *Louis XIV*, les négociants, jufqu'alors paifibles fpectateurs des exploits militaires, y participerent à leur tour en temps de guerre, & que cette élévation de la marine marchande à l'état militaire avoit donné lieu à une foule de traits de bravoure & d'entreprifes hardies, d'autant plus glorieufes, que les honneurs & les diftinctions militaires ne doivent point être la récompenfe de ces nouveaux défenfeurs de l'état, & qu'aujourd'hui, que cette claffe de guerriers s'eft acquis des droits à la reconnoiffance de la nation, il feroit jufte de lui deftiner un article.

Les rédacteurs ont fenti leur tort, & pour le réparer, recueillent tous les mémoires, toutes les notices, tous les renfeignements utiles ou glorieux qui pourront intéreffer les armateurs & les marins de la marine marchande.

11 *Juin.* On voit dans le cabinet de M. le contrôleur-général le plan en lavis des édifices qui doivent être élevés à Bordeaux à la place du Château-Trompette, qu'on veut fupprimer &

démolir. On affure que la façade de ces bâtiments fera fept fois plus grande que celle des Tuileries. Treize rues aboutiront à la place principale, qui fera décorée d'arcades & de tout le luxe de l'architecture. Ces treize rues porteront le nom de chacune des Provinces-Unies, comme ayant beaucoup contribué à la richeffe de ce port.

M. *Louis*, auteur du projet, eft chargé de fon exécution. L'édifice de la nouvelle comédie de la même ville, attefte fes talents. Il veut faire de Bordeaux, non-feulement une des plus belles villes du royaume, mais même de l'Europe. Il compte, dit-on, ajouter à la fomptuofité des bâtiments la commodité des trottoirs pour les gens de pied. Il n'y aura plus qu'une petite difficulté, ce fera d'augmenter la population de Bordeaux en raifon de cette augmentation de maifons, qui doubleront prefque les habitations.

11 *Juin.* On écrit de Boulogne que MM. *Pilâtre & Romain* y font toujours avec leur aéroftat : qu'en outre il y a une jeune dame, nommée madame *de Saint Hilaire*, réuniffant à la plus grande intrépidité toutes les graces de fon fexe, qui eft arrivée depuis deux mois dans cette ville, avec une recommandation de M. *de Calonne*. Ce miniftre exhorte M. *de Rozier* d'admettre, s'il eft poffible, cet aéronaute femelle dans fa galerie; & il le lui a promis.

11 *Juin.* On écrit de Conftantinople que le chantre des jardins a pour ainfi dire perdu la vue ; qu'il s'attend à être aveugle dans peu de temps ; que, rival d'*Homere* & de *Milton*, il n'en continue pas moins à travailler, & qu'il s'occupe actuellement de fon *Poëme fur l'imagination* ; qu'il refte enfermé dans l'hôtel de M. l'ambaffadeur, &

n'ose visiter cette grande ville par la crainte qu'il a de la peste. On assure qu'il sera de retour à Paris au mois de juillet prochain.

12 *Juin*. On se rappelle le différend qui subsistoit entre l'ordre des avocats & la chambre des comptes, relativement à un arrêt de cette cour. L'ordre avoit nommé trois députés, chargés de suivre l'affaire, de conférer avec M. le procureur-général de la chambre, & de chercher quelque tempérament de conciliation. Enfin, samedi, ces députés ont rendu compte à l'assemblée qu'ils avoient obtenu satisfaction; que la chambre retiroit son arrêt, ou du moins en annulloit la disposition concernant Me. *Pincemaille*, auquel elle avoit fait une injonction flétrissante, & le renvoyoit à la discipline de l'ordre. Comme il doit être envoyé une copie collationnée de l'arrêt à tous les bancs, on en sera instruit plus en détail, & l'on rendra un compte plus circonstancié de cette affaire majeure.

12 *Juin*. Extrait d'une lettre de Bordeaux, du 7 juin........ « Le *Tableau du parquet*, brochure clandestine, débitée dans cette ville, dont vous me demandez quelque notice, ne m'est connue que par une lettre d'un de nos libraires, *Paslandre* aîné, insérée au journal de Guienne, du 29 avril, où il désavoue ce pamphlet indécent qui paroissoit depuis le commencement dudit mois. Il craignoit d'être soupçonné de complicité, parce qu'un jeune commis, sorti de chez lui, le colportoit........ Je présume que c'est une satire contre nos magistrats, dans le goût de ces libelles qui pulluloient durant l'exil des parlements. »

12 *Juin*. Par un arrêt du conseil du 3 juin, la

nouvelle édition des œuvres completes de *Voltaire* est fupprimée. C'éft une petite fatisfaction que l'on a voulu donner au clergé , en ce moment qu'il eft affemblé : fatisfaction d'autant plus illufoire , que depuis trois mois & plus le fieur *de Beaumarchais* a débité tout ce qu'il en avoit. C'eft une nouvelle inconféquence du gouvernement à joindre à tant d'autres.

12 *Juin*. C'eft aux Récollettes que fe retire madame la duchelle *de Choifeul*, avec deux femmes & deux laquais feulement. Tout le refte de fes revenus doit être confacré à payer les dettes de fon mari.

13 *Juin*. La prifon de Saint-Martin, confacrée fpécialement à fervir d'entrepôt aux filles de mauvaife vie , eft fort étroite , fort incommode & placée dans un endroit de Paris très-habité. On vient de la fupprimer & de la réunir à celle de l'hôtel de la Force , par des lettres-patentes données à Verfailles , au mois d'avril , & enrégiftrées au parlement le 10 mai.

13 *Juin*. M. *Mercier* , ci-devant bibliothécaire de la maifon de Sainte-Genevieve , aujourd'hui connu fous le nom d'abbé de Saint-Léger , annonce un *Projet pour le foulagement des veuves & des enfants des gens de lettres, morts fans fortune, & pour la publication de leurs écrits pofthumes.* Il s'agit d'une compagnie femblable à celle établie à Drefde , & qui y a fubfifté jufqu'aux ravages de la guerre de 1760. Elle avoit pour titre : *Societas caritatis & fcientiarum.* On en voit l'hiftoire dans la préface qui eft en tête du premier volume de fes mémoires , intitulé : *Analecta*, Analectes , &c. ou Choix, Mélanges, &c.

Un particulier, qui a voulu demeurer inconnu, mais que l'on sait avoir donné de bons ouvrages, conçut & exécuta ce beau projet. Des littérateurs honnêtes & vertueux se réunirent à lui ; & enfin, *Frédéric-Auguste*, roi de Pologne, électeur de Saxe, confirma en 1722 un établissement si glorieux, par un édit mémorable.

Ce projet ne fait que rentrer dans un plus étendu, conçu par M. *Luneau de Boisjermain*, & dont on a rendu compte dans le temps.

14 Juin. La suppression du *Journal de Paris* subsiste. Cependant les directeurs continuent à recevoir des souscriptions, fondés sans doute sur le proverbe : *Que ce qui est bon à prendre, est bon à rendre*, ou mieux encore, suivant M. *de Beaumarchais*, *bon à garder.* Ils promettent pour le 15 de ce mois.

Quoi qu'il en soit, il paroît constant aujourd'hui que c'est le comte de *Lusace*, frere de la princesse *Christine*, abbesse de Remiremont, qui s'est plaint au Roi de l'insertion de la chanson, & que c'est S. M. elle-même qui, dans un premier mouvement d'indignation, a ordonné la suppression du Journal.

Il est étonnant qu'on n'ait pas représenté à S. M. non-seulement l'injustice de cette suppression par les raisons qu'on a dites, mais encore le danger d'exciter la curiosité & de rendre publique une anecdote que beaucoup de gens ignoroient & qu'il est essentiel de constater.

M. le chevalier *de Boufflers* ayant été envoyé par le Roi à Remiremont pour complimenter la princesse *Christine* sur sa nomination à cette

abbaye, en fut reçu avec beaucoup de hauteur. Il
fut piqué & composa la chanson suivante, sur
l'air : *Et j'y pris bien du plaisir.*

Enivré du brillant poste,
Que j'occupe récemment,
Dans une chaise de poste,
Je me campe fiérement,
Et je vais en ambassade,
Au nom de mon souverain,
Dire que je suis malade,
Et que lui se porte bien.

Avec une joue enflée,
Je débarque tout honteux ;
La princesse boursouflée,
Au lieu d'une en avoit deux :
Et son altesse sauvage,
Sans doute a trouvé mauvais,
Que j'eusse sur mon visage,
La moitié de ses attraits.

Princesse, le Roi, mon maître,
M'a pris pour ambassadeur :
Je viens vous faire connoître,
Quelle est pour vous son ardeur.
Quand vous seriez sous le chaume,
Il donneroit, m'a-t-il dit,
La moitié de son royaume,
Pour celle de votre lit.

La princesse, à son pupitre,
Compose un remercîment :

    Elle me donne une épître,
    Que j'emporte leſtement.
    Et je m'en vais dans la rue,
    Fort ſatisfait d'ajouter,
    A l'honneur de l'avoir vue,
    Le plaiſir de la quitter.

En outre, comme la princeſſe lui fit donner cinq louis en or, en forme de récompenſe, le chevalier y ajouta le quatrain que voici, ſur l'air : *Ne v'la-t-il pas que j'aime.*

    De ces beaux lieux en revenant,
    Je quitte l'excellence :
    Et je reçois, pour traitement,
    Cent vingt livres de France.

Il eſt à obſerver que cette chanſon & le quatrain étoient imprimés dès 1782, dans le recueil des œuvres du chevalier de Boufflers.

14 *Juin.* On parle de remontrances du parlement de Bretagne ſur le tabac : elles font un certain bruit en ce qu'on reproche à cette cour de les avoir dirigées plus contre le miniſtre des finances que contre les fermiers-généraux.

15 *Juin.* L'arrêt du conſeil qui ſupprime un ouvrage ayant pour titre : *Collection complete des œuvres de Voltaire, par la Société littéraire typographique,* eſt imprimé & affiché avec une grande profuſion. On a affecté d'en coller deux à la porte du ſieur *de Beaumarchais.* La ſuppreſſion eſt motivée ſur ce qu'une partie de cet ouvrage eſt contraire à la religion, aux mœurs, & tend à ébranler les principes fondamentaux de l'ordre, des sociétés & de l'autorité légitime. Il est ordonné à tous les imprimeurs, libraires, colporteurs, distributeurs & autres, qui en auroient des exemplaires, de les apporter pour être mis au pilon. Au reste, il n'est encore question que des trente premiers volumes de cette édition.

16 *Juin*. Un ami de l'abbé *de Mably* lui a consacré une épitaphe latine qui mérite d'être conservée, quoiqu'un peu longue, parce qu'elle est un historique de sa vie.

D. O. M.

E. M. Æ.

Gabrielis Bonnot de Mably,
Gratianopolitani ;
Juris naturæ & gentium indagator
Indefessus, audax, felix,
Dignitatis humanæ vindex,
Inter scriptores politicos insignis,
Orbis utriusque suffragiis ornatus,
Eventuum præteritorum caufas detexit,
Futuros prænuntiavit,
Quæ ad avertendos docuit,
Recti pervicax,
Quid pulchrum, quid turpe,
Quid utile, quid non dixit.
Vir paucorum hominum,
Honores, divitias,
Omni modo servitii vinculo
In modicâ re,
Conflanter aspernatus,
Vitâ innocuus, religionis cultor
Æquissimo animo.
Obiit 23 Apr. D. 1785. Nat. 14 Mart. 1709.

H.   M.

Amici mærentes posuerunt.

On

On peut la traduire ainsi :

" A la gloire de Dieu tout-bon , tout-puissant & à
„ la mémoire éternelle de Gabriel Bonnot de Mably,
„ né à Grenoble.
„ Infatigable , courageux, heureux dans ses recher-
„ ches sur le droit de la nature & des gens, il a vengé
„ la dignité de l'homme.
„ Egal aux plus célebres écrivains politiques, les
„ deux mondes l'ont honoré de leurs suffrages.
„ Il a découvert aux peuples les causes des révolu-
„ tions, annoncé celles dont ils sont ménacés indiqué
„ les moyens de les prévenir,
„ Invariablement attaché au vrai , il a démasqué le
„ vice, fait briller la vertu , éclairé les hommes sur
„ leurs plus grands intérêts.
„ Il ne prodigua ni son estime, ni son amitié. Dans
„ la médiocrité de sa fortune , il a constamment dé-
„ daigné les honneurs, les richesses , toutes les places,
„ comme des entraves à la liberté.
„ Sa vie fut sans tache, fidéle aux devoirs de la re-
„ ligion ,il mourut avec tranquillité le 23 avril 1785,
„ il étoit né le 14 mars 1709.
„ Ses amis affligés lui ont érigé ce monument „

16 *Juin*. Relation de la séance publique de
l'académie françoise , tenue aujourd'hui pour la
réception de M. l'abbé Morellet.

Le tumulte des deux séances précédentes ayant
fort déplu à messieurs de l'académie , ils ont sé-
rieusement songé aux moyens d'empêcher qu'il
ne fût tel à l'avenir. En conséquence , ils ont
arrêté qu'ils ne donneroient de billets qu'autant
qu'il y auroit de sieges , suivant la maxime,
Anima sedens fit sapientior. Mais comme il y a
toujours des *non-valeurs* dans les billets donnés,
il en a résulté un autre inconvénient non moins
déplaisant pour messieurs ; c'est que la séance n'a

Tome XXIX.   D

pas été parfaitement garnie, qu'il y avoit des
sieges vuides & qu'il s'y est répandu un grand
froid.

M. l'abbé *Morellet*, n'ignorant pas combien on
a blâmé le choix de l'académie en sa personne, s'y
est pris adroitement dès l'ouverture de son discours pour écarter ce reproche : il est convenu
que *Richelieu* n'avoit d'abord institué l'académie
françoise que pour les orateurs, les poëtes, les
grammairiens, les critiques, les historiens, pour
les gens de lettres en un mot. Mais il a prétendu
que ce grand homme prévoyoit d'avance l'union
qui se formeroit entre les lettres & la philosophie,
& que celle-ci, infiniment plus utile, figureroit
avantageusement & tiendroit à la fin le haut bout
dans l'académie. C'est à *Fontenelle* qu'a commencé
cette révolution, consommée aujourd'hui presque
entièrement. C'est donc comme philosophe que
le récipiendaire a eu droit de solliciter une place
& de l'obtenir. Par *philosophe*, il n'entend pas
simplement celui qui se livre à l'étude des hautes
sciences, mais celui qui les applique à l'avantage
& au bonheur de la société. Il est de ce genre ;
il est économiste ; il a prêché la liberté du commerce ; il a fait détruire la compagnie des Indes
exclusive ; il travaille depuis trente ans à un
dictionnaire du commerce. Voilà ses titres. Après
les avoir bien constatés, il est venu à son prédécesseur, à l'abbé *Millot*, qu'il trouve aussi his-
torien-philosophe. Ce fut une dose trop forte de
cette philosophie dont sont imprégnés ses premiers ouvrages, qui lui fit quitter la société des
jésuites, parce qu'il craignit de n'y plus trouver
ni le repos, ni la liberté ; persécution heureuse,
en ce qu'il sortit du vaisseau avant le naufrage.

Le récipiendaire a pris occasion des *Éléments d'Histoire* de l'abbé *Millot*, qu'il veut pédantesquement n'être que des abrégés, pour faire une longue & trop longue dissertation sur ce genre, d'autant plus déplacée que peu de gens ont lu les ouvrages du défunt. Quoi qu'il en soit, ils le firent appeller à Parme, pour y instituer la jeune noblesse & la former à l'histoire. Il s'y trouva bientôt enveloppé dans des mouvements séditieux, élevés contre le ministre *Felino*, son protecteur. On parloit de mettre le feu à la maison de ce seigneur. M. l'abbé *Millot* ne voulut point le quitter. En vain lui fit-on envisager la perte de son poste. Il répondit que son poste en ce moment étoit celui que l'attachement & la reconnoissance lui prescrivoient, & qu'on ne pourroit l'en arracher.

Revenu en France, M. l'abbé *Millot* s'attacha à la maison de *Noailles*, qui le chargea de la rédaction des *Mémoires* du vieux maréchal de ce nom : mémoires qui ont fait bruit, à cause du personnage intéressant dont ils sont émanés ; mais que l'abbé *Morellet* est obligé de convenir ne pas remplir l'attente du lecteur.

Le récipiendaire ayant peine à quitter son prédécesseur, après s'être beaucoup étendu sur ses écrits, a disserté encore sur son caractere, & a dit des choses très-fines & très-ingénieuses, mais qui ont manqué leur effet, appliquées à un personnage obscur & dont l'assemblée connoissoit encore moins la vie que les œuvres.

En général, ce discours, mal lu, débité froidement, a été reçu de même : il a obtenu peu d'applaudissements. Celui du directeur, M. le marquis *de Châtellux*, n'en a eu aucun. Il a com-

mencé par un détail infipide, malgré le fentiment
qu'il affectoit d'y répandre, de l'ancienne amitié
fubfiftant entre le récipiendaire & lui. Il a donné
à entendre que connoiffant plus particuliérement
l'abbé *Morellet*, il n'a pas été des derniers à lui
accorder fon fuffrage pour qu'il fût admis dans
la compagnie , ou plutôt dans la *fociété* : aveu
déjà échappé à plufieurs académiciens en particulier , & fait authentiquement aujourd'hui , que
ce n'eft pas le mérite qu'ils recherchent , mais leurs
amis.

Pour remplir le vuide de fon difcours , le marquis de *Châtellux* eft revenu fur l'abbé *Millot* , &
quoique le récipiendaire eût femblé avoir épuifé
la matiere , il a trouvé encore de nouvelles chofes
à dire fur ce fujet. Il s'eft particuliérement attaché à l'emploi de précepteur du duc d'*Enghien* ,
que rempliffoit l'abbé *Millot* , & par une profo-
popée brillante , il l'a peint conduifant fon illuftre
pupille à Chantilly , & l'y inftruifant par les monuments qu'il lui montre & de la grandeur de fes
aïeux , & de leur gloire , & de leur amour des
arts. Un trait plus remarquable de ce difcours
& vraiment glorieux pour l'abbé *Morellet* , c'eft
l'aveu du lord *Shelburn* qui , lors de la derniere paix
avec l'Angleterre , prétend avoir mis de côté tout
préjugé national , pour ne s'occuper que du bonheur
& de la réunion des deux peuples , *en libéralifant*
en quelque forte le commerce d'après les principes
que le miniftre étranger avoit puifés dans les
ouvrages du philofophe économifte.

Le directeur de l'académie n'a pas diffimulé que
ce mot *libéralifer* , devoit fembler bien étrange
dans le fein de l'académie françoife & devant
l'illuftre affemblée. Il lui en a demandé pardon ,

mais il a cru devoir conserver la propre expreſſion du lord *Shelburn*.

On ſait que le marquis *de Châtellux* , depuis
qu'il a été en Amérique, ne manque jamais de
parler des Américains , dès que l'occaſion s'en pré-
ſente. Il n'a pas laiſſé échapper celle-ci de les
vanter ; en célébrant les grands événements du
regne actuel, il y a compris l'arrêt du 30 août,
qui ouvre les ports de nos colonies aux Anglo-
Américains ; il l'a canoniſé , malgré les réclamations du commerce , & y voit une ſource de grandeur & de proſpérité nationale. On ſe trompe bien,
ou M. le directeur a quelque habitation dans
nos colonies , ou ſes amis en ont , ou quelque
intérêt ſecret le fait parler.

Depuis long-temps on annonçoit un morceau
de proſe de M. *Marmontel.* Après ces diſcours, il
en a fait part au public. C'eſt une digreſſion *ſur
l'autorité de l'uſage ſur la langue.* C'eſt un petit
chef-d'œuvre plein de goût, de logique & de
fineſſe. Son objet eſt de prouver qu'on a eu tort
de renoncer à certaines expreſſions tombées en
déſuétude, & de n'en pas adopter de nouvelles,
lorſqu'elles ſont imaginées avec les qualités requiſes.
Il eſt étonnant quel intérêt il a ſu répandre dans
une matiere qui n'en paroiſſoit nullement ſuſceptible. Auſſi a-t-il été conſtamment & unanimement applaudi. Avec une adreſſe très-ingé-
nieuſe l'auteur a eu l'art de terminer ſans affec-
tation & ſans paroître y ſonger , par les portraits
des ſieurs *de Beaumarchais* & *Linguet*, qu'on ſait
être grands faiſeurs de mots , mais à leur uſage
ſeulement , plus propres à gâter la langue qu'à
l'enrichir , & que le bon écrivain s'interdiroit au
contraire, s'il les trouvoit adoptés.

M. *le Miere* a clos la féance par la lecture de
fon quatrième acte de *Barnevelt*, annoncé depuis
long-temps auffi. Un morceau ifolé de la forte,
dénué de ce qui précède, ne porte jamais le même
intérêt.

Cependant le public, qui avoit écouté d'abord
froidement, s'eft réchauffé fur la fin de l'acte,
& a donné de grands applaudiffements à des fituations violentes, & des vers forts, tels que celui
par où le héros en prifon rejette les fecours que
fon fils, ne pouvant le déterminer à fe fauver,
lui offre pour fe fouftraire au fupplice en fe donnant la mort :

> *Caton fe la donna, Socrate l'attendit.*

17 *Juin.* La fuppreffion du *Journal de Paris*
devient très-férieufe & fe prolonge. Le cenfeur,
M. *de Guidi*, a été interdit, & on lui a ôté
même le *Mercure*; ce qui caractérife un grand mécontentement du Roi. Cependant on ne parle
point d'autre grief que de celui de la chanfon.

17 *Juin.* On vient de recevoir la nouvelle que
MM. *Pilâtre de Rozier & Romain* ayant voulu
effayer leur ballon & s'élever à la plus grande hauteur poffible, le matin du mercredi 15, font re-
tombés morts peu de temps après. On ignore les
circonftances de ce funefte accident.

17 *Juin.* M. *Hilliard d'Auberteuil*, un de nos
écrivains politiques modernes, a faifi *la folie du
jour*, comme il l'appelle, pour en faire l'objet
d'un *Pamphlet du moment.* C'eft un *Dialogue entre
un Anglois & un François fur les actions des nouvelles eaux.* Il y décrie cette machine, & comme
contraire à la maxime de *Montefquieu*, qu'il faut

fupprimer toutes celles tendant à rendre inutiles trop de bras du peuple ; comme infalubre, & par l'endroit où a été placée la pompe à feu, au bas de la riviere, à la chûte de toutes les immon-dices, & par la nature de fa conftruction. Les An-glois fe gardent bien de boire de l'eau de la leur, fur le modele de laquelle celle de M. *Perrier* eft inftituée. D'ailleurs, par des calculs favants, l'An-glois prouve le chimérique des bénéfices, fur-tout pour ceux qui les achetent deux cents pour cent plus qu'elles ne valent.

Quoique cette critique foit peu faillante, elle eft cependant affez forte pour devoir déplaire au gouvernement, & l'on eft furpris qu'elle ne foit pas plus prohibée.

17 *Juin*. Le poëte *Barthe* eft mort avant-hier par un accident très-malheureux. Il avoit foupé copieufement le dimanche, en vrai gourmand, comme il étoit. De-là, une indigeftion dans la nuit. Il fait tout ce qu'il peut pour vomir, & il en réfulte des efforts fi confidérables qu'un bandage qu'il avoit, petre ; que fa hernie devient affreufe, & que ne pouvant faire rentrer l'inteftin, on eft obligé de lui faire l'opération qui, quoique bien faite, n'a pas empêché qu'il n'ait fuccombé.

M. *Barthe* étoit féparé de fa femme. Comme elle ne l'a point vu durant fa maladie, ni n'a été appellée, on préfume qu'il eft mort philofophique-ment ; car la premiere démarche du confeffeur auroit été d'exiger, fuivant l'efprit de la religion, qu'il fe réconciliât avec madame *Barthe*.

18 *Juin*. Il eft queftion de réalifer enfin l'éta-bliffement d'une *Ecole de natation*, dont on parle depuis long-temps. Le prévôt des marchands ac-tuel femble avoir envie de fe fignaler par cette inf-

titution. Le fieur *Turquin*, l'auteur des *Bains Chinois*, fi bien imaginés, a donné fur cela un projet dont le plan, les difpofitions & le régime avoient été approuvés de l'académie royale de médecine.

Le champ de l'*Ecole de natation* doit être près de la Grenouillere, fuivant le *Profpectus* qu'on en publie. Elle fera publique & particuliere. Les leçons feront divifées en cinq efpeces.

Celles de la premiere, qu'on peut appeller *Préparatoires*, auront pour objet tous les mouvements qu'on eft obligé de faire pour nager. Par cette raifon elles s'enfeigneront *à fec* ; c'eft-à-dire, le corps vêtu, hors de l'eau, couché & fufpendu dans le milieu, fur des machines imaginées à cet effet. Et comme elles feront données à couvert, on pourra les prendre dans tous les temps.

Les membres ainfi difpofés aux mouvements de la natation, ils feront répétés dans le baffin deftiné à nager, & ils feront dirigés par d'habiles maîtres qui ne quitteront pas l'écolier qu'ils ne fe foient affurés de fa capacité. Ce fera l'objet de la feconde efpece de leçons.

Celui de la troifieme fera de le former à nager tout habillé, puifque c'eft toujours étant habillé qu'on tombe dans l'eau.

La quatrieme efpece de leçons, confiftera à faire prendre aux éleves l'habitude de nager en pleine riviere, contre le vent & le courant de l'eau.

Enfin, pour ne rien laiffer à défirer fur la natation, fon étude fera terminée par l'art de plonger, à l'égard de ceux qui défireront le favoir.

Le fieur *Turquin* inftruira encore dans une

autre espece d'étude, non moins agréable & plus souvent utile, c'est de savoir conduire & diriger un bateau ou même une chaloupe, soit à rames, soit à voiles. Celle-ci, étant indépendante de la premiere, doit faire une école à part.

19 *Juin.* On doit recueillir encore quelques circonstances & détails de la vie de M. *Paon*, célebre artiste, enlevé aux arts par une mort prématurée; d'autant mieux que n'étant d'aucune académie, son oraison funebre ne sera prononcée nulle part.

Il porta ses dispositions pour peindre les batailles, dans les dragons où il entra fort jeune. Les campagnes où il se trouva, servirent également à honorer son service & à lui faire faire des études pour devenir bon peintre. Ayant obtenu son congé, & muni de ses dessins, il se présenta successivement chez MM. *Vanloo* (Carle) & *Boucher.* Tous deux l'engagerent à prendre le pinceau; il se rendit enfin disciple de M. *Cazanova*, dont il devint ensuite le rival. On en peut juger non-seulement par les tableaux du Palais-Bourbon dont on a parlé, mais par ceux qu'on voit à la salle du conseil de l'Ecole militaire. Moins fougueux, moins coloriste que son maître, M. *Paon* étoit plus dessinateur, plus fidele imitateur de la nature. Ses dessins & ses tableaux ont un mérite très-rare & inappréciable: c'est qu'il a été acteur lui-même des scenes qu'il décrit.

Ceux qui ont connu M. *Paon*, assurent qu'il avoit les qualités du cœur très-estimables; qu'il étoit bon fils, bon époux, bon ami; qu'il avoit le caractere brave, franc, loyal & gai. Il étoit sujet à la goutte & trop inquiet sur sa santé. Il s'est tué à force de remedes.　　　　D 5

19 *Juin*. La mort de MM. *Pilâtre de Rozier* & *Romain* n'est que trop confirmée. Le dernier a survécu environ dix minutes après leur chûte, & cependant n'a pu parler. Ils étoient partis très-sérieusement pour se rendre en Angleterre, mais avoient trouvé un courant d'air qui les avoit ramenés, car ils sont tombés en France.

On varie sur la cause de leur catastrophe. On croyoit d'abord qu'elle avoit été occasionnée par le mélange des deux procédés du feu & de l'air inflammable. On veut aujourd'hui l'attribuer à la vétusté de la machine, à la soupape qui jouoit mal, aux qualités vicieuses des matieres employées. C'est un problême qu'on ne pourra bien éclaircir que par un historique circonstancié des faits. Tout ce qu'on peut dire, c'est que les physiciens regardoient la machine comme très-mal imaginée, & son auteur comme un ignorant, comme un téméraire imbécille de ne l'avoir pas essayée avant.

20. *Juin*. Le comité du musée institué par le sieur *Pilâtre*, s'est assemblé extraordinairement sur la nouvelle de sa mort. Il a nommé quatre commissaires; savoir, MM. *de Flesselles*, *de Gouffier*, *Cailhava* & *Bontems*, pour aviser aux moyens de remplacer cet illustre chef. Il a été arrêté en même temps dans cette délibération, d'envoyer une lettre circulaire à tous les membres, pour les instruire de la fatale nouvelle & les inviter à donner leur avis.

20 *Juin*. On nomme dans le public M. de *Chamfort*, de l'académie françoise, pour succéder à M. *Cherin*, dans la place d'historiographe de l'ordre du Saint - Esprit. Les appointémens qu'on y avoit attachés en faveur de M. *de Saint - Foix*,

lorfqu'elle fut créée, font de 2,000 livres ; mais il n'y a rien de décidé encore ni fur l'un ni fur l'autre.

21 *Juin.* On affure que les 2,000 livres de penfion dont jouiffoit le fieur *Pilâtre*, font confervées à fa mere & à fes fœurs.

21 *Juin.* D'après les principes établis dans le livre de M. le comte *de Mirabeau*, fur la caiffe d'efcompte, le miniftre croit devoir, pour le maintien de la machine, en diriger les principaux mouvements. En conféquence le 8 juin, les adminiftrateurs de cette compagnie furent mandés au contrôle général : ils étoient accompagnés des principaux actionnaires, & au lieu de laiffer ces meffieurs régler leur dividende comme ci-devant, dans leur affemb'ée générale, on y débattit la queftion devant le miniftre. Il décida que ce dividende, la matiere de tant de conteftations, de tant de brochures, de tant de pamphlets, feroit modéré & fixé déformais à 150 livres par femeftre, & que le furplus des bénéfices feroit réparti ou réfervé dans certaines proportions ; ce qui doit être la matiere d'un arrêt du confeil : ainfi voilà les actionnaires fous le joug du gouvernement.

21 *Juin.* Quoiqu'il y ait à Rennes & à Nantes, les deux villes principales de la Bretagne, des places convenables pour y ériger la ftatue de *Louis XVI*, fuivant le vœu des derniers états, pour ne point exciter des plaintes entre celles-ci, & même les autres de moyen ordre défirant toutes de pofféder ce monument, les députés des états en ont remis la décifion à S. M. elle-même. Ils l'ont fuppliée de choifir, & c'eft Breft qui a été nommé.

Aucun artiste n'est encore chargé d'en dresser
le plan ; les députés invitent ceux qui voudront
en imaginer de les leur adresser.

22 *Juin.* C'est sur les représentations de M.
l'archevêque d'Aix , qui est à la tête du bureau
de la religion , dont est membre aussi l'archevêque
de Vienne, que le clergé a fait de nouveaux
efforts pour demander la suppression de l'édition
nouvelle & complète des œuvres *de Voltaire:*
suppression qu'on n'a pu lui refuser ; mais l'arrêt
qui l'ordonne, a été dressé avec si peu de soin ,
que l'énoncé même porte à faux, puisqu'on supp-
prime les trente premiers volumes imprimés ,
quoiqu'ils ne le soient pas, & que ceux publiés
soient pris indistinctement au commencement des
œuvres, au milieu & à la fin.

Au reste , quoiqu'on y fasse dire à S. M. qu'elle
voit avec douleur entre les mains de ses sujets
une collection d'écrits, dont partie blesse la religion , les mœurs, &c. ; qu'elle ordonne d'en apporter les exemplaires à la chambre syndicale de
Paris & autres ; on avoit si peu d'envie d'effectuer
cette destruction, qu'on a fait avertir le sieur *de*
Beaumarchais de vuider ses magasins avant qu'on
en fît la visite.

Les représentations du clergé portoient sur les
précautions que l'éditeur avoit prises de multiplier tellement les diverses éditions de l'ouvrage ,
& de les mettre à des prix si modiques, que
toutes les classes de lecteurs pussent s'en pourvoir ,
& qu'aucune n'échappât à la corruption.

22 *Juin.* La cinquieme nouveauté donnée par
les François avant - hier , est encore tombée. C'étoit
une comédie en trois actes & en vers, ayant
pour titre : *l'Epreuve délicate.* C'est un sujet pris

d'un conte de M. *Marmontel*, déjà mis fur la fcene italienne & joué aux boulevards. L'auteur eft M. *Grouvel*, attaché à M. le prince *de Condé* en qualité de fecretaire. Il avoit fait jouer fa piece à Chantilly devant le prince & fa cour. Elle avoit été goûtée, & il s'étoit flatté que le public de Paris auroit la même indulgence. Il a été jugé, au contraire, avec la plus grande févérité, avec dureté même, & le tumulte étoit fi grand & fi indécent, lors des dernieres fcenes, que perfonne n'a pu les entendre. Comme M. *Grouvel* eft jeune, que la comédie exige plus de maturité que la tragédie, il peut être moins malheureux une autre fois.

23 *Juin*. L'ouvrage fur *l'ordre de Cincinnatus*, de M. le comte *de Mirabeau*, annoncé & défiré depuis long-temps, commence à percer, & ceux qui l'ont lu en font fort contents.

23 *Juin*. On peut fe rappeller ce qui a été dit il y a quelque temps du drame d'*Agnès Bernaud*. Il a été joué avant-hier aux Italiens avec plus de fuccès que la tragédie d'*Albert & Emilie* aux François; même fujet, tiré du théâtre allemand. Il paroît que M. *Milcent*, auteur du drame, s'eft moins écarté du fujet que M. *Dubuiffon*, l'auteur de la tragédie, & c'eft fans doute ce qui lui a valu fon triomphe. On affure cependant que la piece allemande dans la fimple traduction eft encore infiniment fupérieure. M. *Milcent* a mis fon drame en quatre actes & en vers libres.

Au refte, la réuffite n'a pas été complete. Il faudra que M. *Milcent* élague beaucoup de trivialités, des fcenes entieres, des perfonnages même oifeux, & foigne fur-tout mieux fon ftyle. Il faut auffi que Mlle. *Pitrot*, qui fait le rôle

d'*Agnès Bernaud*, & qui joue très-bien la pantomime, tâche de faire mieux fortir fa voix &
d'être entendue. Il faudra en général que les
acteurs fachent mieux leur rôle & foient plus fûrs
de leur jeu.

24 *Juin.* M. l'abbé *Giraud soulavie* donne
comme une fuite des pieces relatives à l'*Histoire
naturelle de la France méridionale*, une *confultation* contre l'abbé *Barruel*, prêtre du diocefe de
Viviers, aumônier de madame la princeffe *de
Conti*, auteur des *Helviennes* & du libelle intitulé : *Genefe felon M. soulavie*. Elle eft du 16
avril 1785, & fignée de plufieurs jurifconfultes
favants ou célebres.

Après un hiftorique des faits, plus précis,
plus clair, mieux enchaîné que dans le mémoire
de l'abbé *soulavie*, on établit dans cette confultation deux propofitions très-importantes :

1°. L'action de l'abbé *soulavie* eft bien fondée, en ce que le libelle de fon adverfaire, qua-
lifié tel par fon contenu & par fes acceffoires,
puifqu'il n'eft revêtu d'aucun nom d'auteur ni de
libraire, d'aucune approbation, & qu'il s'eft
publié en contravention aux réglements ; ce libelle donc attaque d'une maniere atroce & ca-
lomnieufe l'ouvrage & la perfonne de l'abbé
Soulavie.

2°. L'abbé *Barruel* eft d'autant plus coupable,
qu'il favoit que l'ouvrage de l'abbé *soulavie*
étoit légalement approuvé, & que c'eft dans un
livre clandeftin qu'il s'eft permis de l'attaquer.

Ces deux vérités établies jufqu'à la démonftra-
tion par une logique fuivie, lumineufe & pref-
fante, il en réfulte l'impoffibilité que les magiftrats mettent les parties *hors de cour*, comme le

défire l'adverfaire, & n'accordent pas à celui qui
eft fi horriblement calomnié, toutes les réparations qui lui font dues.

La confultation ne prononce pas au refte fur la
nature du tribunal, ne décide point fi l'affaire
revendiquée par l'officialité doit y refter ou non.
Mais on y voit du moins avec plaifir que le
procès fubfifte.

24 *Juin.* L'ordre des avocats auroit bien défiré
que l'arrêt de la chambre des comptes contre Me.
Pincemaille, ayant été imprimé & affiché, fignifié
même à domicile, ce qui eft abfolument infolite
contre un membre de l'ordre ; celui qui réforme
cet arrêt eût auffi la même publicité : mais les
pufillanimes craignant de ne pas obtenir un pareil
acquiefcement, ont été d'avis de ne pas infifter.
Seulement la minute de l'arrêt doit être dépofée
à perpétuité à la bibliotheque des avocats, &
une expédition en doit être adreffée à chaque
colonne, afin que tous les confreres en puiffent
prendre connoiffance.

25 *Juin.* Le *mémoire* pour *Jean-François-*
Charles de Molette, comte de Morangiès, maréchal
des camps & armées du Roi, commence à fe publier fous ce titre. Il n'y nomme point en tête fon
adverfaire, qui réellement eft fon fils. Le fujet
de la conteftation eft au fond tel qu'on l'a raconté. En outre, il réclame différentes penfions
que faifoit celui-ci tant à l'auteur de fes jours,
qu'à fa fœur. Il eft aifé de juger par le récit des
faits que le fils eft déjà, pour le moins, auffi
mauvais fujet que fon pere ; qu'il eft fouflé par
deux de fes oncles, le baron *de Saint-Alban* &
le chevalier *de Morangiès,* qui ne valent pas mieux.
Dans le cours du mémoire, où c'eft le pere qui

parle, on trouve des réticences terribles. Il menace fon fils, s'il s'obstine dans son agression injuste & scandaleuse, de révélations à faire frémir..... Si l'on en croit les bruits de société, le marquis *de Morangiès* a vécu avec fa sœur, a cueilli la fleur de son innocence, & lui contefte aujourd'hui fon état, fans doute afin d'atténuer son crime ; mais il lui contefte en même temps une pension & une donation qu'il lui a faites. En général, on ne découvre que vilenie & horreur dans ce procès, qu'on travaille à affoupir.

Ce mémoire, de Me. *Martineau*, eft précis, clair & point mal écrit.

25 *Juin*. Extrait d'une lettre de Boulogne du 18 juin..... « La vérité en tout eft fort difficile à découvrir. Vous ne croiriez pas qu'un fait qui s'eft passé à la vue de tant de milliers de spectateurs foit encore problématique, & peut-être le restera-t-il toujours. Il s'agit de favoir à quelle caufe attribuer la cataftrophe du malheureux *Pilâtre*, & de fon compagnon le fieur *Romain*, un des artiftes employés à la conftruction de la machine aéroftatique combinée, de l'invention du premier. Je ne puis, quant à moi, que vous en rendre toutes les circonftances, & vous jugerez.

Un vent qui paroiffoit favorable pour le trajet, avoit décidé le fieur *Pilâtre* à fortir enfin de la forte d'exil où l'on le retenoit ici, & à tenter fon paffage en Angleterre. Le matin du mercredi 15, il s'éleva dans les airs à 7 heures 5 minutes. A 7 heures 35 minutes, on vit voltiger au-deffus du ballon une colonne de flamme, qui fut apperçue par toutes les perfonnes que l'expérience avoit raffemblées. Le furplus de la machine & les deux aéronautes font tombés avec

une telle rapidité, que ceux-ci ont été moulus
dans la chûte. Le sieur *de Rozier* n'a donné aucun
signe de vie : les paysans qui se sont approchés
d'eux les premiers, disent que le sieur *Romain*
paroissoit avoir encore quelques mouvements,
mais à peine les a-t-on apperçus. Les deux cadavres ont été trouvés à une lieue de Boulogne,
dans la garenne de Wimille, ainsi que la Mont-
golfiere qui n'a été brûlée ni déchirée, tandis
qu'il ne restoit pas vestige du ballon.

Uh M. *de la Maison-Fort* l'a échappé belle : il
avoit offert 200 louis au sieur *Romain* pour prendre sa place. Celui-ci les avoit acceptés. M. *de
la Maison-Fort* avoit déjà un pied dans la galerie ; c'est le sieur *Pilâtre* qui s'y est opposé. Quant
à madame *de Saint-Hilaire*, la rivale de madame
Tible, elle n'a pas eu heureusement assez de patience, & elle s'étoit lassée d'attendre. »

25 *Juin*. Quoiqu'on assure que la part des comédiens françois se soit montée à 30,000 livres
pour l'année derniere, ils ne sont pas encore
contents d'un pareil bénéfice. Depuis long-temps
ils supportoient très-impatiemment les petits
spectacles, dont le nombre s'accroît tous les jours.
On parle d'un mémoire qu'ils font enfin paroître,
où ils en demandent la destruction, ou tout au
moins la réduction, & l'affaire est, dit-on, portée à la grand'chambre. On ne doute pas qu'elle
ne soit bientôt évoquée au conseil.

26 *Juin*. Les quatre commissaires nommés par
le comité ou conseil du musée, pour en suivre
les affaires pendant l'anarchie qu'y cause la mort
de son chef, ont écrit ces jours-ci une autre
lettre circulaire à tous les membres, pour leur
apprendre l'importante nouvelle que *Monsieur* a

bien voulu promettre la continuation de sa protection pour cet établissement , & trouver bon
qu'il portât toujours son nom , & eût un suisse
à sa livrée. En conséquence , ils annoncent que les
travaux reprendront leur cours ordinaire, à commencer du lundi 27 de ce mois.

Ce billet est daté de l'hôtel du Musée, le 23
juin 1785.

26 *Juin*. M. *Dubucq* n'est point resté dans le
silence depuis qu'on a réfuté son mémoire pour
les planteurs. Il en publie un autre, très - volumineux , qui est comme son *ultimatum*. Il est à
trois colonnes; dans l'une il reprend les propositions de son *Pour & Contre* ; dans l'autre, il a
classé la réponse de ses adversaires ; & dans la
troisieme il met sa réplique. Ceux qui ont lu
cette derniere , assurent qu'elle vaut mieux que
le *Pour & Contre* , qu'il y a plus de clarté , de
méthode & de style.

26 *Juin*. Les comédiens italiens ont joué hier
une nouveauté en un acte & en vers. C'est une
piece mêlée d'ariettes, dont le sujet est tiré d'un
conte de M. *Marmontel* , intitulé : *l'heureux
Divorce*. Le poëte y a substitué le titre de la
Réconciliation heureuse. Ceux qui se rappellent le
conte , le disent charmant , mais tout - à - fait
gâté par l'auteur de la comédie , au point de
l'avoir, sous sa nouvelle forme , rendu froid, sans
intérêt & insipide. Il a été reçu par le public
avec la plus parfaite indifférence. Quant au
musicien , comme c'est son début , on ne peut
encore juger de son talent , qu'il n'a pu faire
valoir dans cette production triste & sans rien de
piquant. On peut seulement lui reprocher le

mauvais choix qu'il faifoit en s'effayant fur un pareil fond.

16 Juin. On fait que cette affemblée-ci eft la derniere époque des délais accordés au clergé pour produire fes titres d'exemption de ne point contribuer aux impôts, & de n'être pas taxé à l'inftar des autres fujets. On parle beaucoup d'un favant mémoire, compofé par l'archevêque d'Aix en faveur de fon ordre : on affure que c'eft un chef-d'œuvre ; mais il n'eft point encore public.

On ajoute que l'archevêque de Vienne a compofé auffi un mémoire fur cette matiere, où il va plus loin que fon confrere & prétend que le clergé eft fouverain en France.

27 Juin. Mémoire & confultation fur la caufe pendante en la grand'chambre du parlement, entre les comédiens françois, le fieur Nicolet & les autres entrepreneurs de fpectacles forains.

Tel eft le titre du factum, très-court, qu'on a précédemment annoncé. Il paroît que la caufe eft déjà engagée depuis long-temps ; que les premiers ont lâché plufieurs exploits de demande donnés aux fieurs *Nicolet* & *Audinot*, auxquels ces entrepreneurs ont fourni des défenfes des 16 janvier & 16 juillet 1778 ; ce qui n'eft pas nouveau. Enfin on parle d'une fommation faite le 30 octobre 1781, à l'entrepreneur des *Variétés amu-fantes.* C'eft l'acte juridique le plus récent que l'on cite.

Les demandes des comédiens françois font à ce que les arrêts de la cour des 22 février 1707, 11 mars 1708, & 2 janvier 1709, foient exécutés felon leur forme & teneur. En confé-quence, que défenfes foient faites aux forains &

à tous autres, de plus à l'avenir employer leurs théâtres à d'autres usages que ceux pour lesquels ils sont établis, ni d'y jouer autre chose que des jeux & danses de corde, de simples parades & pantomimes, telles qu'elles se jouent au dehors de leurs spectales. Que défenses leur soient pareillement faites de prendre à l'avenir plus de douze sous pour les premieres places, & d'avoir plus de six violons & dix danseurs ; le tout à peine de 3,000 liv. d'amende, & de démolition de leur théâtre.

Leurs titres sont l'ordonnance de *Louis XIV*, du 22 octobre 1680, réunissant les deux troupes de *Moliere* & de l'hôtel de Bourgogne ; les arrêts de la cour, & les lettres ministérielles qu'ils produisent.

A la fin du mémoire sont deux consultations des 18 mai & 9 juin 1785, des avocats formant le conseil de la comédie, & de Mes. *Alix & de Lamalle*, jurisconsultes extraordinaires.

27 *Juin*. Le journal de Paris, après une interruption de vingt-trois jours, a reparu aujourd'hui sans aucun avertissement, sans aucune excuse au public. Comme les rédacteurs y ont joint une partie des numéros marquant, il est à présumer qu'ils se proposent de remplir la lacune. Ce sont, malgré les bruits qui ont couru à cet égard, toujours les mêmes quatre propriétaires: MM. *Corencé, Romillies*, *Cadet* & *Dussieux*. Mais ces événements n'arrivent point sans entraîner quelque échec. On parle sur-tout d'une pension forte dont ils sont grevés en faveur de monsieur *Suard*, intrigant qui, sans rien faire, se fourre par-tout, se même de tout, & met à contribution les parties de la littérature qui lui sont les

plus étrangeres. Sous prétexte d'empêcher dé-formais qu'il n'arrive indiscrétion pareille à celle qui a causé la suspension du journal, il s'est fait donner le titre de reviseur général de cette feuille.

28 *Juin*. On a vu l'historique tracé par le sieur *Audinot*, dans son mémoire, de la naissance, des progrès, des contrariétés de son spectacle ; il est bon de comparer celui de la comédie françoise relativement à tous ces intrus, ces chambrelans, contre lesquels elle s'éleve.

Dans l'origine des spectacles sous *Louis XIV*, il y avoit eu jusqu'à quatre troupes de comédiens: celle de *Monsieur*, celle de *Mademoiselle*, celle de *Mad. la Dauphine* & celle de *Moliere*. Deux s'étoient dispersées d'elles-mêmes, lorsque ce monarque détruisit la troupe de l'hôtel de Bourgogne pour ne conserver que celle de *Moliere*. Dans le mémoire de la comédie françoise, on prétend que la concurrence, utile dans les arts & le commerce, est nuisible à l'égard des talents du génie ; qu'elle ne peut les multiplier & qu'elle ne fait qu'affoiblir leurs forces en les divisant. Tel fut l'esprit de l'ordonnance de *Louis XIV*, déposée dans les archives de la comédie. S. M. réunit les deux troupes *pour n'en faire à l'avenir qu'une seule, afin de rendre les représentations des comédiens plus parfaites. Pour lui donner moyen de se perfectionner de plus en plus, sadite majesté veut que sa seule troupe puisse représenter dans Paris.*

Les débris des troupes supprimées voulurent, vers la fin du siecle, faire une tentative pour leur rétablissement. La police, surprise, en autorisa quelques-unes, entr'autres le spectacle de la demoiselle *de Villiers*, sous le titre de *petits co-*

médiens françois. Louis XIV fit fermer cette
falle.

Au commencement du fiecle une troupe de
danfeurs de corde, qui ne pouvoit donner fes
jeux que pendant la durée de la foire Saint-Germain, ayant repréfenté les ouvrages de quelques
auteurs mécontents des comédiens françois,
ceux-ci fe pourvurent au parlement; & en 1707
fut rendu arrêt qui défendit à ces farceurs & à
tous autres, *de repréfenter, foit dans l'enclos des
foires, foit dans tout autre endroit, aucune comédie
dialoguée ou autre divertiffement ayant rapport à
la comédie.*

En 1708, nouvelle tentative de ces mêmes
danfeurs; nouvel arrêt du 21 mars, qui réitera
les mêmes défenfes, à peine de 1,000 livres
d'amende.

En 1709, pour avoir contrevenu à l'arrêt,
l'amende fut déclarée encourue. *Et, en cas de
récidive, permis aux comédiens de faire démolir
le théâtre des danfeurs de corde.*

L'opéra comique prit naiffance quelques années
après. Quoique ce genre fût étranger à la comédie françoife, dans la crainte d'empiétements,
il fut dit, dans fon privilege: *Qu'on n'y joueroit
aucune fcene de comédie qui ne fût chantée.*

Ces défenfes furent tranfgreffées plufieurs fois,
&, fur la réquifition des comédiens en 1744,
M. le comte *de Maurepas*, comme fecretaire
d'état au département de Paris, expédia un ordre
du Roi, qui *défendit aux acteurs de ce fpectacle
de repréfenter aucune fcene qui ne fût chantée.*

Ainfi pendant foixante ans & plus, le privilege & les droits de la comédie furent refpectés,
& les infractions punies par les magiftrats.

Ce fut vers 1764, que les ressorts de cette sage politique commencerent à se relâcher. *Nicolet*, qui jusques-là n'avoit joué qu'aux foires, obtint permission de jouer sur le boulevard, lorsque les foires fermeroient. Toutes les troupes foraines obtinrent bientôt la même faveur, avec la condition expresse, il est vrai, *de ne pouvoir chanter ni parler.* Mais quatre ans après, ils chanterent & parlerent impunément. Les autres spectacles devinrent presque déserts. La comédie françoise en particulier fut obligée de fermer plusieurs fois pendant la semaine, faute de spectateurs, & il reste encore des vestiges des emprunts qu'elle fut obligée de faire pour se soutenir.

Les comédiens eurent recours à *Louis XV*, qui ordonna à M. le duc *de la Vrilliere* d'écrire au lieutenant-général de police, pour lui annoncer que l'intention de S. M. est *que les priviléges de ses comédiens soient conservés en leur entier.* Il fut réglé qu'aucun spectacle forain *n'auroit plus de six violons & plus de dix danseurs*, & que les places seroient réduites à 24, 12 & 6 sous. Enfin, sentence de police du 14 avril 1768, qui ordonne que les spectacles forains ne pourroient *jouer que de simples bouffonneries & parades.*

C'est au mépris de tous ces arrêts, réglemens & ordonnances du Roi, que *Nicolet* a depuis joué de véritables comédies & des pieces à grand spectacle ; qu'il a trente acteurs appointés, vingt instruments de musique dans son orchestre, soixante danseurs ; qu'au lieu de simples loges de foire, il a de véritables salles de spectacle : que *Audinot*, qui d'abord avoit paru modestement avec des comédiens de bois, a fini par avoir de vrais comédiens & des comédies ; qu'on a protégé de même un fieur *Teffier*, un fieur *Sarni*, un fieur *l'Ecluse*, un fieur *Parifot*, & tout récemment les fieurs *d'Orfeuille* & *Gaillard*, érigeant le théâtre des *Variétés amufantes* en vrai rival de la comédie françoife.

Telle eft, fuivant le mémoire, la marche des ufurpations faites fur le théâtre françois; telle eft la caufe de fa décadence actuelle. Cette multiplicité de finges a entraîné la perte du goût & la proftitution des talents.

29 *Juin*. Entre les ouvrages pofthumes de M. *Barthe*, il faut diftinguer un poëme de l'*Art d'aimer*, très connu, qu'il lifoit avec complaifance dans les fociétés, & dont on dit beaucoup de bien. On affure qu'il eft fupérieur à tout ce que nous avons en françois fur ce fujet, où les plus habiles maîtres, & même le *Gentil Bernard*, qu'on y auroit cru plus propre qu'un autre ont échoué.

29 *Juin*. On affure que M. le comte *d'Artois* vient d'acquérir la précieufe bibliotheque du marquis *de Paulmy*, compofée d'environ cinquante-huit mille volumes. Le propriétaire en conferve la jouiffance fa vie durant, & touchera, dit-on, 400,000 liv. de la vente.

30 *Juin*. Il n'y a rien de décidé en effet fur les différentes places de M. *Cherin*. M. *Berthier* eft commis *par interim* pour exercer la charge de généalogifte des ordres du Roi, & continuer à travailler fur les objets dont le défunt étoit chargé, jufqu'au temps où il plaira à S. M. de nommer à cette charge.

30 *Juin*. *Claude & Claudine* eft un opéra comique en un acte & en vaudevilles, qui depuis quatre ans avoit été reçu des comédiens italiens

avec

avec transport, par acclamation, & depuis étoit resté-là. Ils l'ont joué enfin avant-hier, & il a été fort mal accueilli, en ce que c'est une niaiserie où il n'y a ni fond ni détails. A la fin se trouvent, suivant l'usage des plats auteurs, quelques couplets d'adulation pour le parterre. Un d'eux a été fort goûté, & l'on a crié, bis. C'est le sieur *Rosiere* qui le chante :

Quand une piece est applaudie,
C'est pour nous un très-grand bonheur ;
Cela redouble notre envie.
De plaire encore au spectateur :
Mais quand l'amateur fait la mine,
Et ne veut point revoir l'acteur,
La piece alors est la *Claudine*,
Et le vrai *Claude* c'est l'auteur.

On attribue cette nouveauté au sieur *Mention*, secretaire du sieur *de Beaumarchais*.

30 *Juin*. Depuis onze ans que le canal souterrain de Picardie, commencé par le fameux *Laurent*, est interrompu, on a parlé plusieurs fois de le reprendre, & il reste dans son état d'imperfection. A la mort de son auteur, le ministere arrêté par les envieux de sa gloire, nomma M. *Tilley de la Barre*, aujourd'hui major des brigades du génie à Hesdin, pour faire examiner les ouvrages par des membres de ce corps qui y avoit toujours été opposé. Leur rapport ne fut pas favorable ; ils prétendirent qu'il en coûteroit moins de construire un canal à découvert dans une autre direction, que de terminer le tiers environ qui restoit à faire de celui commencé.

Ils firent d'ailleurs des objections contre le canal
même ; ils dirent que , creufé dans le roc , il
s'y trouvoit des veines moins folides qu'il faudroit
affurer par une voûte. Ce canal de vingt-quatre
pieds de largeur , au moyen de trottoirs de quatre
pieds de chaque côté, n'en laiffe plus que feize
pour la navigation. Ces meffieurs l'ont jugé trop
étroit. Enfin ils ont effrayé fur une navigation
fouterraine de trois lieues, ce qui pouvoit inviter
les fcélérats à beaucoup de crimes aifés à commettre dans le filence & les ténebres, en un lieu
qui leur offroit à l'inftant un moyen d'enfevelir
leurs forfaits. Ces reproches n'ont pu être balancés
par l'éloge de l'empereur, dont les paroles mémorables qu'on a citées autrefois, font gravées
à perpétuité fur le roc dans l'endroit où il les a
prononcées, c'eft-à-dire, dans une portion du
canal, élargie exprès pour cet effai.

M. *Laurent de Lyonne*, le neveu du défunt,
qui fuivoit les travaux fous lui, indigné de tant
de retardement a préfenté, il y a deux mois
environ, un mémoire, où il renverfe d'abord le
projet de meffieurs du corps du génie, & démontre l'impoffibilité de conftruire un canal à
découvert dans la direction indiquée, par le
défaut d'eau fuffifante. Il certifie enfuite qu'il ne
faudra pas une fomme très-confidérable pour
confommer le projet déjà exécuté en grande
partie. Il offre de le faire à fes frais, pourvu
qu'on lui avance feulement cent mille écus, &
ne demande rien au-delà fi les dépenfes excedent
le devis préfenté. Le Roi frappé de ce mémoire,
l'a remis à des commiffaires qui doivent pro-
noncer définitivement.

1 *Juillet* 1785. M. l'abbé *de Barruel* n'a pas

tardé à faire paroître sa *seconde réponse* à mon
sieur l'abbé *Giraud Soulavie*!

1°. Vous m'imputez ce que je n'ai point dit,
& le contraire même de ce que j'ai écrit formel-
lement.

2°. Par des applications forcées & parfaitement
opposées au caractere de ma réfutation , vous
dénaturez ce que j'ai réellement écrit.

3°. Vos applications , fussent-elles une suite
nécessaire de ce que j'ai écrit, je les soutiendrois
toutes fondées sur vos ouvrages.

Tels sont les trois points de défenses de l'auteur
des *Lettres provinciales philosophiques*. Au reste,
il traite tout cela sommairement & son mémoire
n'a pas en cette partie huit pages in-4.

Son grand cheval de bataille consiste en trois
tableaux qu'il qualifie d'*intéressants*.

Dans le premier il met *Moyse* d'un côté &
M. *Soulavie* de l'autre ; c'est-à-dire , les propositions de celui-ci accolées du texte de la Genese ;
& il en conclut qu'il a droit de dire à son adversaire : *vous avez déchiré les premieres pages de la
révélation ; un petit philosophe à systême ne s'y
prendroit pas mieux pour les dénaturer.*

Dans le second, c'est M. *soulavie* & la sor-
bonne. Il suit la même méthode & conclut :
Donc dire à M. *soulavie* qu'il a bravé la sor-
bonne ; ce ne seroit pas une injure , mais
un reproche trop justement fondé sur ses écrits
publics.

Dans le troisieme enfin , M. *de Barruel* oppose
M. *soulavie* à M. *soulavie*, & prétend le trouver
évidemment en contradiction avec lui-même ;
quand il essaie de répondre à la critique de son
antagoniste, ou de prouver que celui-ci a falsifié
les écrits de M. *soulavie*.   E 2

Tout cela est affez adroit, mais non fans réplique. On voit que M. *de Barruel* élude tant qu'il
peut le vrai point de la queſtion ; & ſe retranche
dans le dogme théologique, qui ne fait preſque
rien au fond pour les magiſtrats.

2 *Juillet.* Voici une épitaphe de M. *Pilâtre de
Roxier,* qu'on attribue au chevalier *de Cubieres ;*
elle mérite d'être conſervée comme hiſtorique ;
la principale qualité des inſcriptions funéraires :

Qu'il eſt à regretter ce jeune audacieux :
Si le premier des airs il tenta le voyage,
Bientôt précipité des cieux,
Le premier il fit naufrage.

2 *Juillet.* Le réglement dont on a parlé, digéré
d'abord dans une aſſemblée convoquée entre les
chefs de la caiſſe d'eſcompte chez M. le contrôleur-
général, a été confirmé enſuite dans l'aſſemblée générale des actionnaires, tenue le 21 juin au
jour indiqué, & regardé comme une délibération
de la compagnie. Enfin cette prétendue délibération eſt homologuée par un arrêt du conſeil du
26 juin.

On y voit, comme on a dit, d'abord que
chaque ſemeſtre on prélevera ſur les bénéfices
cinq pour cent du capital de l'action ; qu'on y
ajoutera la moitié de l'excédant des bénéfices,
& que l'autre moitié ſera jointe à la réſerve
actuelle.

Enſuite que, lorſque les fonds réſervés ſe monteront à 3,500,000 liv. il en ſera joint 2,500,000 liv.
au fonds capital des actions, dont chacune aug-
mentera de la ſorte de 500 liv.

3 Juillet. Les amateurs des nouveautés, des brochures clandeftines & fur-tout les ennemis de M. *de Calonne*, font à l'affût d'un pamphlet qu'on annonce, & qui a pour titre : *Supplément au Journal de Paris.* On dit que c'eft une fimple feuille imprimée au rouleau, & qui conféquemment ne peut être multipliée à un certain point.

3 Juillet. L'ordonnance du Roi dont on a parlé concernant les économes gérants, & fur-tout la police des negres, a caufé beaucoup de fermentation à Saint-Domingue : les colons, en général, font fort mécontents de ne pouvoir plus faire appliquer que cinquante coups de fouet à leurs negres.

Cette ordonnance a été provoquée par un M. *le Noir de Rouvré*, militaire-planteur, qui a l'oreille du maréchal *de Caftries*, & plus originairement elle eft due à l'humanité du procureur-général du confeil fouverain du Port-au-Prince. Ce magiftrat par le crédit qu'il a dans fa compagnie, l'a trouvée favorable à l'enrégiftrement qui a eu lieu ; il n'en a pas été de même au Cap, dont le confeil n'a pas adopté la nouvelle loi. Les negres de cette partie ont été furieux de ne point recevoir dans leur efclavage l'adouciffement qu'éprouvoient leurs camarades dans l'autre moitié de l'ifle ; on ajoute que beaucoup ont déferté, & fe font réfugiés chez les Efpagnols. A l'opéra, vendredi dernier, on en portoit le nombre jufqu'à 30,000 ; ce qui paroît exagéré de beaucoup. Les nouvelles de la colonie ne parloient dans le principe que de deux habitations confidérables entiérement dévaftées ; mais la contagion peut avoir gagné.

Voilà de quoi fournir matiere aux difcuffions,

E 3

mémoires & repréſentations du *Club Américain*.

4 *Juillet*. Quoiqu'on convienne aſſez générale-
lement que M. *Pilâtre de Rozier* n'a péri que par
ſa faute & ſon ignorance, en voulant combiner
deux procédés incompatibles, on ne ceſſe d'imaginer en ſon honneur des épitaphes : en voici
une nouvelle plus vive & plus poétique :

> Ci gît un jeune téméraire,
> Qui dans ſon généreux tranſport,
> De l'olympe étonné franchiſſant la barriere,
> Y trouva le premier & la gloire & la mort.

4 *Juillet*. Il paroît que la ſecte des *économiſtes*
regne ailleurs qu'en France, ou plutôt qu'elle
n'eſt en ce royaume qu'une émanation, une
branche nouvelle du corps établi depuis long-
temps en Allemagne, où il fleurit plus que jamais,
où les profeſſeurs de cette claſſe ne s'amuſent pas
ſeulement à calculer les arpents d'un état, & les
gerbes de bled qu'ils peuvent produire ; mais où
ils ont l'art de péſer, de balancer les forces, la
puiſſance, la proſpérité de chacun & de les
comparer enſemble ; ils ont même créé un mot
pour déſigner la ſcience de cette partie de l'économie politique, & l'appellent *Statiſtique*. C'eſt
un certain docteur *Buſching* qui brille ſur-tout
dans ces calculs & en hériſſe ſon journal ; il
compte juſqu'aux moutons & aux poules, & ne
laiſſe rien en arriere. M. *Mallet Dupan*, le rédacteur actuel du mercure pour la partie politique,
gémit de ne pouvoir imiter ſon heureux confrere,
& d'être réduit à juger des hémiſtiches & à annoncer des programmes académiques.

5 *Juillet*. Le *supplément au Journal de Paris*
eſt timbré N°. 178, qui eſt effectivement celui
par où le vrai journal a repris. L'auteur du pamphlet gémit de cette réſurrection, qui l'arrête au
moment où il prenoit ſon eſſor.

A l'article *Phyſique*, il attribue la mort de
MM. *Pilâtre* & *Romain*, à M. *de Calonne*, qui
s'eſt obſtiné à voir flotter ſur l'Angleterre cette
ſuperbe *aéro-montgolfiere* chargée de ſon nom,
de ſon écuſſon, de vers à la louange du miniſtre.

Sous le titre *Changement de Domicile*, on exa-
gere de beaucoup ſans doute les dépenſes que
M. le contrôleur-général fait faire à ſon hôtel
de Verſailles & à celui de Paris ; on parle d'eſca-
liers de bois de roſe, de bois d'acajou, & autres
décorations de luxe, plus convenables à la petite
maiſon d'une courtiſane qu'à la demeure d'un
grave miniſtre du Roi.

Les *Variétés* forment le paragraphe le plus long.
On s'y étend ſur les changements dont on a
parlé depuis un mois dans certaines places. A en
croire l'auteur, M. *de Calonne*, ſentant le beſoin
qu'il auroit d'un ami de confiance qui pût le
ſoulager dans ſon département, & ſur-tout le
prévenir contre les ſurpriſes qu'on fait ſans ceſſe
à ſa religion ; ayant déjà éprouvé combien la
prudence de M. *le Noir* lui a été utile dans
la criſe nouvelle de la caiſſe d'eſcompte, voudroit
bien ſe l'aſſocier, afin de lui céder ſa place en
entier au premier moment favorable. Son titre
ſeroit : *Préſident de l'aſſemblée de MM. les intendants & Maîtres des Requêtes chargés de départe-
ments en adminiſtration*. On ne doit regarder ces
arrangements que comme les ſpéculations creuſes,

ou plutôt des suppofitions adroites du journalifte
pour amener fon perfifflage & fes méchancetés
contre M. *de Calonne*.

Tels font les articles *fourrages* , *fpectacles*, *cours
des effets*.

5 *Juillet*. Le *wauxhall de Torré* & le *colifée*
font détruits : le *wauxhall d'hiver* n'eft propre
que pour cette faifon ; le *cirque royal* n'a jamais
pu prendre ; *Ruggieri* & la *redoute chinoife* font
bien éloignés ; en conféquence des fpéculateurs,
attentifs à procurer au public des plaifirs faciles
& à fa portée , ont imaginé de conftruire un
wauxhall d'été fur le même boulevard où étoit
celui de *Torré* , propre à remplacer les petits
fpectacles de cette partie transportés à la foire
Saint-Laurent. Il eft en état de s'ouvrir inceffamment , & le jour en eft fixé au 7 de ce
mois.

5 *Juillet*. Sur la réception de l'abbé Morellet
à l'académie françoife, le 16 juin 1785 :

> Pour un triomphe auffi complet
> Quel titre a donc ce *Morellet* !
> De l'impiété vrai foufflet ;
> Homme d'état par le caquet ,
> Contre le malheureux *Linguet* ,
> Il a fait un méchant pamphlet ,
> Un dictionaire en projet ,
> Maint & maint ouvrage ginguet
> Des talents de ce preftolet
> Voilà quel eft le produit net :
> Puis fon cher neveu l'épauloit ,
> Au parnaffe le faufiloit
> Et dans la troupe l'enrôloit... ...
> Sonnez trompette ; à bas , fifflet.

Quoiqu'il n'y ait pas grand fel dans cette épigramme, on y trouve une tournure originale qui la fait fortir de la foule des autres.

6 Juillet. Il paroît que M. le comte *de Mira-beau* a vendu abfolument fa plume au miniftre des finances ; on en juge par la nature des ou-vrages qui l'occupent aujourd'hui , & qu'il avoue lui - même être hors de fon genre. On annonce encore de lui une differtation contre la banque de Saint - Charles ou la nouvelle caiffe d'efcompte d'Efpagne. Son objet eft de la décrier.

6 Juillet. Extrait d'une lettre de *Pau*, du 25 juin. . . . Le préfident *d'Abbadie*, fur lequel vous me demandez des informations , eft fils d'un huiffier de ce pays qui exploitoit à notre parlement, & qui ayant recueilli une groffe fucceffion con-jointement avec M. *de Borda* , depuis fermier-général , eft devenu fucceffivement confeiller & préfident de cette même cour. Plufieurs familles confervent par curiofité des exploits fignés de lui comme huiffier, & des arrêts fignés comme magiftrat. Ce qu'il y a de plus étonnant, c'eft que ce parvenu n'étoit ni homme d'efprit , ni intrigant, ni impudent: il étoit fimple, doux , modefte , timide, craignant de fe compromettre. Ce n'eft qu'à l'inftigation de fes amis qu'il ofa fe préfenter , & après avoir en quelque forte gagné tous les fuffrages en prêtant , en donnant de l'argent aux membres difetteux de la compagnie ; moyen efficace dont on lui confeilla d'ufer : une fois confeiller au parlement, un préfident qui vouloit vendre avantageufement fa charge, jeta les yeux fur ce richard , & moyennant un bon prix convenu , fe chargea de lui faire obtenir tous les agréments poffibles.

Quant au fils , il n'avoit pas originairement

E 5

plus de génie que n'en avoit son pere ; il s'est fait
recevoir d'abord conseiller au parlement de Paris,
où il ne pouvoit être refusé , étant fils d'un
président à mortier d'une autre cour ; il a depuis
succédé à son pere ; il s'est assez bien conduit
durant la révolution ; mais il a eu des chagrins
intérieurs : marié à une fille très-bien née, il lui
est survenu des enfants , qu'on prétend n'être
pas de lui ; on donne même hautement pour
pere à l'aîné l'évêque de Tarbes. On est méchant
dans cette province. M. le président d'Abbadie
qu'on croit fort peu en état de se donner de la
progéniture, a été assailli de lettres anonymes,
où on lui apprenoit qu'il étoit cocu, où on lui
nommoit les heureux mortels qui couchoient avec
sa femme , & entr'autres, le prélat en tête. Cette
persécution lui a causé des vapeurs, dont il convient dans son mémoire : il avoit perdu absolument toute énergie ; il s'étoit retiré dans ses
terres, venoit peu au parlement , & sembloit
tombé dans une sorte d'imbécillité. Cependant
il n'étoit nullement dans le cas de l'interdiction,
ni par sa conduite , ni par ses propos ; il étoit
même à la tête d'un parti dans le parlement qui
est fort divisé, mais comme simulacre, par sa
dignité de président & n'auroit pu en être l'ame ;
c'étoit le parti mixte au surplus, qui n'exigeoit
ni de grands mouvements, ni de grands sacri-
fices.

C'est dans ces circonstances que lui est survenu
la succession de M. *de Borda* , dont il a dû recueillir la moitié , & c'est, lorsque il est occupé
à ses affaires, éloigné de cent cinquante lieues de
sa compagnie , qu'on prononce contre lui une
interdiction provisoire. C'est sans exemple : il a

un vilain beau-frere dans ce marquis *du Coudray*, un avare de la premiere efpece, qui fe feroit feffer pour un écu, & a été amorcé par l'efpoir de fourrager plus à l'aife dans la fucceffion, & peut être de la recueillir un jour toute entiere.

6 Juillet. Livre échappé au déluge, ou *Pfeaumes nouvellement découverts*, *compofés dans la langue primitive, par S. Arlamech, de la famille patriarchale de Noë; tranflatés en François, par P. Lahceram, parifipolitain*. Tel eft le vrai titre de l'ouvrage de M. *Maréchal*, annoncé il y a long-temps, mais que les perfécutions du fanatifme ont rendu rare, quoique revêtu de l'approbation d'un cenfeur royal, M. l'abbé *Roy*, en date du 23 juillet 1784, d'un privilege du Roi de la même année, de l'enregiftrement à la chambre fyndicale du 8 octobre, en un mot de toutes les formalités exigées en pareil cas, & quoiqu'il ne foit intervenu aucun arrêt du confeil, aucune cenfure légale pour en empêcher la vente.

L'ouvrage eft compofé de trente-un pfeaumes pour tous les jours du mois. On juge que le feul, ayant pour titre: *contre les Rois orgueilleux*, & auffi *contre la Royauté*, a éprouvé quelque difficulté à la cenfure, parce que les verfets neuf & dix font reftés même lacunés. Ils roulent en général fur des objets religieux, ou fur des points de morale; il en eft de philofophiques. Ils font tous courts, partagés en verfets, pleins de fens, & le moderne pfalmifte y a répandu une onction touchante, bien propre à faire profiter fes leçons. Le ftyle correct, élégant, ne manque point en plufieurs endroits d'élévation & de grandes images; mais plus fage que fon modele, il eft dénué de ces métaphores outrées, de ces hyperboles gigantef-

ques du Roi - prophete , & fans doute c'eft en cela
que fe trahit l'auteur profane , qui n'étant point
infpiré par la Divinité , ne peut en avoir ni les
élans , ni les écarts fublimes.

7 Juillet. L'école vétérinaire d'Alfort foutient
la réputation qu'elle s'eft acquife depuis fon inf-
titution. Les royaumes étrangers s'empreffent d'y
envoyer fe former des fujets deftinés à cet art.
De ce nombre font les fieurs *Eftevez* & *Malaiz*,
au fervice du Roi d'Efpagne en qualité de maréchaux - majors , l'un du régiment des dragons
d'*Almanza* , & l'autre des dragons de *Lufitanie* :
ils ont répondu par leurs progrès aux vues de
fa majefté catholique ; ils ont paru à deux concours & s'y font diftingués en fatisfaifant aux
queftions les plus difficiles fur l'oftéologie & la
myologie comparées , de façon à obtenir les prix
des deux concours.

7 Juillet. Le *w auxhal d'été* a fait en effet fon
ouverture aujourd'hui avec un temps peu favorable : auffi l'empreffement des amateurs n'a pas
été grand. Ce lieu confifte en un fuperbe falon
d'affemblée , dans lequel eft un orchefte pour
la danfe , & en un jardin deftiné à des fêtes de
différents genres.

Cet édifice eft conftruit fur les plans & la conduite du fieur *Melan* , architecte : le décore a
été exécuté par le fieur *Munich* , peintre décora-
teur : ce font ces mêmes artiftes qui ont travaillé
à la redoute chinoife.

L'entrée du wauxhall d'été eft fans nobleffe ;
elle eft mefquine, étroite & trifte. Le falon eft en
baignoir dans le goût de celui de la foire Saint-
Germain , mais plus en grand & avec des ornements plus féveres. On n'y a point trouvé affez

de fieges ni de commodités pour le public. L'emplacement, du refte, en eft bien ménagé & pas une fenêtre d'où l'on n'ait un point de vue. Au deffus eft un café vafte & d'une tournure pittorefque. Le jardin n'eft pas affez étendu ; le terrain eft ménagé avec goût, & l'on en a tiré tout le parti poffible.

Les directeurs comptant fans doute fur la curiofité du public, ne fe font point mis en frais d'aucune fête. Tout le fpectacle confiftoit dans l'illumination du falon & du jardin ; l'une & l'autre n'avoient rien de brillant. Du refte, des contredanfes exécutées par des enfants choifis de l'un & l'autre fexe, deftinés à cet ufage & propres à amufer un moment par un talent qui feroit admiré, fi les théâtres de toute efpece n'en offroient journellement de plus agréables & de plus favants.

L'abord de ce nouveau wauxhall placé dans une efpece de cul - de - fac eft incommode & embarraffant. A moins que les directeurs n'imaginent des fêtes propres à leur amener la foule, cet effai ne leur promet pas un fuccès confidérable.

7 *Juillet.* Les craintes des bons citoyens fe réalifent, & il eft conftant aujourd'hui que M *le Noir* quitte l'adminiftration de la police ; depuis un mois, le gouvernement eft occupé à lui choifir un fucceffeur ; de tous ceux mis fur les rangs aucun n'a cette place ; les uns ont refufé, les autres ont été éconduits ; enfin l'on dit ce foir que c'eft M. *Thiroux de Crofne,* intendant de Roüen, qui accepte.

8 *Juillet.* Il paroît que les repréfentations de *Bizare* font totalement fufpendues ; on reproche fur - tout à cet opéra un défaut d'intérêt ; ce qui

a donné lieu au calembour suivant ; on prétend
que l'auteur du poëme, qu'on appelle le chevalier
Dupleſſis, eſt de race juive : en conſéquence on
dit : *Voilà la premiere fois peut-être qu'un Juif
fait quelque choſe ſans intérêt.*

Ce même chevalier *Dupleſſis* eſt fort tranchant,
fort dénigrant des poëtes ſes confreres ; un jour
que dans le foyer des actrices il s'écrioit qu'il ne
connoiſſoit pas de plus mauvais auteur lyrique
que M. *Guillard* : « Ah ! » lui dit le ſieur *Cheron*,
acteur plein d'eſprit, de gaieté & de fineſſe :
« ah ! monſieur le chevalier vous vous oubliez. »

8 *Juillet*. On aſſure que la brochure de M. le
comte *de Mirabeau* contre les actions de la banque
de Saint-Charles, a produit l'effet qu'en déſiroit
le gouvernement de France ; ſavoir, de dégoûter
les ſujets d'en acquérir & de les préférer aux
papiers royaux. La fureur étoit telle, que ces actions de cinq cents livres de France étoient déjà
montées à 750 livres. Elles ſont réduites de beaucoup & ſe décréditent journellement.

8 *Juillet*. Extrait d'une lettre de Pau, du 30
juin. L'état des membres du parlement réclamants
eſt toujours le même, & non-ſeulement on ne
leur donne point les places vacantes, à meſure
qu'il y en a comme le porte l'édit ; mais on ne
les dédommage en rien : un ſeul a eu l'agrément
de paſſer à la cour des aides de Montauban. On
ſemble leur conteſter juſqu'à la qualité d'anciens
officiers de la cour, & vouloir les empêcher de
jouir des exemptions, honneurs, prérogatives
qui y ſont attachés, & ce ſuivant encore les termes
de l'édit ; c'eſt pour prévenir ces difficultés qu'ils
viennent de faire un nouvel effort & d'envoyer
un député à Paris, pour demander des lettres

d'honoraires. Peut-être réussiront-ils auprès de M. le garde-des-sceaux; mais dans le cas même, à quoi leur serviront ces lettres sans enrégistrement? Or je suis convaincu, de la maniere dont les têtes de nos magistrats sont montées, qu'ils s'y refuseront.

Du reste, notre parlement n'est ni aimé, ni estimé dans la province ; il fait tous les jours des sottises : vous en avez un échantillon dans l'interdiction qu'ils ont prononcée contre un de leurs présidents, M. *d'Abbadie*, absent, & sans qu'il ait été interrogé en aucune maniere.

Par une contradiction révoltante, dès la premiere année ils n'ont pu se refuser à députer vers le premier président actuel M. *de la Caze*, le fils, pour le féliciter sur son début dans cette place, où il développoit toutes les qualités du cœur & de l'esprit qu'on pouvoit désirer : & malgré cela, ils continuent à faire schisme avec lui, à ne le point visiter & à le laisser absolument seul. Il n'en est pas de même du reste de la province ; toute la noblesse & tous les gens faits pour cela sont journellement à sa table & l'aiment infiniment.......

9 Juillet. Il n'est que trop vrai que M. *Maréchal* a perdu sa place de sous-bibliothécaire pour son ouvrage. Dans un *Précis* qu'il donne de la vie d'*Arlamech*, qu'on sent être l'anagramme de son nom, il dit : « On lui confia la garde d'une vaste » bibliotheque..... il devint le commensal des » auteurs & des fauteurs du mensonge.... Il » daigna hanter les hypocrites & les charlatans » pour apprendre à les démasquer...... » Ce qui portoit à-plomb sur les prêtres & docteurs du college Mazarin, & ne pouvoit que les lui alié-

ner. C'eſt donc avec un grand empreſſement que
ſe fondant ſur deux extraits de ſa production
pieuſe inférés dans l'année littéraire , le Sanhedrin
réſolut de l'expulſer.

Un profeſſeur particulier dénonça le *livre
échappé au déluge*, comme une parodie burleſque
des pſeaumes , comme , ſous une forme & des
expreſſions religieuſes , inſinuant l'impiété &
l'athéiſme. Il dit qu'il avoit d'autant mieux crû
devoir requérir la vigilance des ſages maîtres ,
que l'auteur ne craignoit pas de rendre en quelque
ſorte tout le college complice de ſon attentat ,
en y récelant ſon ouvrage & l'annonçant comme le
lieu de la vente.

Sur cette dénonciation , il fut arrêté que le
docteur *Hook*, bibliothécaire du college & ſupérieur immédiat de M. *Maréchal* , l'interrogeroit.
Ce qu'il fit en préſence du crucifix. Cet acte
vraiment dériſoire de la magiſtrature n'étoit pas
propre à ébranler l'accuſé. Il n'avoit garde de dé-
ſavouer ou de rétracter un ouvrage auquel il avoit
mis ſon nom , & qu'il avoit ſoumis à l'autorité.
En conſéquence il lui fut déclaré que les ſages
maîtres ne pouvoient plus garder parmi eux un
faux-frere auſſi dangereux.

En outre , le grand-maître *Riballier* s'étant
plaint à M. le garde-des-ſceaux qu'il eût accordé un privilege pour ce livre ſcandaleux ; le
chef de la juſtice manda le cenſeur, l'abbé *Roy*,
qui ſe diſculpa & dit qu'il étoit prêt à ſoutenir
par des paſſages de l'écriture ſainte toute la doctrine du patriache *Arlamech* : cela n'eut pas d'autres ſuites pour lors.

M. *Maréchal* , devenu libre , s'eſt permis une petite
vengeance contre ſes critiques & ſes perſécuteurs.

Il leur a répondu par un dernier pfeaume inféré au journal des Dèux - Ponts ; il les y tourne parfaitement en ridicule , & toujours dans le ftyle doucereux & myftique des dévots. Les prêtres ont jeté feu & flammes ; ils ont eu de nouveau recours à M. *de Miromefnil*, qui a remis la production patriarchale entre les mains du grand-maître du college de Navarre , afin qu'il l'examine & lui en rende compte. Du refte , le journal de Deux - Ponts eft arrêté , il n'en a paru depuis aucune feuille, & l'on ne veut plus en permettre l'introduction que fous la garantie d'un cenfeur.

9 Juillet. Non - feulement le pere *Hervier* refte toujours interdit des fonctions du faint miniftere ; mais M. l'archevêque le perfécute dans le traitement médical qu'il exerce en fa qualité d'apôtre du mefmérifme : il lui étoit enjoint de ne point vifiter de femmes malades ; depuis quelque temps il s'étoit inftitué profeffeur de la nouvelle doctrine dans fon couvent des grands auguftins, & y avoit établi un baquet. Le prélat a invité le prieur de ne point fouffrir cette innovation fcandaleufe dans fa maifon, & le pere *Hervier* a été obligé de tranfporter fon école chez M. *d'Harveley*, garde du tréfor royal, enthoufiafmé du mefmérifme. Ce moine eft le chef de la fociété de l'harmonie le plus accrédité aujourd'hui ; il a fait des découvertes auffi dans le fomnambulifme qu'il a perfectionné, & le docteur *Mefmer* lui - même fe fait un plaifir de l'avouer pour fon maître & d'affifter à fes leçons.

10 *Juillet.* On dit que M. *Cabarrus*, Baïonnois qui a donné au Roi d'Efpagne le plan de la banque de Saint - Charles, eft maltraité étran-

gement dans l'ouvrage de M. le comte *de Mirabeau*
contre le nouvel établissement. Il paroît déjà une
brochure en faveur de M. *Cabarrus* , où , sans
entrer dans le fond de la question , on venge sa
réputation attaquée , & l'on qualifie de libelle le
pamphlet du comte. Ces deux ouvrages ne sont
pas communs & l'on n'en fait mention encore que
sur parole.

10 *Juillet*. Extrait d'une lettre de la Haye , du
27 juin..... M. *Blanchard* est arrivé ici le vendredi 24 ; il se propose d'y faire son douzieme
voyage aérien avec deux ou trois personnes ; si
la souscription qu'il a ouverte à un ducat le billet,
se trouve remplie avant le 10 juillet, il partira peu
après.

10 *Juillet*. Extrait d'une lettre de Lyon, du 25
juin.... Avant-hier , veille de la saint Jean , le
consulat fit tirer , selon l'usage annuel , le feu d'artifice de la ville sur le pont de pierre. L'édifice
représentoit un portique décoré d'un ordre d'architecture , au milieu duquel on voyoit la France
personnifiée & assise , s'appuyant sur des instruments d'astronomie , & donnant ordre à un vaisseau prêt à mettre à la voile : près d'elle étoit
un coq , emblême de la France & de la vigilance.
On lisoit sur la flamme du vaisseau : *voyage autour
du monde, commandé par le Roi* ; & au bas ces
deux vers :

Au zele de *Louis* que l'univers réponde ,
Son but est d'éclairer, non d'envahir le monde.

10 *Juillet*. Extrait d'une lettre de Cherbourg ,
du 6 juillet..... Il y a un mois en effet que le
troisieme cône a été lancé & l'opération a été finie

en sept heures de temps. La caisse a quatre cents cinquante pieds de circonférence, cent cinquante pieds de diametre & soixante de hauteur : dès qu'elle a été en place, la corvette *la Cérès* a tiré sept coups de canon. Le ciel a été serein, l'air doux & la mer tranquille durant toute la manœuvre.

Ce cône a été bientôt suivi de deux autres qui ont eu le même succès. On commence à prendre confiance au projet & la ville se peuple à vue d'œil; elle n'est pas reconnoissable depuis l'été dernier.

11 *Juillet.* Les Anglois évaluent le commerce de l'imprimerie de Paris à près de deux millions sterlings; c'est-à-dire, à quarante-cinq millions de livres tournois environ, & ils confessent que celui de Londres ne monte guere qu'au quart.

11 *Juillet.* Il y a plus de dix-huit mois qu'on annonçoit un journal qui nous feroit connoître toutes les productions Angloises & autres objets intéressants de ce royaume. Enfin ce plan s'effectue sous une forme encore plus étendue. Il a pour titre *le Censeur universel Anglois*, ou *Revue générale, critique & impartiale de toutes les productions angloises sur les Sciences, la Littérature, les Beaux-Arts, les Manufactures, le Commerce, &c.*

Cet ouvrage peut se regarder comme un journal de Londres, propre à faire pendant de celui de Paris; il y en a aussi un numéro par jour : mais ces numéros ne se distribuent qu'une fois par semaine. La premiere livraison a eu lieu le samedi 9 de ce mois.

C'est M. le chevalier *de Sauseuil* qui est en nom & à la tête d'une société de gens de lettres ses coopérateurs du travail & de la rédaction de ce journal : on l'annonce comme dédié & présenté à

Madame; on conçoit qu'il peut être très-intéressant & très-curieux, s'il est fait avec soin, avec goût & sur-tout avec liberté.

12 *Juillet.* M. *Duries*, professeur de physique & de chymie à Boulogne, chargé de l'examen des bois de la machine Carlo-montgolfiere si funeste aux deux voyageurs, après un procès-verbal très-détaillé, attribue la catastrophe à une cause dont on n'avoit pas encore parlé. Il prétend que l'inflammation du gaz a été l'effet de quelque phénomene électrique ; il ajoute que des spectateurs lui ont dit avoir remarqué à l'instant même du désastre, un petit nuage blanc, de la nature de ceux que les marins redoutent tant, très-voisin de la partie supérieure du ballon : il ne doute pas que l'ignition ne soit provenue du contact de ce météore, au moment où le gaz s'est échappé de la soupape ouverte.

13 *Juillet.* L'étranger trouvé l'année derniere en Normandie occupe toujours l'attention du gouvernement. M. le chevalier *de Keralio* n'ayant pu en effet en rien tirer, a renoncé à son éducation, & M. *Haüy*, interprete du Roi & l'instituteur des aveugles-nés, s'en est chargé depuis le 14 mars de cette année. Il rend compte de ce qu'il a découvert dans une lettre du 8 de ce mois, en réponse à celle du 6 juin sur le *jeune inconnu.* Toutes deux sont insérées au *journal de Paris.*

M. *Haüy* a commencé par composer un vocabulaire sous la dictée de son éleve, c'est-à-dire, en l'entendant jaser ; ce qui lui arrive fréquemment, car il est bavard.

Il a découvert par ce procédé, 1°. qu'à une fort petite quantité de mots près, l'idiome du jeune homme est une collection assez pauvre de

c mots françois, très-mal articulés & encore plus
mal prononcés.

2°. Que *Tom Tetia* (c'est ainsi que l'étranger
se nomme lui-même) est sourd, & son maître
craint en outre qu'il n'ait encore un vice naturel dans la conformation de l'organe de sa parole.

En conséquence la société royale de médecine
& l'académie royale de chirurgie, ont nommé
des commissaires pour examiner ce singulier enfant.

Du reste, *Tom Tetia* commence à écrire clairement ses idées en françois, & M. *Haüy* espere
se mettre en état de fournir lui-même des mémoires instructifs sur son origine.

Il pense au surplus avec M. *de Keralio*, que
les discours & les manieres du jeune inconnu
annoncent une naissance relevée ; & que s'il n'est
pas né dans l'Amérique méridionale, il y a du
moins fait un long séjour.

Enfin loin d'être imbécille ou un imposteur,
comme le supposent des gens peu crédules, *Tom
Tetia*, suivant son maître, est au contraire plein
de candeur, d'intelligence & même de génie. Il
invite les savants linguistes, les physiciens, les
marins, les voyageurs, & tous les curieux à
venir chez lui pour voir cet être singulier, &
communiquer ensemble leurs lumieres à son
sujet.

13 *Juillet.* M. le comte *de Villefranche*, de la
branche de *Savoie de Carignan*, colonel propriétaire du régiment *de Savoie*, infanterie, au service de France, vient de mourir. C'est lui qui
avoit épousé à Saint-Malo Mlle. *Magon de Bois-
gazin*, dont le mariage avoit été cassé par le

parlement de Paris, & qui perſiſtant dans ſa ré-
ſolution l'avoit fait réhabiliter depuis ſans nouvelle contradiction. Comme il y a de cet hyménée
un garçon, on eſt fort embarraſſé de ce qu'on
en fera.

14 *Juillet.* La défenſe de M. *Cabarrus* eſt une
lettre à M. *le comte de* Mirabeau, datée du 27
juin 1785. C'eſt un ami qui l'entreprend & s'en
tire en effet parfaitement bien. Il paroît que madame *cabarrus* qui eſt en ce moment à Paris,
s'eſt trouvée compriſe dans les ſarcaſmes & les
calomnies dont on accuſe leur détracteur, & l'auteur de la lettre ne lui rend pas moins de juſtice
qu'à ſon mari, ne la venge pas avec moins d'éclat.
On ne peut gnere entrer dans le fond de ce
petit ouvrage, qu'on n'ait rendu d'abord un
compte détaillé de celui auquel il ſert de réponſe.

14 *Juillet.* Les amis de M. *de Croſne* aſſurent
qu'il ne ſongeoit point à la place de lieutenant-
général de police; que c'eſt le Roi qui, de ſon
propre mouvement, l'a nommé, & a dit que ſur
ſa liſte il ne voyoit que *de Croſne* qui lui con-
vînt. Ce qu'il y a de poſitif, c'eſt que cet intendant étoit abſent, & n'eſt arrivé à Paris que pluſieurs jours après ſa nomination.

15 *Juillet.* Dans ſa diatribe contre la banque
de Saint-Charles, M. le comte *de* Mirabeau
avoue aſſez ingénument qu'il prête ſa plume,
c'eſt-à-dire, qu'il la vend; conſéquemment que
ce ne ſont pas ſes propres opinions qu'il va énon-
cer, mais celles de ceux qui le ſoudoient. Ce
rôle n'eſt point beau, & donne lieu au lecteur de
ſe défier étrangement de ce que va dire le diſ-
ſertateur. Il paroît avoir encore plus en vue de

décrier la nouvelle caisse d'escompte en Espagne que son auteur. Il la compare au système de *Law* ; il trouve une analogie toute semblable entre les aventures, le caractere, les talents des fondateurs de ces deux banques. Suivant M. *de Mirabeau*, comme *Law*, M. *Cabarrus* a des passions fortes : d'abord, ainsi que son modele, entraîné par les passions qui tiennent à la premiere jeunesse, il semble les avoir toutes concentrées dans l'ambition. Malheureux également par sa famille, il a été obligé de chercher un asyle & des secours dans une terre étrangere. L'Espagne lui a paru le théâtre le plus convenable pour ses talents : il a commencé dans ce pays romanesque à brûler par ses amours ; il y a séduit une jeune personne & ne l'a obtenue que d'elle-même : il s'est montré bientôt à la cour, & quoiqu'il n'ait d'autres talents que de bien chiffrer, il a étonné les ministres par ses calculs : ils se sont livrés à son impulsion, & plutôt en agioteur rusé qu'en homme d'état, il a fait éclore une banque à l'Espagne. La compagnie des Philippines n'a encore été imaginée que par le même esprit : on apperçoit uniquement dans ces deux établissements les combinaisons de l'intérêt personnel, qui veut à tout prix atteindre à une grande fortune ; enfin il est démontré, rigoureusement démontré, que leur fondateur a fait illusion tout à la fois au gouvernement, au public & aux actionnaires étrangers & nationaux.

Telles sont les principales assertions de M. le comte *de Mirabeau*, qui énoncées avec ce style pittoresque, chaud & énergique dont il anime ses écrits, sont très-propres à lui donner la confiance des lecteurs, tant qu'on ne l'aura pas réfuté.

15 *Juillet.* La délibération prise dans l'assemblée générale des actionnaires tenue le quatorze de ce mois, a été de porter le dividende des bénéfices de la caisse d'escompte pour les six premiers mois de l'année, à 190 livres.

15 *Juillet.* Depuis quelque temps, on assuroit que les trois nouveaux prix institués par le Roi, pour l'encouragement du théâtre lyrique, en vertu de l'arrêt du conseil d'état du 3 janvier 1784, étoient décernés; on nommoit même les *Lauréat,* du nombre desquels on comptoit deux membres de l'académie françoise; ce qui indignoit, en ce que les juges étant tirés du sein de cette compagnie, ce sembloit devoir être une raison d'exclusion pour eux.

Il n'est que trop constaté aujourd'hui que s'il n'y a pas deux membres de l'académie françoise, il y en a du moins un, M. *de Chabanon,* dont le poëme a pour titre *la Toison d'or.* Les autres ouvrages couronnés sont l'*Œdipe à Colonne* de M. *Guillard,* & *Cora* d'un M. *Valadier.*

Les examinateurs donnent pour raison de leur retard à publier leur jugement, la difficulté qu'ils ont eue de l'arranger. Les trois poëmes si différents pour le genre & le mérite, ne leur ont permis ni d'en faire une comparaison exacte & rigoureuse, ni de donner à aucun une préférence absolue; ils ont donc été obligés d'en référer au ministre, & de lui proposer un *mezzo termine.*

Le premier prix est une médaille de la valeur de 1500 livres pour la tragédie lyrique qui sera reconnue la meilleure : le second, une médaille de la valeur de 500 livres pour la tragédie lyrique qui obtiendra rang, & le troisieme une médaille de 600 livres pour le meilleur opéra-ballet, pastorale,

torale , ou comédie lyrique : les juges ont eftimé qu'il falloit partager la fomme totale deftinée aux trois prix, en trois médailles de valeur égale, pour être décernées fans diftinction , & M. le baron *de Breteuil* a fait agréer au Roi cette dé-cifion.

16 *Juillet.* L'officier commandant la gendarme-rie étant à chaffer avec fa maîtreffe aux environs de Lunéville où eft ce corps, la demoifelle fâchée de ne pouvoir exercer fes talents par la rareté du gibier , dit à fon amant : « Vous auriez bien dû » prendre pour *Gnares* (poliffons avec lefquels on » ramaffe le gibier) quelques - uns de vos gendar-» mes. » Ce propos rendu à quelques membres du corps a bientôt été fu de tous. Ils en ont été offenfés, & fur-tout que leur commandant n'en eût pas impofé à la courtifane impudente. Plu-fieurs ont été chez elle & l'ont maltraitée de pa-roles & d'effet. Le commandant ayant voulu punir les auteurs du délit, leurs camarades ont pris fait & caufe pour eux : l'infubordination eft montée à fon comble; il a fallu écrire en cour, & l'on annonce une punition rigoureufe dont on ne fait pas bien encore les détails.

16 *Juillet.* L'ouverture de l'école de natation s'eft faite avec beaucoup d'appareil. Plufieurs mem-bres du corps municipal , de l'académie royale des fciences & de la fociété royale de médecine , y ont affifté. Ils en ont fuivi les premieres leçons les 7 & 9 de ce mois, & ont approuvé unanime-ment la méthode du fieur *Turquin.*

16 *Juillet.* M. *Caron* , payeur des rentes, vient de mourir fubitement. On prétend qu'il a accé-léré fa fin en s'empoifonnant ; ce que confirme la promptitude avec laquelle on l'a enterré : il n'a

Tome XXIX.   F

pas été exposé devant sa porte suivant l'usage; ce qui annonce une putréfaction soudaine qui ne peut compatir avec son genre de mort, s'il n'avoit été de cette nature. On saura, en constatant l'état de ses affaires, s'il étoit dans le cas de prendre un parti aussi violent.

17 *Juillet.* On a vu par l'impression de la comédie *du Jaloux*, de M. *Rochon de Chabannes*, que le Roi de Suede avoit bien voulu accepter la dédicace de cette piece; mais on ignoroit la réponse de ce souverain. Il en transpire aujourd'hui des copies. Elle est datée de Stockholm le 12 avril 1785 : la voici.

« M. *Rochon de Chabannes*, j'ai lu avec un
» véritable plaisir votre comédie du *Jaloux* : elle
» ajoute encore à l'opinion qu'on s'est formée des
» talents distingués de l'auteur du *Seigneur bien-*
» *faisant*. Il seroit à souhaiter que la scene fran-
» çoise s'enrichît souvent de pareilles pieces; elle
» conserveroit par - là son empire sur les mœurs,
» & ne cesseroit de transmettre au public les sen-
» timents du goût & du comique épuré. »

» La dédicace que vous m'en faites, est donc
» un hommage qui ne peut que me plaire; &
» ce sera pour moi un délassement agréable de
» voir votre piece jouée sur le théâtre de Stoc-
» kholm. Sur ce je prie Dieu qu'il vous ait,
» Monsieur *Rochon de Chabannes*, en sa sainte
» garde.

» Votre affectionné GUSTAVE. »

On ne dit point que cette lettre ait été accompagnée d'un présent, suivant l'usage. Ce monarque sait qu'il faut mettre ses sujets à l'aise avant d'être magnifique envers les étrangers.

17 *Juillet.* Il y a eu cinquante-huit poëmes envoyés au concours des prix inflitués pour l'encouragement du théâtre lyrique. Les examinateurs flattés de cette déférence des auteurs, préviennent ceux qui fe propofent de concourir, que l'objet de l'adminiftration, *étant d'exciter les écrivains d'un talent diftingué à fe livrer à la compofition des poëmes lyriques,* l'invention dans le plan & dans la conduite, l'élégance & la correction du ftyle font deux mérites indifpenfables, fans lefquels aucun ouvrage ne peut prétendre aux prix. Ainfi un poëme dont le fujet & la conduite feroient vifiblement imités d'un ouvrage dramatique déjà mis au théâtre, feroit rejeté fans autre examen, & celui qui réuniroit à la forme du poëme lyrique un dialogue ingénieux & vrai, & une poéfie élégante & harmonieufe, obtiendroit la préférence fur le poëme qui, par fa coupe & par l'intérêt même de l'action, feroit fufceptible de produire de plus grands effets dramatiques & de plus grandes beautés muficales, fi le ftyle en étoit incorrect & commun.

17 *Juillet.* M. *Thiroux de Crofne,* le nouveau lieutenant de police, déjà intendant de Rouen en 1771, s'eft trouvé par les circonftances obligé d'être préfident du confeil fupérieur inftitué en cette ville: depuis le rétabliffement du parlement de Rouen, on a craint que cette compagnie ne le vît pas de bon œil, & on l'avoit nommé intendant à Metz; mais toute la nobleffe, & les magiftrats mêmes, contents de fon adminiftration, ont défiré le conferver, & ont député vers lui pour le féliciter quand ils ont appris qu'il reftoit. Tout cela annonce un efprit doux & conciliant, le meilleur dans la place qu'il va rem-

plir. On ajoute qu'il eſt fort regretté à Rouen ; que c'eſt un homme auſtere, d'un très-bon exemple & de mœurs incorruptibles. •

17 *Juillet*. Ce qui prouve de plus en plus le dépériſſement des mœurs, c'eſt l'augmentation ſenſible de cauſes en ſéparation. Le nombre qu'on en compte eſt effrayant ; le châtelet, les requêtes du palais en retentiſſent aujourd'hui, & la grand'chambre en doit bientôt avoir une d'éclat. C'eſt celle des requêtes du Palais qui attire dans ce moment-ci la foule. Une demoiſelle *Giam-bonne*, fille de madame *Giambonne*, renommée entre les maîtreſſes de *Louis XV*, intéreſſe ſingu-liérement le public. Son mari eſt un M. *Bellan-ger*, riche Américain, dont les ſévices envers elle ſont de l'eſpece la plus révoltante. C'eſt Me. *Ger-bier* qui plaide pour la femme, & Me. *de Bonnieres* pour le mari ; tous deux ont déjà parlé & ſe ſont fait écouter avec de vifs applaudiſſements. Beaucoup de femmes ſuivent ces audiences & viennent apprendre les moyens qu'elles doivent employer pour occuper à leur tour la ſcene avec ſuccès.

18 *Juillet*, M. *Cabarrus* eſt très-bien né ; il eſt fils d'un négociant de Baïonne ; ſes ancêtres pa-ternels étoient capitaines dans la marine mar-chande ; & c'eſt de l'un d'eux qu'a pris ſon nom la baye de *Cabarrus* dans l'iſle Royale. Après avoir fait ſes études en France, il fut envoyé par ſon pere à Valence en Eſpagne, pour y ap-prendre la langue & le commerce. Il y eſt de-venu amoureux d'une demoiſelle très-honnête, fille du négociant auquel on l'avoit adreſſé, & & quelque choſe qui ſe ſoit paſſé entre eux, *l'hymen a verni l'aventure*. Les parents de la de-

moiſelle en furent mécontents d'abord , chaſſerent les nouveaux époux ; ils ſe réfugierent à Madrid, ou aux environs, chez le grand-pere de madame *Cabarrus*; ce qui fut le principe de la fortune du mari, qui s'établit dans cette capitale , s'évertua, déploya ſes talents, donna des projets au gouvernement, & ſe trouve aujourd'hui l'auteur de la révolution qui s'opere dans le régime d'Eſpagne, & dans ſon adminiſtration des finances ſur-tout. Il étoit banquier de la cour, & au lieu de concentrer en lui ſeul la manutention d'opérations qui l'auroient rendu plus opulent que nos *Montmartel*, nos *Laborde*, nos *Beaujon*, il a préféré les honneurs d'une place dans le conſeil des finances de ſa majeſté Catholique ; il y a aſſocié tous les ſujets de ce monarque, & même les étrangers par la création de la banque de Saint-Charles & de la compagnie des Philippines. Tel eſt M. *Cabarrus*, telles ſont ſes œuvres, & il ne compte encore que trente-trois ans.

C'eſt par cet hiſtorique que l'auteur de la lettre annoncée réfute celui de M. le comte *de Mirabeau*, qu'il traite de faux & calomnieux dans tous les points. Du reſte , il lui reproche aſſez juſtement de prêter ſa plume pour ſervir les paſſions d'autrui en décriant un homme qu'il ne connoît point , & un établiſſement auquel il convient ne rien entendre. Quoique l'écrivain affecte de ſe contenir , il dit des choſes très-fortes à ſon adverſaire , il lui en dit de très-adroites, de très-malignes, & ce pamphlet doit d'autant plus affecter M. le comte *de Mirabeau*, qu'il y a prêté le flanc & ne peut guere ripoſter avec avantage.

18 *Juillet*. M. *de la Chalotais* eſt mort à Ren-

nes le 2 juillet âgé de 84 ans. Il a fini fa carriere tranquillement & fans fouffrance. Aux vertus du magiftrat il joignoit les talents de l'homme de lettres ; mais fes longues infortunes l'ont fur - tout rendu célebre ; liées aux malheurs de l'état, elles ont fait retentir fon nom , non - feulement en France, mais dans l'Europe entiere & dans tout le monde connu.

18 *Juillet.* Extrait d'une lettre de Befançon , du 8 juillet ...... J'ai pris, pour vous fatisfaire , les informations que vous défiriez & en voici le réfultat.

Il a effectivement paffé ici un prifonnier diftingué nommé le comte *de sanois* , qu'on avoit arrêté à Laufane. Il étoit fous l'efcorte d'un officier de la maréchauffée, & fous la garde d'un exempt de police fort infolent, nommé *Desbruguieres*. Arrivé le 7 mai dans cette ville, avec fa proie, celui - ci a été obligé d'y faire repofer pendant trois jours fon captif, à caufe du malheureux état de fa fanté. On dit que M. *de Sanois* a profité de ce répit pour compofer de gros mémoires , avec le fecours de deux bas - officiers , prifonniers comme lui , qui écrivoient fous fa dictée, & que M. le marquis *de Saint - simon* , commandant de la province, lui avoit accordés pour fecretaires. Ces écrivains ont déclaré depuis avoir été étonnés de la préfence d'efprit, du courage & de l'énergie d'un vieillard infirme, dont le travail eft effrayant durant un auffi court efpace de temps, & dans une fituation auffi pénible de corps & d'ame.

L'exempt de police publioit que c'étoit un efcroc qui avoit emporté 400,000 livres à fa femme & à fes créanciers ; mais les égards qu'a eus pour lui notre commandant , les amitiés que lui ont faites trois officiers, ſes anciens camara- des, qui vivent dans cette ville, tous trois gens diſtingués & très-eſtimés, ne peuvent pas le laiſſer ſoupçonner d'un crime auſſi bas. D'ail- leurs un ſuppôt de police eſt accoutumé à mentir.

Nous ſoupçonnons qu'il eſt plutôt queſtion d'af- faire d'état. En effet, le gouvernement de Lau- ſane auroit-il ſouffert qu'on eût violé ſon aſyle pour une affaire particuliere ?

Ce qui confirme notre idée, c'eſt que les trois officiers avec leſquels il avoit permiſſion de ſe promener ici, n'ont reçu aucune nouvelle de ce priſonnier, ſans doute enfermé.

18 *Juillet.* On écrit de Boulogne ſur Mer que le corps municipal de cette ville , non content d'avoir ordonné un ſervice pour les infortunés aéronautes qui ont péri dans les environs, où tous les corps ont aſſiſté, a demandé encore la permiſſion d'élever dans le cimetiere de Wimille, où ils ſont enterrés, une colonne qui ſera ſur- montée de deux urnes funéraires. Le Roi a ap- prouvé ce projet. Ce monument ſera l'on ne peut mieux placé, en ce que le cimetiere ſe trouve ſur la route de Calais à Paris.

19 *Juillet.* Entre les ouvrages d'auteurs alle- mands qui ſe livrent à la ſcience que les écono- miſtes de cette partie de l'Europe appellent *ſta- tiſtique*, il faut placer celui de M. *P. F. Kœrber.* Il l'a publié à Revel, ſous le titre de *Penſées patriotiques & projets ſur la culture de l'hiſtoire naturelle en Eſthonie , dans ſes rapports avec les arts & le commerce.* Il eſt ennuyeux , mais de la plus grande exactitude.

F 4

19 *Juillet.* On écrit d'Espagne que l'inquisition toujours en vigueur à Madrid , ainsi que dans les autres villes du royaume , mais moins cruelle que ci - devant , s'est contentée de condamner à une prison d'un an & à un bannissement perpétuel , un vieillard françois , nommé *Pierre Couteau* , maître de langues , accusé de quelques erreurs dans le dogme & d'indiscrétion dans des leçons publiques.

20 *Juillet.* M. *de Beaumarchais* enrageant de la retraite volontaire qu'il s'est imposée , ce qui le laisse dans une nullité tout - à - fait contraire à sa façon d'être ; afin de réveiller le public sur son compte , a fait distribuer par ses émissaires une estampe , où il est représenté comme un *Philosophe Bienfaisant.* On y désigne sur - tout son projet d'institution en faveur des meres nourrices.

20 *Juillet.* Extrait d'une lettre de Rennes , du 14 juillet 1785.... Vous ne serez pas content des remontrances de notre parlement au Roi à l'occasion du tabac. Il a eu la gaucherie de les diriger plutôt contre le ministre des finances , que contre la ferme - générale ; c'est une suite de la mésintelligence qui regne entre cette cour & les états. M. *de Calonne* , ayant le vœu de ceux - ci , s'est peu embarrassé des magistrats , auxquels l'évêque de Rennes , ennemi du contrôleur - général , s'est réuni. C'est ce qui a fait manquer aussi la dénonciation de l'ouvrage de M. *Necker* , dénonciation trop agréable au ministre pour que le parlement ait voulu s'y prêter. Tout cela est affaire de parti & de cabale ; il seroit merveilleux qu'il en résultât quelque bien.....

21 *Juillet. La caisse d'escompte.* Tel est le titre de

la brochure de M. le comte *de Mirabeau* ; fur cette matiere, de 120 pages in - 8°. fans les pieces juftificatives.

C'eft dans une efpece de préface fans titre, datée de Paris le 8 mai 1785, que l'auteur commence par nous apprendre où & comment il a conçu fon ouvrage. Il y prétend qu'un philofophe peut & doit écrire fur divers fujets, à mefure qu'ils intéreffent la fociété. Un motif auffi puiffant les rend dignes de lui, & un homme de fens peut tout entendre, tout analyfer, tout juger.

Du refte, l'on n'y découvre que trop fous quelle influence M. *de Mirabeau* a pris la plume, & l'on eft fâché de lui voir ainfi proftituer fes talents. Quelque grands qu'ils foient, quelque philofophie qu'il ait répandue dans cet écrit, il n'a pu qu'en diminuer la fécherefle & l'ennui, fans les faire difparoître tout-à-fait ; & quant au fond il y a plus de fophifmes que de raifonnements victorieux.

Le chapitre VIII contenant l'examen des motifs fur lefquels l'arrêt du 24 janvier 1785 a été rendu, eft piquant & hardi ; c'eft du *Panchault* tout pur.

Une petite anecdote concernant M. *de Bourgade* eft gaie & mérite d'être retenue. Lors de la crife de la caiffe d'efcompte en 1783, provenant fur-tout de la difette du numéraire, on propofa au miniftere de donner cours, pendant un temps limité, aux piaftres, dont il fe trouvoit une grande quantité, foit à la caiffe d'efcompte, foit aux hôtels des monnoies. Le directeur du tréfor royal ne voulut pas confentir à cette opération, vu la forme des piaftres qui, étant carrées, ne

F 5

lui fembloient pas propres à fervir de monnoie courante.

Viennent à la fuite de la brochure du comte, les pieces juftificatives, qui embraffent jufques à la page 207; puis un *Poftfcriptum* de l'auteur en date du 17 mai 1785, où il réfute un *Profpectus d'affociation* à une fpéculation affez bizarre fur les actions de la caiffe d'efcompte de Paris.

Tout ce qu'on peut tirer de ce plan très-obfcur, c'eft que fon objet eft de prévenir ingénieufement la baiffe de ces papiers au-deffous de 6,700 livres; que l'affociation durera trois ans; que les intéreffés jouiront de l'intérêt de leurs fonds à cinq pour cent, trouveront l'affurance complete de leur capital, & participeront à des bénéfices certains.

M. le comte *de Mirabeau* n'a pas de peine à démafquer ces agioteurs travaillant plus pour eux que pour la compagnie. Les réflexions par lefquelles il les réfute, vont peut-être plus loin que ne voudroit l'auteur, car on en induit affez naturellement que la caiffe d'efcompte non-feulement eft inutile, mais eft un établiffement fâcheux. Il s'en apperçoit & veut revenir fur les conféquences. Malheureufement elles font juftes, & peut-être plus vraies que tous fes paradoxes pour défendre la caiffe.

22 *Juillet.* Extrait d'une lettre de Pau, du 12 juillet.... M. *Lefparda*, dont vous me demandez des nouvelles, s'eft en effet réfugié ici depuis fa cataftrophe. Il vit à la campagne gros & gras, tient bonne table, bon carroffe, du jeu, de la chaffe; il eft heureux comme un Roi: il voit même bonne compagnie, parce qu'il avoit obligé toute la province, & qu'on ne pourroit fans in-

gratitude l'humilier par une profcription abfolue;
D'ailleurs il vit en homme riche & en feigneur ;
ce qui aide beaucoup à la reconnoiffance.....

22 Juillet. Depuis l'ouverture de la fale des
comédiens de bois attachés à M. le comte *de Beaujolois*, elle étoit devenue déferte, & ils étoient
à la veille de faire banqueroute. Les directeurs
pour derniere reffource ont imaginé de donner
de petits opéra - comiques dans un genre nouveau.
Afin de ne point tranfgreffer les défenfes, les
acteurs qui paroiffent en fcene, ne parlent
ni ne chantent; ils ne font que la pantomime ;
les voix font dans les couliffes. Ils font parvenus
à fi bien marier enfemble les deux genres, que
l'illufion eft complete, & que, quoique prévenu
de ce double jeu, on eft fréquemment tenté de
croire que c'eft le même perfonnage, & que le
chanteur & le mime ne font qu'un. Tout Paris
raffole de cette nouveauté ; la comédie italienne eft
furieufe, & chaque jour l'on craint que ce héâ-
tre ne fe ferme ; ce qui augmente l'ardeur d'y aller.

23 Juillet. Dans fon ouvrage *de la Banque dite
de Saint - Charles*, M. le comte *Mirabeau*, quoique parlant d'un ton affuré & tranchant, aux
yeux du lecteur intelligent fe trahit de temps en
temps ; il laiffe percer fon ignorance fur des
matieres qu'il n'a jamais étudiées, fur des faits
dont il n'a pas été témoin, & dont il n'a que
des renfeignements infideles fur un pays & fur un
peuple qu'il n'a pas vifités, enfin fur un gouvernement concentré, qui n'en eft que plus difficile
à pénétrer & à approfondir. Auffi la cour de
Madrid a été très-mécontente, & l'on affure que
M. le comte *d'Aranda*, s'il n'étoit aux eaux de
Spa, auroit déjà demandé la fuppreffion de l'ou-

vrage. On annonce même un arrêt du conseil qui prévient sa réquisition : soufflet d'autant plus cruel pour l'auteur , qu'il a mis son nom à cette diatribe politique.

23 *Juillet*. L'administration de la police est devenue une magistrature si compliquée , si variée , si difficile, que M. *de Crosne* a supplié le Roi de lui permettre de faire un apprentissage sous M. *le Noir*. Celui ci fait tous ses travaux , ses opérations en la présence de son futur successeur, donne ses audiences , & l'initie insensiblement aux mysteres de sa place : on n'avoit point encore vu pareille chose : on ne peut qu'admirer la modestie de l'éleve & la complaisance de l'instituteur.

23 *Juillet*. Si l'administration ne se perfectionne pas, ce ne sera point manque de leçons : chaque jour il éclot des ouvrages sur cette matiere intéressante , & qu'on ne sauroit trop approfondir. De ce nombre est le *Citoyen françois* , ou *Mémoires historiques , politiques , physiques , &c.* Il est dédié à M. *le Noir* , ce qui ne peut qu'en donner un augure favorable : l'auteur s'annonce ensuite pour un magistrat qui, joignant à l'étude de ses devoirs , celle des sciences & des lettres, en outre a puisé des instructions dans les voyages , dans les plus habiles écrivains, dans le commerce de la société. Il donne aujourd'hui au public le résidu de ses observations & de ses loisirs.

L'ouvrage embrasse soixante - six chapitres ou titres, dont la plupart sont fort courts ; il en est de très-intéressants , de très-bien vus , & en général il contient des réformes sollicitées & praticables : l'objet des banqueroutes est le plus étendu & semble ne rien laisser à désirer.

Point de déclamation, point de chaleur dans
ce traité : l'auteur déclare qu'il a sacrifié la parure
imposante de la diction à la valeur & au sens
des expressions techniques ; qu'il n'a employé
qu'un style naïf & simple, afin d'être entendu
de tous les lecteurs.

24 Juillet. Il passe pour constant que l'on
devoit jouer sur le théâtre de Bordeaux, *la Folle
journée*, & que les magistrats s'y sont opposés. Il
est bien étonnant que le journal de Guienne ait
omis cette anecdote.

24 Juillet. Un ouvrage de M. le comte *de
Mirabeau*, annoncé depuis long-temps, a percé
enfin dans cette capitale, & se lit avec plus
d'intérêt que ceux dont on a parlé récemment.
Il s'agit de *considérations sur l'ordre de Cincinnatus.*

On ne pourroit le croire, si ce n'étoit un fait
passé sous nos yeux, qu'à l'instant de la naissance de la république Américaine, il se fût
élevé dans son sein des membres assez audacieux
pour y former une aristocratie en quelque sorte,
un corps militaire subsistant héréditaire, perpétuel, & cela sans l'autorisation du corps lé-
gislatif, & même contre les principes constitutifs
de l'état.

Un M. *Adams Burke*, écuyer, l'un des chefs de
justice de l'état de la Caroline du Sud, a pris la plume & a composé un pamphlet en anglois sur cette
innovation, sur cet ordre de patriciens, dont
l'érection menace la liberté & le bonheur de la
république.

M. le comte *de Mirabeau* s'est approprié cet
écrit, en le traduisant, en l'élaguant, en le
généralisant, en y ajoutant ses idées & certaine-

ment en l'améliorant. C'eſt là qu'on retrouve
tout entier ſon génie mâle & indépendant. On
ne ſauroit démontrer avec plus de logique le vice
d'inſtitution qu'il combat, peindre avec plus de
vérité les ſuites funeſtes qu'il peut entraîner,
exhorter avec plus d'onction les *Cincinnati* à
détruire eux-mêmes ce monument d'orgueil
révoltant, ou de vanité puérile, ou ranimer
avec plus de feu le zele patriotique contre des
uſurpateurs ambitieux, qui préparent d'avance des
fers à leurs concitoyens & ſappent la république
juſques dans ſes fondements.

On apprend par un *Poſtſcriptum* que pluſieurs
états ſe ſont réveillés ſur les dangers de l'ordre
des *Cincinnati*, comme inconſtitutionnel. Les
états de *Rhode-Iſland*, de *Maſſachuſet*, de
Penſylvanie ſe ſont déjà expliqués, ainſi que le
gouvernement de la Caroline méridionale.

Les *Cincinnati* ont été effrayés : dans une
aſſemblée du 3 mai 1785, ils ont modifié les
ſtatuts de l'ordre. La lettre circulaire du préſident
Waſhington en contient les détails, non aſſez
ſatisfaiſants pour avoir échappé aux obſervations
critiques & vraiment lumineuſes du comte *de Mirabeau*; il prouve que la république ne peut être
raſſurée que par l'extinction abſolue de l'ordre.

A cet ouvrage M. *de Mirabeau* a joint une
lettre de feu M. *Turgot* au docteur *Price*, datée
de Paris le 22 mars 1778, ſur les vices de la conſ-
titution Américaine ; écrit, ſuivant l'éditeur,
rempli d'obſervations judicieuſes, de vues ſages,
de conſeils utiles, & reſpirant l'amour de la
liberté & de l'humanité.

Par un avis daté de Londres le 20 ſeptembre
1784, on voit que l'ouvrage en queſtion a déjà
près d'un an d'ancienneté.

25 *Juillet.* Extrait d'une lettre écrite de *Nevvha-* *ven* dans la Nouvelle - Yorck en Amérique , en date du 11 mai.... Vous avez trouvé très - con- traire aux principes d'une république naiffante, la création de l'ordre de *Cincinnatus* , & vous- avez eu raifon ; peut - être critiquerez - vous encore ce qui vient de fe paffer ici, qui eft plutôt une- affaire d'intrigue , que d'enthoufiafme réel.

Hier , dans une affemblée - générale des maire , aldermans & citoyens , tenue à l'hôtel - de - ville , on a propofé d'admettre au rang de citoyens onze perfonnes de France.

M. le maréchal prince *de Beauveau* , capitaine- des gardes de S. M. très - chrétienne , gouverneur de Provence , de l'académie françoife.

Mad. la maréchale princeffe *de Beauveau.*

M. le duc *d'Harcourt* , gouverneur de Nor- mandie.

M. le duc *de la Rochefoucault* , honoraire de l'académie des fciences.

M. le duc *de Liancourt* , grand - maître de la garde - robe de fa majefté très - chrétienne.

Madame la comteffe *de Houdetot.*

M. le comte *de Jarnac* , maréchal - de - camp & beau - frere du prince *de Beauveau.*

M. le marquis *de Condorcet* , fecrétaire perpé- tuel de l'académie des fciences , de l'académie françoife.

M. *de Saint Lambert* , de l'académie fran- çoife.

Me. *Target* , avocat au parlement de Paris , de l'académie françoife.

M. *de la Cretelle* , avocat au parlement de Paris.

La raifon d'adoption eft que ces perfonnes

font non-feulement diftinguées par leur rang,
leurs lumieres ou leurs talents, mais encore recommandables par leur philantropie & leur zéle
pour la liberté & le bonheur des Etats-Unis en
général, & pour la profpérité de cette ville en
particulier.

Le ridicule de cette agrégation, c'eft qu'il n'y
a aucune de ces perfonnes qui nous foit connue
autrement que de nom, & que tous ces titres de
maréchal, de prince, de duc, de marquis, de
comte, loin d'être des titres d'adoption, en devroient l'être d'exclufion, à moins que les perfonnages n'y joigniffent des fervices bien réels.

Mais ce qui eft d'une ingratitude énorme, c'eft
d'avoir préféré ces titres faftueux à nos vrais bien-
faiteurs, à MM. *de Chaumont*, *de Monthion*,
de Beaumarchais, & autres principaux négociants de Bordeaux, de Nantes & autres ports
de France, qui ont été les premiers & vrais auteurs de notre gloire & de notre liberté, en nous
fourniffant des fecours & des armes pour combattre les Anglois & nous arracher à leur ty-
rannie.

Parmi les hommes de lettres, il falloit au moins
placer M. *Hilliard d'Auberteuil*, qui a fait notre
hiftoire; M. *de Sauvigny*, qui nous a célébré
dans un drame, & plufieurs autres du même
genre....

16 *Juillet*. Extrait d'une lettre de la Haye,
du 13 juillet 1785..... M. *Blanchard* a tenu
parole, & s'eft en effet élevé hier 12 dans cette
ville a l'aide de fon ballon, qui, conftruit trop
à la hâte, n'a pas rempli fon attente & celle des
foufcripteurs. Il n'a pu prendre qu'un feul compagnon de voyage, M. *d'Honincthum*, officier

de la légion de Maillebois ; il a pensé se briser dès son ascension en s'accrochant à une cheminée, dont il a fallu le dégager : les aéronautes pour s'élever furent obligés de jeter tout leur lest, ainsi que les choses les plus nécessaires & jusqu'à leurs chapeaux : à la veille de tomber dans un grand lac, à six lieues de cette ville, M. *Blanchard* ouvrit la soupape, & le ballon ne s'abattit qu'à cent pas du bord de l'eau sur une prairie dont le propriétaire a exigé dix ducats de dommages-intérêts.

Nos paysans, bien loin d'admirer M. *Blanchard*, ont trouvé très-mauvais qu'il gâtât l'herbe & l'ont accueilli avec des bâtons & des fourches ; ils ont brisé le char, emporté la gaze d'or & jusqu'à la toile qui l'entouroit.... Il a eu bien de la peine à se tirer des mains de ces rustres......

27 *Juillet.* Extrait d'une lettre de Londres, du **2** juillet 1785..... Ne soyez pas surpris de l'empressement de vos musiciens, peintres, acteurs, danseurs & autres artistes pour passer dans cette capitale ; ils gagnent autant en un mois ici qu'en un an en France : jugez-en par deux exemples.

Madame *Siddon* du théâtre de Drury-lane touche vingt-cinq guinées par semaine, sans compter deux bénéfices qui, avec les présents, montent au moins à 500 livres sterling. Son dernier voyage à Manchester, Liverpool, Edimbourg & Betford, lui a valu plus de 3,200 livres, les présents à part ; & tout cela est le produit d'une année.

Madame *Mara* est au moins aussi bien traitée. Le panthéon lui vaut 600 guinées, l'ancienne musique autant, les concerts du lord *Exeter* & *Wetkins*, 200 livres. Son premier bénéfice, au

panthéon, a été de 800 livres sterling ; le second
de 100. Ce qui forme enfemble plus 2,000 guinées en un an , fans compter les préfents particuliers.

27 *Juillet*. Extrait d'une lettre de Canton , du
25 janvier dernier. .... D'après les préfents envoyés
à l'Empereur , pour lui donner le fpeétacle des
nouvelles machines aéroftatiques , les miffionnaires
arrivés à Pekin cette année devoient lancer un
ballon ; mais à l'inftant de l'expérience , ils ont
dit que ce ballon étoit percé & qu'il avoit perdu
l'air inflammable.

Quant à ces miffionnaires , l'utilité de leurs
travaux apoftoliques eft en proportion de l'argent
qu'ils apportent ; car à mefure que les fonds di-
minuent, le nombre des nouveaux convertis diminue auffi , & à la fin , quand il n'y a plus rien ,
les néophytes s'en retournent & difent dans leur
langue : *point d'argent , point de chrétien.*

Ces miffionnaires ont auffi leur vanité ; ils fe
qualifient faftueufement *le Tribunal de Mathéma-
tiques de Pékin* , & par contre les Chinois les appellent *les ouvriers Européens , au fervice de l'Empereur.* ......

27 *Juillet*. Les direéteurs des *variétés amu-
fantes* fe trouvant attaqués , dans le mémoire
des comédiens françois & *nominatim* , ont été les
premiers à leur répondre. On affure qu'il contient
des affertions très - fortes & très-précifes.

27 *Juillet.* Dans la gazette de France d'hier mardi
26 , après un détail d'un voyage particulier fait
par madame *Adélaïde* de France , qui prend les
eaux de Vichy avec madame *Victoire* fa fœur ,
pour voir l'école militaire d'Effiat qu'elle a ho-
norée de fa préfence le 13 juillet , & la defcrip-

tion d'une fête champêtre , expreſſion des vœux
& de la reconnoiſſance des éleves, on lit : *Le 18
meſdames Adélaïde & victoire de France ont bien
voulu envoyer de Vichy une collation pour tous les
éleves de cette école.* .... Sans doute les princes
impriment à toutes leurs actions un caractere de
nobleſſe .... néanmoins on a trouvé l'inſertion
de circonſtances auſſi minutieuſes , pitoyable , &
il ne faut qu'une phraſe ſemblable pour faire juger & apprécier cette gazette & ſon rédacteur ,
qui eſt aujourd'hui M. *de Fontanelle*.....

28 *Juillet.* M. *Bottineau* , dont on a annoncé
dans le temps la prétendue découverte intéreſ-
ſante pour la navigation , qui conſiſte à connoître l'approche des terres ou des vaiſſeaux à la
diſtance de deux cents cinquante lieues , s'explique aujourd'hui lui-même. Dans une lettre
adreſſée aux journaliſtes de Paris & inſérée au
numéro 206 , il invite les nomenclateurs à lui
fabriquer un ſeul mot ſimple ou compoſé pour
déſigner le genre & la nature de la ſcience.

Il paroît que M. *Bottineau* eſt une eſpece de
fou : il s'eſt rendu , il n'y a pas long-temps , à
une école de magnétiſme animal ; il s'eſt adreſſé
au comte *Maxime* (*Ségur*) ; il lui a dit qu'en
Aſie où il avoit réſidé long-temps , il ſe trouvoit des Indiens malfaiſants qui avoient le ſecret
de nouer l'aiguillette ; que tout robuſte & vigoureux qu'il paroiſſoit , lui *Bottineau* avoit éprouvé
ce malheur & ſe trouvoit hors d'état de produire
ſon ſemblable ; qu'en conſéquence il venoit im-
plorer les ſecours de la ſociété de l'harmonie.
M. *de Ségur* lui a répondu très-ſérieuſement
qu'on examineroit ſon cas : puis on s'eſt mis à
rire de M. *Bottineau* , qui , en s'en allant , pou-

voit rire auſſi des magnétiſants, peut-être avec autant de raiſon....

28 *Juillet*. Entre cette multitude de boutiques bordant le jardin du Palais-Royal, beaucoup s'étoient intitulées : *Magaſin de Marchandiſes d'Angleterre* ; pluſieurs même avec des inſcriptions en langue angloiſe. Les bons François voyoient avec douleur cette manie ; enfin, graces à l'arrêt du conſeil qui ſur les plaintes des marchands & fabriquants du royaume, prohibe ces marchandiſes étrangeres & défend juſqu'à ce ridicule intitulé, leurs yeux ne ſeront plus affligés d'un tel ſpectacle. Au bout de huit jours toutes ces inſcriptions ont dû diſparoître ſous des peines très-fortes, portées à l'article VII. de l'arrêt. Il en pourra réſulter quelque banqueroute pour l'auguſte propriétaire ; mais qu'on plaint peu à raiſon de ſa prédilection trop forte pour tout ce qui eſt Anglois & pour le mauvais exemple qu'il donnoit à cet égard.

28 *Juillet*. Le *Mémoire en réponſe & conſultation pour les Entrepreneurs du ſpectacle des Variétés, contre les comédiens françois*, roule ſur deux points.

1°. Qu'aucune loi n'accorde aux comédiens françois le droit excluſif qu'ils prétendent avoir.

2°. Que l'effet néceſſaire de la concurrence eſt d'entretenir l'émulation, de donner plus d'énergie aux talents & par conſéquent d'augmenter les progrès de l'art.

La conſultation qui ſuit, datée du 14 juillet 1785 par Me. *Vermeil* établit :

1°. Que l'ordonnance de *Louis XIV*, de 1680, ne peut être enviſagée comme une loi, en vertu de laquelle les comédiens françois puiſſent prétendre le droit excluſif de jouer la comédie dans cette capitale ; soit parce qu'elle n'est due qu'aux circonstances du moment ; soit parce que *Louis XIV*, en défendant par cette ordonnance à tous autres comédiens françois de s'établir dans Paris sans son ordre exprès, s'est par-là réservé la faculté d'accorder ou de refuser cet ordre, suivant les raisons de convenance ou de disconvenance qui pouvoient s'offrir.

2°. Que le spectacle *des variétés* est établi dans cette capitale par l'autorisation même du souverain, puisque par l'arrêt du conseil du mois de juillet 1784, le privilege en a été accordé à l'académie royale de musique, avec la faculté de l'affermer, & que les sieurs *Gaillard* & *d'Orfeuille* s'en sont rendus adjudicataires pour quinze années.

3°. Que les motifs par lesquels la comédie françoise prétend justifier le droit exclusif qu'elle réclame, sont inadmissibles, parce qu'il est évident que dans le genre de la comédie, comme dans tout autre, la concurrence ne peut qu'exciter l'émulation & par conséquent contribuer au progrès de l'art.

29 Juillet. La chambre de la maçonnerie, le 15 de ce mois, avoit rendu une sentence qui réduisoit & fixoit pour le reste de l'année le prix des ouvriers de son ressort. Il s'en est suivi lundi une émeute considérable dans Paris, de la part de ces ouvriers qui ont refusé de travailler.

La contestation a été portée au parlement, & le mardi 26 est intervenu un arrêt provisoire, qui suspend l'exécution de la sentence de la chambre de la maçonnerie, & remet les choses dans l'état où elles étoient avant.

29 Juillet. On a parlé au mois de mai 1784 d'une affaire naissante contre le prince *de Salm-*

Kirnbourg, qui lui feroit grand tort s'il ne l'asso-
pissoit : non - seulement il n'y a pas travaillé,
mais il l'a aggravée au point d'obliger ses adversaires de lui donner la plus grande publicité.
Ce qu'on voit dans un *mémoire* pour les *sieurs*
Firmin de Taſtet & Thomas Squire, négociants à
Londres ; contre le *prince de Salm - Kirnbourg*,
grand d'Eſpagne de la première claſſe ; le *sieur*
Joſeph - George - André Cavalcado, *soi - disant*
marquis, *& ancien miniſtre plénipotentiaire de*
Ruſſie ; le *sieur Faulconnier de la Varenne*, ci-
devant conseiller à la cour des aides ; & le
sieur Coſte d'Arnobat, *soi - disant lieutenant - co-*
lonel.

Le jurisconsulte, dont le mémoire eſt avoué,
eſt un Me. *Bonhomme de Comeyras* : d'abord il
rend compte d'une visite du prince de Salm, qui,
le mardi 29 mars dernier, vint le trouver au lit
& chercher à l'effrayer, soit par la crainte d'un
ordre du Roi, soit par celle des mauvais traitements dont il le menaçoit. Cet avocat intrépide
n'en a pris que plus chaudement la défenſe de ses
clients.

Ce mémoire trop long pour qu'on entre dans
les détails qu'il contient, eſt sur - tout curieux
par le développement des combinaiſons rares
qu'ont imaginées le prince & ses agents pour faire
tomber dans leurs pieges les dupes qu'ils vouloient enlacer. Les portraits du principal perſon-
nage de la ſcene & des autres acteurs, néceſſaires
à tracer pour la meilleure intelligence de l'intrigue, ornent le commencement du *factum*, & le
rendent extrêmement piquant.

Au reſte, l'affaire qui n'étoit qu'au Châtelet,
eſt fort avancée & a pris une excellente tournure

pour les clients de Me. *comeyras*: par un arrêt
provisoire le prince *de salm* a été condamné à
leur payer ou rembourser environ pour 500,000 l.
d'effets. Il y a un reliquat assez considérable dont
il s'agit, sur lequel le parlement n'a pas prononcé, & la question du fond en outre, c'est-
à-dire, les dommages-intérêts; l'affaire est appoin-
tée à cet égard.

Le point de vue philosophique sous lequel un
lecteur impartial peut envisager ce *factum*, c'est
le puissant attrait de l'or qui, d'un côté, pousse
un prince à se dégrader, jusqu'à mériter un rang
parmi les plus fameux escrocs de Paris, & de
l'autre excite des négociants honnêtes & bien
établis à compromettre leur fortune pour des chimeres, & les aveugle au point de ne pas s'appercevoir des pieges les plus grossiers, & de
s'y précipiter follement, ou plutôt stupide-
ment.

30 *Juillet*. L'arrêt du conseil qui supprime
l'ouvrage de M. le comte *de Mirabeau*, contre la
banque de Saint-Charles, paroît: il est du 17 juillet; il y est dit que sa majesté voit avec mécontentement que des auteurs s'ingerent d'écrire sur
les matieres politiques, dont ils ne sont pas assez
instruits pour en donner au public des connoissances utiles; que d'ailleurs ils se permettent des
personnalités souvent injustes; que pour répandre
ces productions de leur malignité, ils ont recours
à des imprimeries clandestines, bien persuadés de
ne point trouver en France l'autorisation suffisante.
Après ce préambule vague, sa majesté supprime
l'ouvrage intitulé: *de la Banque d'Espagne, dite
de Saint-Charles*, comme imprimé en contravention des réglements de la librairie, comme con-

tenant des faits hafardés & des perfonnalités
toujours repréhenfibles. Du refte, rien contre
l'auteur, quoiqu'il foit nommé dans le préambule ; ce qui confirme qu'il n'écrivoit que fous
les aufpices du contrôleur-général ; en forte que
ce miniftre a arrêté toute pourfuite envers le
comte *de Mirabeau*.

30 *Juillet*. Le gouvernement, non content
d'avoir donné les inftructions les plus amples fur
les différentes manieres de fuppléer à la difette des
fourrages, prend en outre les précautions les
plus fages & les plus efficaces pour en empêcher
ou en diminuer les fuites funeftes. On imagine
du moins que c'eft à fon inftigation que le parlement a rendu le 19 de ce mois un arrêt qui
défend tout emmagafinement au-delà du befoin,
tout accaparement, tout monopole ; qui ordonne
un recenfement dans chaque paroiffe de la quantité exiftante ; une affemblée des propriétaires,
fermiers, cultivateurs, &c. devant les juges des
lieux, afin d'en fixer le prix refpectivement,
& veut que le fourrage ne foit vendu aux étrangers qu'à défaut des demandes fur le lieu
même.

Toute la gente économique frémit d'un arrêt
fi contraire à fes principes, mais fi impérieufe-
ment néceffité par les circonftances.

30 *Juillet*. On annonce depuis long-temps au
théâtre lyrique un opéra intitulé *le premier Navi-
gateur*, tiré du poëme allemand de *Geffner*, portant le même titre, ou *Daphnis* ; on ne fait fi
cet ouvrage fera joué ou non. En attendant le
fieur *Gardel* l'aîné, maître des ballets de l'opéra,
fe l'eft approprié, & en a fait une pantomime
en trois actes, exécutée pour la premiere fois le
mardi

mardi 26. On conçoit qu'il faudroit beaucoup de génie de la part du chorégraphe, ainsi que des danseurs, pour rendre parfaitement un pareil sujet. Aussi a-t-on trouvé qu'il y manquoit beaucoup de choses, que beaucoup d'autres n'expriment rien, & qu'en général ce spectacle devenoit fatigant & ennuyeux par sa longueur.

30 *Juillet*. On croyoit qu'on auroit profité de la circonstance pour supprimer la gendarmerie, toujours indisciplinée, & encore plus depuis que M. le comte *de Saint-Germain* a fixé l'état douteux des membres de ce corps, en les faisant tous officiers. C'étoit le premier mot du Roi, lorsque le maréchal *de Castries* lui a rendu compte de l'affaire dont on a parlé ; mais ce chef trop intéressé à la conservation de la gendarmerie, a calmé le courroux du monarque. Il paroît que la cassation des plus mutins, la détention des autres dans des châteaux-forts pendant un temps assez long, feront tout ce qui en résultera.

D'ailleurs on est mécontent du commandant, M. le comte d'*Herculais*, qui, pour venger sa maîtresse, & n'osant ou ne pouvant le faire par une punition prompte & caractérisée des coupables qu'il ne connoissoit pas, a pris la tournure de vexer tout le corps par des exercices forcés & extraordinaires, qui l'ont révolté & ont amené une catastrophe sanglante.

30 *Juillet*. Extrait d'une lettre de Lausane, du 20 juillet 1785.... Nous avons été mieux instruits que vous, qui êtes sur les lieux, du sort du comte *de Sanois*, arrêté dans cette ville, sur lequel nous attendions quelque éclaircissement, lorsqu'un Fran-

çois étranger, voyageant par ici, nous en a donné des nouvelles circonstanciées.

Le comte *de Sanois*, arrivé à Paris, malgré toutes ses réclamations, a été conduit à Charenton, où il est au secret. Il ne voit personne, il ne peut recevoir des nouvelles de personne; il écrit tous les jours des lettres à ses amis, à ses parents; aucune ne parvient.

On présume que c'est sa femme, sa fille & son gendre qui l'ont fait arrêter, par la nature des personnes qui ont sollicité la lettre de cachet : d'une part, le maréchal *de Broglio*, le duc *de Charost*, parents & protecteurs du gendre; de l'autre, le procureur-général *de Fleury*, l'ex-ministre *de Fleury*, le président *de Fleury*, parents de la femme & de la fille. D'ailleurs l'inaction de madame *de Sanois*, de madame & M. *de Courcy*, sa fille & son gendre, prouvent qu'ils sont participants au moins d'une détention dont ils devroient tenter l'impossible pour le faire sortir; enfin l'embarras où ils sont, lorsqu'on leur en demande des nouvelles, fortifient ce soupçon, & le tournent même en certitude : autrement ils devroient être les premiers à donner de l'éclat à son enlevement, genre de despotisme toujours propre à révolter les esprits.

On assure positivement que c'est pour découvrir les trésors qu'il peut avoir enlevés, qu'on a apporté cette diligence, ce mystere & cette dureté dont je vous ai rendu compte.

M. le comte *de Sanois* est bien accusé d'avoir fait réimprimer un ouvrage intitulé : l'*Ami de la Concorde*, dans lequel il a inséré des détails & des notes satiriques contre des magistrats qui venoient de lui faire perdre un procès; & entre

autres contre M. *le Fevre d'Amécourt* , conſeiller
de grand'chambre : celui - ci même avoit dénoncé
ce livre au procureur - général. Mais 1°. M. *de
Sanois* n'a jamais avoué cette production ; 2°. il
n'en a tranſpiré que peu d'exemplaires : 3°. jamais
elle ne s'eſt vendue ; 4°. la dénonciation n'a
point eu de ſuite ; 5°. elle remonte à pluſieurs
années ; 6°. elle n'intéreſſe le gouvernement en
rien.

Ainſi l'accuſation qu'il a écrit contre le gouvernement eſt une nouvelle horreur de ſes ennemis..... Reſte à expliquer comment le miniſtre
des affaires étrangeres ſi eſtimé & ſi eſtimable ;
comment le miniſtre de Paris qui a conſigné lui-
même à ſon avénement en place, dans une lettre
aux intendants, ſa façon de penſer ſur les lettres
de cachet, & ſon déſir d'apporter la plus ſcrupu-
leuſe attention dans la diſcuſſion des demandes
de cette nature ; comment enfin le lieutenant-
général de police, ſi ennemi de l'injuſtice & de
l'oppreſſion, ſi doux de mœurs, ſi conciliant de
caractere, ſi attentif à éviter tout ce qui pourroit le compromettre, ont été trompés au point
de ſe prêter à un acte d'autorité de cette barba-
rie : c'eſt ce qu'on ne peut concevoir qu'à raiſon des noms impoſants de ceux qui ont ſollicité
la lettre de cachet. Tout cela prouve combien les
gens en place ſont à plaindre ; combien les gens
humains & les plus vertueux, peuvent être ſéduits
par des apparences ; combien ils peuvent, faute
d'examen ſuffiſant, faire de mal, en croyant ne
faire que du bien....... Telles furent ſes réflexions, par où notre étranger termina ſa narration......

Quant à nos concitoyens de Lauſane, ils ont

d'abord été effarouchés que notre lieutenant de
police se fût prêté si facilement à ce coup d'autorité ; ils sembloient vouloir réclamer.....; mais
ils n'y pensent plus.....

31 *Juillet*. Dans une assemblée générale des
actionnaires de la caisse d'escompte, tenue au
commencement de ce mois , il avoit été proposé
de réduire le taux de l'escompte de quatre &
demi à quatre pour cent, ainsi que le porte l'arrêt de création pour le temps de paix : mais cette
proposition fut rejetée presque à l'unanimité ,
attendu que cette réduction étoit contraire à
l'intérêt des actionnaires , & indifférente à l'administrateur des finances.

31 *Juillet*. Le vendredi 24 juin, M. *le Coulteux de la Novaye* a dit chez un secretaire d'état
en présence de vingt-cinq personnes , & à un
homme d'ailleurs très-digne de foi, qu'*on pouvoit opposer un grand nombre de raisons & de faits
à l'ouvrage de M. le comte* de Mirabeau , *sur la
banque de* Saint-Charles, *& que les gens du métier
n'en seroient pas les dupes*. En outre, à l'apparition
du livre du même auteur sur la caisse d'escompte,
ce chef de l'administration de cette banque se
hâta d'aller avec ses confreres solliciter sa punition. Tels sont les griefs principaux qu'a M. le
comte *de Mirabeau* contre ce banquier, & qui lui
ont mis la plume à la main : sa fécondité ordinaire s'est répandue en une *lettre* volumineuse à
M. *le Coulteux de la Novaye, sur la banque de
Saint-Charles & sur la caisse d'escompte*, très-
récente, puisqu'elle n'est datée que du 13 juillet , & qu'elle est suivie d'un *post-scriptum*
du 15.

Cet écrit ennuyeux n'est point susceptible

d'analyse, & ne peut, quant au fond, intéresser que les agioteurs de ces deux especes d'effets. Le comte *de Mirabeau* persiste à décrier le premier établissement, & à fronder les spéculations gigantesques des prôneurs du second. Il paroît qu'il en veut fort à M. *le Coulteux*, & pour son propre compte & pour celui de M. *Panchault*; car, malgré le ton négatif du premier, celui-ci est pour beaucoup dans toute cette discussion. Un parallele qu'on trouve dans une note entre la supériorité des avantages à retirer de l'emprunt de 125 millions, & ceux des actions de la banque de Saint-Charles, entiérement en faveur du premier, décele le motif secret de toutes ces diatribes, qui seroit de décréditer les autres effets pour fournir un véhicule à cet emprunt, dont le peu de succès désole son inventeur. On ne peut qu'être de plus en plus fâché de voir un philosophe austere & patriote comme M. le comte *de Mirabeau*, engagé dans une pareille querelle, & se démenant au milieu de cette tourbe de banquiers, de courtiers, d'agioteurs, où l'on n'auroit jamais dû s'attendre à le rencontrer.

31 *Juillet.* Une dame ayant marchandé deux coquetiers de porcelaine de Seve, & les ayant laissés comme trop chers, M. le chevalier *de Boufflers* les lui a envoyés avec le quatrain suivant :

> De ces deux petits coquetiers
> Pour vous l'amour a fait emplette :
> Ah ! qui n'y joindroit volontiers
> Et les deux œufs & la mouillette !

31 *Juillet.* Le jardin du Palais-Royal devient par sa nouvelle constitution, comme on l'avoit

prévu, le réceptacle de tous les mauvais fujets de Paris, & il en réfulte journellement, fur-tout dans la nuit, des fcenes fcandaleufes & même des cataftrophes fanglantes. Il y a quelques jours qu'un inconnu ayant attaqué une femme, & celle-ci ne répondant pas aux défirs de l'impudique, il lui affena un coup de canne à dard & lui fit une bleffure grave. Elle crie : la garde arrive, & l'on veut arrêter le *quidam.* Il refufe de fe laiffer emmener : on lui repréfente le danger de la réfiftance ; on le menace du mécontentement de M. le duc *de Chartres,* auquel il manque effentiellement. Il s'écrie qu'il fe moque de M. le duc *de Chartres* ; qu'il eft le marquis *de Nefle.* Arrive un infpecteur qui dit : *Oui, c'eft M. le marquis de Nefle ; qu'on le laiffe aller.* Sur le compte rendu du fait au prince, il a choifi le feul parti convenable, en déclarant que ce ne pouvoit être M. le marquis *de Nefle* ; que c'étoit furement un poliffon qui avoit pris fon nom.

Ce qui confirme que c'eft bien ce feigneur, déjà décrié par plufieurs aventures de cette efpece, c'eft que s'étant depuis préfenté deux fois à Verfailles pour y faire fon fervice auprès de Madame, dont il a l'honneur d'être le premier écuyer, il a été prié deux fois de fe retirer.

1 *Août* 1785. Il y a peut-être trois mois qu'on parle de lettres-patentes du Roi adreffées au parlement, concernant une nouvelle augmentation du bois. Cette cour ne s'en étoit point occupée, & s'étoit flattée que S. M. retireroit fes lettres-patentes. Depuis quelques jours la cour a preffé pour l'enrégiftrement. Le parlement, les chambres affemblées, a arrêté des repréfentations, qui ont

dû être portées hier au Roi , & il y a assemblée
de chambres indiquée à aujourd'hui , vraisemblablement pour entendre la réponse.

1 *Août*. Depuis mardi dernier on parle d'une
plainte criminelle présentée ce jour-là aux chambres assemblées contre M. *de Maupeou* , le maître
des requêtes, suivant laquelle un sieur *Desrocher*,
bourgeois de Paris, demeurant rue Grange-ba-
teliere, N°. 10, se plaint que , durant un voyage
qu'il a fait en Franche-Comté , sa fille a dis-
paru, & qu'à son retour , ayant appris qu'elle
avoit été séduite & enlevée par M. *de Maupeou*,
qui la tenoit en chartre privée à la chancellerie,
il avoit trouvé le moyen de lui faire parvenir
secrétement une lettre , qui avoit déterminé sa
fille à s'évader & à revenir dans la maison pa-
ternelle, mais grosse de plus de six mois; grossesse qu'elle lui avoit déclaré provenir de son sé-
ducteur & ravisseur : que depuis ayant fait des
démarches auprès de ce magistrat pour éclaircir
cette aventure , il n'avoit pu avoir aucune expli-
cation avec lui ; que M. *de Maupeou* s'obstinoit
même à retenir les hardes de sa fille.

Sur cette dénonciation, il a été ordonné une
information & nommé deux rapporteurs ; monsieur *le Fevre d'Ammecourt* , rapporteur de la
plainte , auquel on avoit joint M. *Dupuis de
Marcé.*

Précédemment les magistrats avoient fait tout
ce qu'ils avoient pu pour arranger l'affaire : M. *de
Maupeou* en plaisante quand on lui en parle ; il
dit qu'il ne demande pas mieux que de comparoir devant le parlement ; que cette affaire
prouvera ses facultés physiques qu'on révoquoit
en doute , &c.

1 *Août.* M. *Francklin* est parti pour le Havre, il y a une quinzaine de jours. Le Roi lui ayant fait donner une des litieres des petites écuries, il a préféré cette voiture à la route par eau.

2 *Août. Mémoire pour le sieur* Bottineau, *ancien employé du Roi & de la compagnie des Indes aux isles de France & de Bourbon, sur une découverte importante à la navigation.*

On apprend par cet écrit, sans date & sans signature, que M. *Bottineau*, de pilotin devenu conducteur des travaux du génie au Port-Louis, ayant fait des réclamations contre un ingénieur nommé *Duparc*, qui avoit envahi ses propriétés, au lieu d'avoir justice fut exilé à Madagascar, d'où revenu mourant, après trois mois, il n'eut d'autre asyle que l'hôpital. Le gouverneur qui l'avoit persécuté, étant mort, ainsi que le sieur *Duparc*, son instigateur, M. *Bottineau* obtint, sous une nouvelle administration, un petit emploi de contrôleur aux boissons, pour subsister.

C'est au milieu de toutes ces traverses que M. *Bottineau* a perfectionné l'art dont il offre aujourd'hui la découverte au gouvernement. Il paroît que ses essais ont fait assez de bruit pour en mériter l'attention, puisque le ministre de la marine, par une lettre du 6 avril 1782, a recommandé aux administrateurs de l'Isle-de-France de tenir un journal des annonces que feroit le sieur *Bottineau* des navires devant arriver ; ce qu'il a fait exactement pendant huit mois à la fin de la guerre.

Suit un examen de la lettre du gouverneur & de l'intendant de l'Isle-de-France au maréchal *de Castries*, où ceux-ci, sans lui être aussi favorables qu'il le désireroit, ne peuvent s'empêcher

de lui rendre justice, & de lui reconnoître quelque
talent en ce genre.

2 *Août*. Extrait d'une lettre de Saint-Claude,
du 25 juillet.... Puisque vous vous intéressez
à notre Saint & qu'il fait bruit, j'entrerai volontiers dans les détails de la translation de son
corps.

Il y avoit près de six cents ans que cette pré-
cieuse relique reposoit dans une ancienne châsse,
d'un goût gothique & fermée de toutes parts, à
l'exception d'une petite porte, par où l'on donnoit
à baiser les pieds du Saint, & d'une autre qui
ne s'ouvroit que dans les occasions extraordinaires
pour découvrir le corps en entier. Il a été résolu
de le transférer dans une châsse d'argent ornée de
cristaux. Elle a été exécutée par MM. Thiébaud,
artistes de Salins, très-estimés. Le jour arrêté
pour la translation, c'est-à-dire, le 25 mai
dernier, on nomma des gens de l'art pour constater l'état du corps de *saint claude*, dont la
conservation est un miracle continuel, qu'on fait
remonter à plus de mille ans. Au moins, dès
1447 fut-il attesté ainsi par des commissaires que
le pape *Nicolas V*, envoya pour visiter l'abbaye.
Dans ce siecle d'incrédulité il étoit bien essentiel
de ne lui donner aucune prise. On a donc con-
voqué six médecins & quatre chirurgiens, attes-
tant qu'ils ont trouvé « le corps d'un homme
» de grandeur ordinaire ; que la charpente os-
» seuse est entiere, à l'exception des petits doigts
» de chaque main, qui ont paru être arrachés ;
» que les ligaments, les tendons, les capsules,
» les muscles, & tout ce qui fait la liaison de cette
» charpente, est conservé au point que ce corps
» ne fait aujourd'hui qu'un tout, qu'on a pu

» manier , foulever & retourner facilement ,
» fans avoir à craindre aucune défunion ; que
» cet affemblage offeux & tendineux eft recouvert
» de tous fes ligaments , fauf que l'on voit à
» nu les os caffés du nez ; que le globe de l'œil
» gauche n'exifte plus ; que les oreilles font bien
» confervées , fur-tout la droite ; que les ma-
» melons ne font point effacés ; que l'on voit
» encore dans le menton les bulbes de la
» barbe , &c.

Du refte , ces officiers de fanté conviennent
n'avoir trouvé aucune odeur de parfum qui indi-
quât un embaumement ou foins recherchés pour
la confervation du corps , d'autant plus merveilleufe , que le bois de la châffe qui le renfermoit ,
étoit vermoulu & que la châffe elle-même , par
vétufté , fermoit fi peu exactement qu'elle étoit
remplie de pouffiere.

Le corps de *faint claude* , bien vifité , a été
dépofé dans la nouvelle châffe , du poids de cent
foixante marcs deux onces , & placé fur un autel
de marbre que MM. du chapitre ont fait élever
exprès.

2 *Août.* Depuis quelque temps une nouvelle
courtifane étoit ici fur les rangs , faifoit parler
d'elle & attiroit la foule des aimables roués.
Elle prétendoit avoir quelques talents pour la
comédie & fe difpofoit à jouer les foubrettes. Un
M. *Beccard* , fils d'un négociant de Saint-Malo ,
en eft devenu amoureux , & n'ayant point de
fonds fuffifants , a fait ce qu'on appelle des affaires
pour fe rendre digne des bontés de Mlle. *Raymond*
(c'eft le nom de guerre de cette fille.) On prétend qu'il a pris à crédit pour près de 50,000 liv.
de bijoux , & quand il n'a plus eu de crédit ,

& n'a pu lui rien apporter , Mlle. *Raymond*, fuivant l'ufage , lui a fermé fa porte. Cependant la famille de M. *Beccard* , inftruite des défordres du jeune homme & de la malhonnêteté de l'objet de fa paffion , a porté au lieutenant de police fes plaintes de l'efcroquerie de Mlle. *Raymona*. Citée devant le magiftrat , & invitée à rendre au moins les bijoux qu'elle avoit encore en fa poffeffion, elle a répondu qu'elle les avoit bien gagnés. Sur quoi la nuit de famedi à dimanche , elle a été enlevée & conduite à Sainte-Pélagie. On dit le jeune homme à Saint-Lazare.

3 *Août* Extrait d'une lettre de Bordeaux, du 29 juillet.....« Il eft certain que dans le temps où l'on faifoit courir le bruit que la *Folle journée* avoit été jouée & huée fur notre théâtre, il n'y avoit rien de plus faux , & il n'en étoit pas queftion ; mais il eft très-vrai que depuis nos comédiens s'étant mis en devoir de donner cette piece, l'ayant même fait afficher , le parlement a mandé les jurats & leur a dit qu'il s'oppofoit à ce que le *Mariage de Figaro* fût repréfenté , comme une comédie contraire aux mœurs, aux loix , à la religion , & comme devant être profcrite de tout théâtre policé. Les jurats ont répondu qu'ils obéiroient aux ordres de la cour , & l'annonce a été fupprimée. »

3 *Août*. Extrait d'une lettre de Madrid, du 23 juillet.....M. *Cabarrus* , le *Law* de l'Efpagne, comme l'appelle fon critique , a repréfenté à S. M. catholique qu'on avoit imprimé & vendu publiquement à Paris, un ouvrage ayant pour titre : *De la banque d'Efpagne , dite de Saint-Charles* , par le comte de *Mirabeau*. Le Roi ayant pris en confidération fon contenu , &

G 6

ne pouvant regarder avec indifférence les calomnies & les fauſſetés dont l'auteur & ſes
adhérents ſe ſont ſervis pour dénigrer l'honneur
& la réputation d'un ſujet qui s'eſt attiré ſa
bienveillance , & a obtenu un rang diſtingué à
la cour par ſa probité , ſes grands talents & les
ſervices qu'il a rendus à l'état , a ordonné que
le conſeil faſſe défenſes , ſous les peines les plus
grieves , d'introduire ledit ouvrage dans ſon
royaume ; qu'on faſſe les plus fortes recherches
pour retirer les exemplaires qui s'y ſeroient in-
troduits , & qu'on veille à n'en laiſſer courir
aucun dans le public.

3 *Août*. Extrait d'une lettre de Guines , du
25 juillet. . . . . M. *Blanchard* eſt venu ici le 23
de ce mois. On l'a conduit au lieu nommé par
le Roi, *Canton Blanchard*. Il étoit accompagné
de M. le vicomte *des Androuins*, chambellan de
l'Empereur , & ſuivi d'une ſuperbe cavalcade.
Il a vu ſur le bord du grand chemin, dans la
forêt qu'on va percer de toutes parts , une ma-
jeſtueuſe colonne de marbre , élevée ſur la place
même , où il eſt deſcendu venant d'Angleterre
en France dans ſon aéroſtat. Après en avoir admiré
la conſtruction, la force & la beauté , il a pris ſon
crayon , il a fait un calcul ſur ſes proportions
& ſon volume, & s'eſt écrié avec le plus vif en-
thouſiaſme de reconnoiſſance : *Je ne crains plus le*
perſifflage ni la calomnie , graces à Dieu & à
vous , Meſſieurs ; il faudroit cinquante mille rames
de libelles entaſſées pour maſquer cette colonne ſur
toutes ſes faces ! . . . . Et chacun de rire de cette
ſinguliere ſaillie.

4 *Août*. Les comédiens italiens , dont la fécondité en nouveautés s'étoit tarie depuis quel-

que temps, ont recommencé mardi d'en donner une ayant pour titre : *les Aveux imprévus*, comédie nouvelle en trois actes & en profe. Cette piece froide & accueillie de même, eft très-compliquée & mérite peu l'analyfe. Si, comme on le dit, c'eft le coup d'effai de l'auteur, il ne doit point fe décourager, & peut quelque jour obtenir des fuccès plus marqués.

4 *Août*. Hier, la foule a été plus grande que de coutume pour entendre le fubftitut de M. le procureur-général, qui devoit porter la parole aux requêtes, dans l'affaire de Mad. *Bellanger des Boulais*. Cet orateur, M. *Perroneau*, quoique lourd & diffus, a été écouté avec la plus grande attention. Il a conclu en faveur de la dame, & fes conclufions ont été fuivies. Elle a été admife à la preuve.

On ne doute pas que le mari n'en appelle fur le champ à la grand'chambre.

5 *Août*. M. *de Fleffelles*, le préfident du mufée de *Pilâtre*, étant avant-hier occupé à lire un mémoire fur la meilleure maniere de conferver cet établiffement, très-endetté & ruiné par le défunt, M. le comte *d'Eftaing* s'eft levé & a déclaré qu'il étoit autorifé de dire que *Monfieur* vouloit être le protecteur du mufée à perpétuité; qu'en conféquence il fe chargeoit de payer les héritiers, les créanciers, & prenoit pour fon compte le cabinet de phyfique, &c.

M. *de Fleffelles* a fu très-mauvais gré à M. le comte *d'Eftaing*, avec lequel il étoit venu à la féance, de ne l'avoir pas prévenu de cette bonne nouvelle, & de l'avoir laiffé fe conftituer en frais de lecture mal-à-propos.

Du refte, toute l'affemblée a été enchantée &

l'on doit députer vers *Monsieur* pour le remercier
& savoir ses intentions plus positivement.

6 *Août*. On peut se ressouvenir d'une réclamation faite à l'occasion d'une comédie de M. *Andr.*
de Murville, dont le sujet avoit été traité par
deux auteurs. Celle de M. *de Murville* doit se
donner incessamment aux François sous le titre
vague de *Melcour & Verneuil*. Elle est en un acte
& en vers. On assure que les quatre personnages
principaux de ce petit drame sont Mlle. *Arnoux*
sa belle-mere, un sieur *Bellanger*, architecte,
qui a voulu long-temps l'épouser ; enfin le comédien *Florance* qui a supplanté le premier, &
vit actuellement avec la courtisane. On conçoit
que ceux qui seront instruits de cette anecdote,
pourront trouver l'ouvrage plus piquant & plus
vrai. On en dit du bien d'avance.

6 *Août*. On annonce depuis long-temps un
Suétone moderne, c'est-à-dire, la vie des douze
Empereurs de cet historien, & celle des Impéra-
trices, élaguée de tout ce qui concerne la politique ou appartient à l'histoire, réduite uniquement
aux détails de leurs amours, de leurs impudicités
& de leurs débauches. Cet ouvrage est horriblement cher, comme tous ceux de ce genre, & l'on
sait que l'ambassadeur de Naples en a acheté
pour son maître un exemplaire qui lui a coûté
dix-huit pistoles. Il vaut aujourd'hui trois louis
seulement. Pour le mettre plus à la portée des
amateurs, on a réduit l'ouvrage de moitié,
c'est-à-dire, aux douze Césars, & celui-là
ne coûtera qu'un louis, à ce qu'annoncent les
colporteurs.

7 *Août*. Depuis sa sortie de Saint-Lazare,
le sieur *de Beaumarchais* n'a point paru à la

comédie françoife, & n'a eu aucune relation avec
les comédiens. Seulement il y a quelques jours,
il a prié le fieur *Dazincourt* de venir le voir &
dîner avec lui. Ce camarade n'a rien rapporté à fa
troupe de leur entretien. On parle cependant de
jouer la *Folle journée* inceffamment. On dit même
que la reprife aura lieu le vendredi 12 de ce
mois.

7 *Août*. Mlle. *Raymond* n'a rien rendu des
bijoux & effets, parce que c'étoit un don: Mais
elle a été mife à Sainte-Pélagie pour la maniere
infolente dont elle s'eft conduite chez M. le
lieutenant de police, qui l'a fait rafer fur le champ
& conduire à cette maifon de force.

8 *Août*. M. l'abbé *de Lille* durant fon féjour à
Conftantinople, a écrit une lettre à Mad. *de
Vaines* où, en rendant compte d'un voyage qu'il
a fait à Malte, pour remerciement de l'accueil
charmant qu'il y a trouvé, plaifante fur l'ordre
& le traite fort mal. Cette dame a eu l'imprudence
de livrer copie de cette lettre inférée dans tous les
papiers publics. Les chevaliers en ont été furieux.
Le grand-maître, fe poffédant mieux, s'eft
contenté de dire avec mépris, que fi cet académicien n'étoit pas meilleur obfervateur à Conftantinople qu'à Malte, la philofophie & la politique
de fa nation tireroient peu de profit de fes mémoires.

M. le bailli *de Freflon*, colonel du régiment de
Malte, a pris la plume, & dans une lettre datée
de Malte le 25 mai 1785, a vengé l'ordre &
relevé la légéreté avec laquelle M. l'abbé *de Lille*
avoit écrit. Cette lettre a été adreffée par M. le
bailli *de Freflon*, le 28 mai, à M. l'abbé *Matagrin*,
agent-général de S. A. éminentiffime monfei-

gneur le grand - maître de Malte à Paris, avec invitation de la publier.

L'abbé *Matagrin* s'étant adreffé au journal de Paris, M. *Suard*, en fa qualité de revifeur général, a rejeté la lettre & a prétendu qu'on n pouvoit rien inférér contre un membre de l'académie françoife. Cet agent a été obligé d'avoir recours à M. l'ambaffadeur de la religion, qui a fait agir l'autorité du miniftre de Paris, & enfin la lettre a paru.

Depuis ce temps un chevalier jugeant la réponfe de M. le bailli *de Freflon* trop douce, en a compofé une autre plus vigoureufe. Nouveau refus, nouvelle interpofition de l'autorité, & l'ordre de Malte & l'académie françoife, dont M. *Suard* a ameuté les membres, font aux prifes. On verra qui l'emportera.

9 Août. Ce ne font que mufées, que clubs de tous côtés, & de ces agrégations d'hommes il réfulte fouvent des incidents, des querelles, qui intéreffent tous les membres, acquierent de la publicité & deviennent la matiere des converfations.

On raconte qu'au club des artiftes, M. le comte *de Tollendal*, un des membres, a mis fur le bureau tous les *Factums* dans l'affaire du comte *de Lally*. M. *de la Guillaumie*, confeiller honoraire de grand'chambre, ayant trouvé ces mémoires, s'eft cru autorifé à apporter ceux de M. *d'Eprémefnil*. Les dignitaires du club s'y font oppofés en vertu d'un ftatut, fuivant lequel tout mémoire dirigé contre aucun membre de l'affociation, doit en être retiré. M. *de la Guillaumie* a prétendu que, fuivant le même ftatut, il falloit auffi que M. *de Tollendal* retirât les fiens, attendu qu'ils outrageoient les juges du comte *de Lally*, entre lesquels siégeoit son pere. Il en a résulté une grande fermentation, & l'on en a référé à l'assemblée générale.

M. *de Tollendal* y a plaidé sa cause avec une éloquence digne de ses mémoires & qui entraînoit tous les suffrages, lorsque tirant lui - même de sa poche les mémoires de son adversaire, il les a produits & a déclaré qu'il consentoit que chacun pût en prendre lecture. A quoi M. *de la Guillaumie* n'a eu d'autre chose à dire, que, *nous sommes d'accord*. Et les deux contendants de s'embrasser, & tout le monde d'admirer la générosité de M. *de Tollendal*.

9 Août. Hier, un M. *Arnoux*, ingénieur méchanicien du Roi, a fait dans l'ancien enclos des capucins du temple, rue du fauxbourg Saint-Jacques, l'expérience d'un cabestan, qui, servi par deux hommes & appliqué à toute espece de charrue, procure les moyens de labourer sans chevaux & dans tel terrain que ce soit. Il falloit, pour voir ce spectacle, être muni d'un *Prospectus*, coûtant trois livres. Tous les agriculteurs se sont empressés d'y assister, mais n'en ont pas été contents.

9 Août. La petite piece de M. *André de Murville*, jouée hier aux François, n'est qu'une esquisse extraite du *Jaloux* de M. *Rochon*. Comme ce sont précisément les mêmes principaux acteurs, Mlle. *Contat*, les sieurs *Molé* & *Fleuri*, la ressemblance a été encore plus frappante. Quant à l'intrigue, elle est triviale & forcée tout à la fois, sur - tout infiniment trop prolongée. Elle consiste dans une lettre, dont la suscription est changée par une soubrette que gagne le rival congédié.

Des vers heureux, un dialogue lefte , & fur-to
le jeu des acteurs , ont fait applaudir avec tranf
port jufqu'aux deux tiers de la repréfentation
cette bagatelle , meilleure , fi l'auteur n'avoit p
voulu y mettre trop d'importance & trop tiré
d'un fujet auffi mince ; ce qui en a rendu la fi
languiffante & ennuyeufe.

10 *Août*. La difficulté des approvifionnement
de Paris par la riviere de Seine , fe fait fenti
prefque chaque année , fur - tout par rapport au
bois , depuis qu'il eft devenu une denrée fi rar
& fi chere. Un M. *Defer de la Noverre* , ancien
capitaine d'artillerie , a imaginé des éclufes pour
rehauffer les eaux de la Seine dans le temps qu'elle
font trop baffes & faire difparoître les entraves
qu'éprouve alors la navigation.

M. le prévôt des marchands a goûté le projet
il a été mis fous les yeux de M. le contrôleur
général & ce miniftre a chargé M. le marquis
de Condorcet , l'abbé *Rochon* & l'abbé *le Boffut*
trois commiffaires de l'académie royale des fciences,
d'en faire l'examen.

10 *Août*. Des lettres du Cap , très - fraîches &
datées du mois de juin , ne parlent point de la
prétendue révolte des negres ; ce qui fait préfumer
qu'elle a été peu de chofe ou rien. On dit feulement que les procureurs gérants fe retireront , fi
l'on ne retire pas les ordonnances; mais il n'y a
rien à craindre. C'eft , comme de bonnes gens
difoient , que les fermiers - généraux ne vouloient
pas l'être , depuis qu'on a diminué leurs profits
énormes.

11 *Août*. M. *le Noir* quitte décidément la
police aujourd'hui. M. *de Crofne* s'eft fait recevoir
au parlement ce matin , & , fuivant l'ufage , M. le

doyen de la grand'chambre a été l'installer au châtelet.

11 *Août*. L'académie françoise ne distribuera point de prix d'éloquence cette année dans sa séance de la Saint - Louis. Elle n'a trouvé aucun discours digne d'être couronné. Le sujet étoit *l'Eloge de Louis XII*. Un auteur, qui de son aveu n'a pas concouru, l'a traité ; il a fait imprimer le sien sous un titre imposant : *Morale des Rois puisée dans l'Eloge du Pere du Peuple, pour servir de suite à la Collection des Moralistes, par le rédacteur de la Morale de Moyse*. Cet ouvrage, qui paroît depuis peu, fait bruit, & on le dit suprimé. On croit pourtant qu'il n'en est rien. L'auteur est un homme de qualité, M. *Toustaing de Richebourg*.

12 *Août*. Ce n'est que depuis peu qu'on parle de la mort de M. *de Pechmeja*, arrivée en mai dernier. Outre que c'étoit un homme de lettres recommandable par divers ouvrages, tels qu'un *Eloge de Colbert* qui, en 1773, obtint le second *Accessit*, & *Telephe*, roman moral en douze livres, qui a paru en 1784 & a fait bruit ; il l'étoit encore plus par les qualités de son cœur & par une amitié rare qui l'a conduit au tombeau. Né à Villefranche en Rouergue, il s'étoit lié très - étroitement avec un M. *Dubrueil*, son compatriote, médecin qui, en 1776, vola de la province à Paris, au secours de son ami malade. Cette circonstance le détermina à s'y fixer, en achetant une charge de médecin du Roi & des hôpitaux de cette ville. Mort le 17 avril dernier, il avoit institué M. *de Pechmeja* son légataire universel. Celui - ci ayant succombé vingt jours après à la douleur de la perte de son ami, a or-

donné que les biens qui lui avoient été légués par M. *Dubreuil*, retournaffent aux parents du teftateur.

12 *Août*. M. *Peyre*, architecte du Roi & de fon académie royale d'architecture, infpecteur des bâtiments de fa majefté, vint de mourir. Il eft auteur, avec M. *de Wailly*, de la nouvelle falle de comédie françoife, monument qui fera le plus d'honneur à fa mémoire.

12 *Août*. Il y a dans le bois de Boulogne, près la porte de Paffy, une falle en verdure, que des particuliers du voifinage ont fait conftruire, à laquelle ils ont donné le nom de *Renelagh*, & où l'on danfe réguliérement tous les famedis. Elle fubfifte depuis plufieurs années. Elle eft foumife à certaine police, à certaines loix, que les affociés fe font établies entre eux & auxquelles ils s'aftreignent avec févérité; de maniere que la compagnie eft toujours choifie, & qu'il ne s'y gliffe aucune fille : chofe d'autant plus merveilleufe qu'elles pullulent dans tous les lieux publics de cette efpece, & qu'on les y recherche même, pour en faire l'ornement.

Le fieur *Audinot* avoit fixé fon petit fpectacle dans le voifinage, & ces deux établiffements fe procuroient du monde réciproquement. Comme il eft queftion depuis long-temps d'un arrangement, fuivant lequel la duché-pairie de Saint-Cloud doit être transférée fur la feigneurie de Paffy, ce qui engloberoit ce terrain fous la directe de l'archevêque de Paris, le directeur du fpectacle a eu peur d'être expulfé par le prélat & a profité de l'occafion de fe transférer ailleurs.

C'eft dans ces entrefaites que la Reine fe promenant famedi 6 de ce mois dans le bois de Boulogne, eſt venue juſqu'à cet endroit pour voir le ſpectacle d'*Audinot*. Sa majeſté a trouvé la troupe diſperſée & a daigné, pour remplir le reſte du temps conſacré à cette partie de plaiſir, entrer dans le Renelagh. Les aſſociés ne s'attendoient point à cet honneur & en ont été comblés. Sa majeſté étoit ſans aucun appareil de cérémonie & s'eſt montrée dans toute ſon affabilité. Les aſſociés craignant leur ſuppreſſion, comme le ſieur *Audinot*, ſi l'archevêque de Paris devenoit leur voiſin, ont eu l'adreſſe de faire preſſentir leurs frayeurs à ſa majeſté qui, pour les raſſurer, a pris des billets d'aſſociation. En ſorte que les voilà ſous la protection immédiate du trône.

13 *Août*. L'arrêt du conſeil du 24 janvier dernier ſemble avoir eu un effet tout contraire à celui que le gouvernement ſe propoſoit. La fureur de l'agiotage, qui alors n'avoit lieu que relativement aux dividendes de la caiſſe d'eſcompte, s'eſt étendue à toutes les natures d'effets, même étrangers. Les actions de la banque de Saint-Charles en ont ſur-tout été l'objet & un café du Palais-Royal, nommé le *Caveau*, étoit le lieu du rendez-vous de ces joueurs effrénés. Il faut ſe rappeller que ce genre de marchés ou de compromis, auſſi dangereux pour les vendeurs que pour les acheteurs, conſiſte dans l'engagement que l'un prend de fournir, à des termes éloignés, des effets qu'il n'a pas, & l'autre de les payer ſans en avoir les fonds, avec la réſerve de pouvoir exiger le paiement avant l'échéance, moyennant l'eſcompte.

Ces engagements, dépourvus de cauſe & de réalité, n'ont, ſuivant la loi, aucune valeur; ils occaſionnent une infinité de manœuvres inſi-

dieufes, tendantes à dénaturer momentanémen
le cours des effets publics , à donner aux ur
une valeur exagérée & à faire des autres un emploi capable de les décrier. De là l'agiotage dé-
fordonné, qui met au hafard les fortunes de ceu
qui ont l'imprudence de s'y livrer , détourne le
capitaux de placements plus folides & plus favorables à l'induftrie nationale , excite la cupidité
à pourfuivre des gains immodérés & fufpects ,
fubftitue un trafic illicite aux négociations per-
mifes, & pourroit compromettre le crédit de la
place de Paris.

C'eft par ces confidérations , & pour remédier
à tous ces défordres naiffants, qu'il a été rendu
le 7 de ce mois un arrêt du confeil , qui renou-
velle les ordonnances & réglements concernant
la bourfe , & profcrit ces négociations abufives.

13 *Août*. Les petits comédiens de *Beaujolois*
n'ont pu échapper à la perfécution des Italiens.
Il leur eft défendu depuis quelques jours d'exécuter des pantomimes mêlées de chant avec acteurs
fur la fcene , autres que des marionnettes. On parle
d'un mémoire qu'ils doivent diftribuer inceffamment pour leur défenfe.

13 *Août*. Les différents propriétaires des maifons
qui dépendent de Saint - Cloud , ou conviennent
à la Reine , ont dû fe rendre à Verfailles le dimanche 7 , pour expofer leurs prétentions au confeil de fa majefté.

On ajoute que la Reine vient d'acheter un lieu
qu'on appelle *la Marche* , entre Saint - Cloud &
Ville Davré , d'où l'on peut tirer des eaux propres à augmenter celles de Saint - Cloud que
fa majefté défire rendre les plus belles poffibles.

14 *Août*. Les directeurs ou entrepreneurs du spectacle des *variétés*, se font d'autant plus empressés de répondre aux comédiens françois, qu'ils ont su que c'est à eux spécialement qu'en vouloient ces tyrans dramatiques. On a raconté dans le temps comment ceux-ci ont cherché à étouffer, pour ainsi dire, dès son berceau, cette troupe foraine transplantée au Palais-Royal, & les efforts inutiles qu'ils ont tentés à cet effet auprès du baron *de Breteuil*. Les Variétés ne dissimulent pas aujourd'hui leurs prétentions, & suggerent hardiment au ministere de les ériger en seconde troupe, si désirée par les auteurs & par tous les amateurs qui s'intéressent véritablement aux progrès de l'art. De là une digression qu'on trouve dans le mémoire, très-bien faite, sur l'utilité, la nécessité même des deux troupes, & sur l'impossibilité que les comédiens italiens puissent être regardés comme tels. Un autre avantage, suivant l'auteur du mémoire, c'est d'étendre par l'émulation des deux troupes le talent du comédien, & d'en multiplier l'espece. De là encore un portrait de cet artiste formant un morceau précieux.

Un autre endroit du mémoire piquant, c'est celui où les *Variétés* se défendent du reproche d'obscénité, & citent vingt pieces des François plus licencieuses qu'aucune des farces jouées sur leur théâtre. « Ils annoncent tous les jours, » s'écrie le défenseur des sieurs *Gaillard* & *d'Orfeuille* : « Ils annoncent pour la soixante-qua-
» torzieme représentation une comédie, remar-
» quable sans doute par son originalité, par la
» hardiesse de ses sarcasmes contre tous les états,
» quoiqu'elle ne présente que des exemples dan-

» gereux, & qu'on n'y trouve pas un feul m
» pour la vertu. »

L'article du quart des pauvres eft un épifod
qui n'eft point oublié. Les fieurs *Gaillard* & *d'Orfeuille* annoncent qu'ils paient aux hôpitau
60,000 livres pour les *Variétés* feulement, &
qu'il s'en faut beaucoup que les comédiens françois aient augmenté le leur dans la proportion
de leur recette.

Enfin la derniere anecdote à recueillir du mémoire, c'eft la gradation de la fortune de la
troupe plaignante. Tandis que leur théâtre étoit
rue des foflés Saint-Germain, la part entiere ne
montoit qu'à 8 ou 9,000 livres; au château des
Tuileries, elle a été portée jufqu'à 15 ou 16,000
livres; aujourd'hui ils ont un revenu fixe de
300,000 livres pour les loges louées à l'année, &
l'on confirme que leur part a excédé la fomme
de 30,000 livres.

14 *Août*. Le nœud gordien, dit-on, de la
féparation de madame *Desboulais* d'avec fon mari,
& du projet de celui-ci de l'emmener promptement en Amérique, c'eft la paffion du prince *de
Conti* pour elle; paffion fomentée par la mere de
fa femme, ce qui a rendu madame *Giambonne*
odieufe à fon gendre, lorfqu'il a découvert cette
intrigue, dont aucun des deux avocats n'a eu
garde de parler. Elle eft aujourd'hui malheureufement trop publique, & diminue étrangement
l'intérêt pour madame *Desboulais*. Elle fait connoître pourquoi elle a gagné une caufe que tout
le monde, en la plaignant, regardoit comme
perdue; car, quoique le prince *de Conti* ne
puiffe être fort agréable au parlement depuis la
révolution arrivée dans la magiftrature, on conçoit

çoit qu'un prince du fang eft toujours d'un grand poids dans la balance.

14 *Août*. Il y a quelque temps que deux dames comme il faut, fortant de l'opéra, alloient chercher leur voiture à pied, rue de Bondy. Elles étoient folâtres & mifes très-coquettement. Le fieur *Quidor*, infpecteur de police, chargé du département des filles, les prend pour telles & les arrête. Ces dames, qui veulent s'amufer, ne le détrompent point, & fe laiffent conduire chez le commiffaire, où elles fe font connoître ; ce qui rend fort fot l'officier de police. Le commiffaire lui déclare qu'il ne peut s'empêcher de le punir d'une telle étourderie, de l'envoyer en prifon & d'en rendre compte au lieutenant-général de police. On croit que le fieur *Quidor* pourroit bien de l'aventure perdre fa place, ou du moins éprouver une interdiction paffagere. Cette nouvelle s'eft bientôt répandue parmi les filles, qui en rient. Elles n'aiment pas le fieur *Quidor* ; elles fe plaignent de fes vexations & concuffions : elles feroient enchantées d'en être débarraffées.

15 *Août*. Un M. *Hoffman* qui fe plaît à dire du mal du fexe, fans doute perfuadé que c'eft le meilleur moyen de s'en faire aimer, vient encore de lancer un nouveau farcafme, qui met toutes les femmes en fureur. C'eft une *rétractation* dérifoire :

Eh ! quoi, toujours je médirai des femmes !
Eh ! quoi, toujours contre un fexe enchanteur
J'aiguiferai de plates épigrammes !
Non, j'en rougis. Raffurez-vous, Mefdames,
Vos mille attraits ont converti l'auteur.

Bien corrigé d'un profane délire,
A vous chanter il confacre fa lyre,
Et vos hauts faits vont orner fon difcours.
O *fiction !* viens , vole à mon fecours :
Infpire-moi ; c'eft du bien qu'il faut dire.

16 *Août.* Les marchands de bois inftruits de
l'augmentation demandée par la ville en leur
faveur , pour ne point perdre ce bénéfice, ont
affecté de n'en point faire venir jufqu'à ce que le
parlement eût enrégiftré la nouvelle loi. De fon
côté, la ville a negligé de les y forcer, & les
eaux baffes font arrivées, qui en empêchent le
tranfport. On s'eft prévalu de la crainte de la
difette pour réveiller la demande formée au parlement.

Cette cour, fentant l'urgence du cas, n'a pu
fe refufer aux volontés du Roi, dont la réponfe
a été que S. M. entendoit que fon parlement
n'apportât plus d'obftacle à fes volontés. S. M. en
conféquence a chargé le premier préfident de lui
rendre compte de l'exécution de fes ordres ; qui
a eu lieu le mardi 9 par un enrégiftrement fait
aux chambres affemblées.

Dans une affemblée précédente on avoit ouvert
l'avis de mander le prévôt des marchands, afin
de lui faire rendre compte de la négligence de la
ville à veiller à ce que les chantiers foient garnis. Mais le parlement n'a plus aucune vigueur,
& l'avis n'a pas été fuivi. Cependant c'étoit la
fuite naturelle du préambule. Il porte : « Les
» prévôt des marchands & échevins de notre
» bonne ville de Paris, nous ont repréfenté que
» depuis notre déclaration du 8 juillet 1784, &

» malgré l'augmentation proportionnelle dans les
» prix du bois qui s'en eſt enſuivie, les appro-
» viſionnements ont éprouvé une lenteur qu'ils
» ne peuvent attribuer aux ſeules contrariétés de
» la ſaiſon ; que par le compte qu'ils ſe ſont fait
» rendre de l'état des bois deſtinés à la conſom-
» mation de notre bonne ville de Paris, tant
» pour l'année prochaine que pour les années
» ſubſéquentes, ils ont reconnu que, pour aſſu-
» rer les approviſionnements de maniere à faire
» ceſſer toutes inquiétudes pour l'avenir, il leur
» paroiſſoit indiſpenſable de former à l'égard des
» deux eſpeces de bois, nommées bois neuf &
» bois blanc, un nouveau tarif qui, en augmen-
» tant le prix du bois de la premiere qualité,
» autant qu'il eſt néceſſaire pour en étendre l'ap-
» proviſionnement, diminuera dans une propor-
» tion raiſonnable celui de l'eſpece deſtinée tant
» à l'uſage des boulangers, qu'à la conſommation
» des habitants moins aiſés. »

16 *Août*. Le bruit court que M. le cardinal
de Rohan, grand‑aumônier, a été arrêté hier à
Verſailles.

16 *Août*. Lundi ſur les dix heures & demie,
la Reine eſt venue chez le Roi, où ont été appellés le garde‑des‑ſceaux & M. le baron *de
Breteuil*. Dans ce comité l'on a réſolu d'arrêter
M. le cardinal *de Rohan*, pour cauſes que l'on
ignore. On ſait ſeulement que le Roi a dit qu'il
étoit juſte de l'entendre avant de le condamner.
En conſéquence S. M. l'a fait venir : il eſt arrivé
en rochet & tout habillé pour ſes fonctions. L'on
ignore également ce qui s'eſt paſſé dans cet interrogatoire, qui a duré environ dix minutes.
Après quoi, M. le baron *de Breteuil*, ſuivant ſes

inſtructions, a ſuivi le cardinal, a pris avec lui, de la part du Roi, M. *de Jouffroy*, ſous-lieutenant des gardes-du-corps de la compagnie de *Villeroy*, & à quelque diſtance l'a chargé d'arrêter le cardinal. Bientôt eſt arrivé le duc *de Villeroy* & le major des gardes, M. *d'Agueſſeau*. Deux gardes-du-corps ont été mis à la porte de ſon éminence, & deux officiers des gardes-du-corps près de ſa perſonne. Puis M. le baron *de Breteuil* eſt venu mettre ſur ſes papiers le ſcellé qui, ſuivant la regle, a été auſſi appoſé par le capitaine des gardes.

Dès que le cardinal eſt ſorti de chez le Roi, S. M. a écrit de ſa main à madame *de Marſan* & au prince *de Soubiſe* un billet, pour les prévenir de l'acte de rigueur qu'elle étoit forcée d'exercer, en les aſſurant cependant qu'il ne s'agiſſoit d'aucun crime contre l'état ou ſa perſonne.

L'après-midi, M. le cardinal a été amené à Paris. M. *d'Agoult*, chef de brigade, a reçu de M. *de Villeroy* l'ordre de ne pas le quitter, de coucher même dans ſa chambre (1).

M. *de Croſne* averti, eſt venu mettre le ſcellé ſur ſes papiers au Palais-cardinal.

Enfin l'on eſt allé mettre auſſi les ſcellés à ſa maiſon de Couvray.

Le cardinal *de Rohan* a fait demander au Roi la permiſſion de voir M. le prince *de Soubiſe* & madame *de Marſan*, & l'a obtenue.

17 *Août*. Un M. *de la Roque*, valet de chambre de la Reine, a formé un projet d'aſſurance,

_____

(1) On a vu pendant la route deux gardes-du-corps ſur le devant du carroſſe.

afin de procurer au journalier pour ſes années
d'infirmité une exiſtence plus certaine & plus
commode que ne l'eſt celle de ſes années de vigueur. On en voit une eſquiſſe dans une lettre
qu'il a écrite le 28 juillet dernier aux rédacteurs
du mercure, & inférée au n°. 33 de ce journal.
On ne peut qu'admirer le zele de cet ami de
l'humanité, & la profondeur des calculs de ce
ſavant algébriſte. Il ſeroit bien à ſouhaiter que
ſon plan, très-beau en ſpéculation, n'offrît
pas des difficultés inſurmontables dans la pratique.

17 Août. Le cardinal *de Rohan* a couché chez
lui la nuit du lundi au mardi. Dans l'après-dînée
il a affecté de ſe montrer à ſes fenêtres donnant
ſur le jardin de Soubiſe, & de jouer avec ſon
ſinge. Le ſoir M. le marquis *de Launay*, capitaine & gouverneur de la Baſtille, eſt venu prendre ſon éminence pour la conſtituer priſonniere.
Elle a déſiré s'y rendre à pied, ce qui a eu lieu
la nuit: on veut que M. *de Croſne* l'ait auſſi
accompagné, ce qui n'eſt pas également ſûr.

Il paſſe pour conſtant qu'il a été envoyé à l'intendant de Strasbourg ordre de mettre auſſi les
ſcellés ſur les papiers du cardinal, ſoit dans
ſon palais épiſcopal, ſoit dans ſon château de
Saverne.

18 Août. Une brochure intitulée: *Lettre à un
ami ſur un monument public*, par M. *Dulin*,
architecte, eſt ſupprimée par un arrêt du conſeil
du 10 juillet, comme contenant des faits faux
& injurieux à la réputation du ſieur *Couture*,
architecte, & excédant les bornes d'une critique
honnête & légitime.

Cet arrêt a été rendu d'après le jugement de

H 3

l'académie d'architecture. Elle avoit nommé des commissaires pour examiner ladite brochure. Ils en ont rendu compte le 6 juin, & la compagnie a adopté leur rapport, servant de base à l'arrêt.

18 *Août* Le mercredi 17, M. le cardinal *de Rohan* a été transféré à son Palais-cardinal pour y assister a la levée des scellés, où se sont trouvés tous les ministres, excepté le maréchal *de Ségur*. Le cardinal regardant M. le baron *de Breteuil* comme son ennemi personnel, a requis cette formalité, & M. le baron *de Breteuil* a déclaré que sa propre délicatesse ne lui auroit pas permis de remplir ce ministere, que publiquement & en présence de témoins respectables.

18 *Août*. M. *de la Peyrouse* a appareillé de Brest le 1 de ce mois pour son voyage autour du monde. Bien des gens révoquent en doute sa capacité, & prétendent que M. *de l'Angle*, capitaine du second bâtiment, seroit plus propre pour l'expédition.

18 *Août*. L'on commence déjà à s'adoucir en faveur du cardinal. Il a eu permission de voir sa famille, qui s'est rendue aujourd'hui à la Bastille. M. le maréchal prince *de Soubise* n'avoit pas manqué d'envoyer à M. le prince *de Condé* un exprès pour l'instruire de l'événement, & ce prince, après avoir demandé l'agrément du Roi, s'est joint aux autres parents. On prétend que l'objet de cette visite, outre les consolations à donner au prisonnier, est de le bien confesser, afin de savoir au juste quelle démarche à faire pour le justifier, ou obtenir son pardon.

M. le cardinal, outre deux valets de chambre,

à un secretaire ; ce qui annonce la faculté d'écrire.

On persiste à donner pour motif de sa détention, l'escroquerie d'un collier, sous le nom de la Reine. Il faut que cette anecdote soit mieux constatée avant d'entrer dans aucun détail.

Du reste, le cardinal fait bonne contenance ; loin de s'affliger, il console ses gens : personne de sa maison ne semble impliqué dans cette aventure. On parle seulement d'une madame *de la Motte*, une des maîtresses de cette éminence, qui est absente.

L'abbé *Georgel*, grand-vicaire de la grande-aumônerie, qui avoit autrefois la confiance la plus intime du cardinal, qui ne l'a plus tant, mais comme l'on voit, lui tient encore de très-près, chez lequel on a mis aussi les scellés, n'affecte pas plus de tristesse que son éminence. Il dit: *Il faut respecter l'autorité, mais il faut l'éclairer, & c'est ce qu'on fera certainement.*

19 Août. On juge, sans avoir vu la brochure de feu M. *Dulin*, devenue difficile à avoir depuis sa suppression, que M. *Couture*, chargé de la construction de l'église de la Magdelaine, s'est trouvé vivement inculpé par quelque envieux qui a pris le nom du mort, & ne s'est pas contenté d'attaquer ses talents, mais a formé aussi des imputations injurieuses à la probité de cet artiste. Celui-ci en a référé à l'académie d'architecture, & sa compagnie le voyant pleinement justifié par l'examen des commissaires, a provoqué l'arrêt du conseil du 19 juillet.

20 Août. Le parlement voulant se justifier aux yeux de cette capitale, qui lui reproche de n'avoir

pas affez vivement défendu fes intérêts à l'occafion de l'augmentation du bois , comme denrée
de premiere néceffité, non content d'avoir- inféré
dans fon enregiftrement : *Du très-exprès com-
mandement du Roi,* a fait imprimer les repréfentations qu'on dit très-fortes de chofes ,
quoique modérées dans la tournure & l'ex-
preffion.

20 *Août.* Extrait d'une lettre du Bordeaux, du
16 août......« Il court ici deux libelles affreux
contre notre archevêque actuel, M. *de Cicé* &
fon clergé. La dénonciation en a été faite au
parlement, & l'on informe. »

21 *Août.* Il s'agit en effet d'un collier de diamants dans l'affaire du cardinal *de Rohan.* Ceux
qui l'ont vu, n'en ont jamais admiré de plus
beaux, pour leur eau, leur groffeur, leur égalité.
On le dit de 1,600,000 livres. C'eft ce collier
qu'on veut que le cardinal, à l'aide de madame
de la Motte, qui s'étoit annoncée comme faufilée
chez la Reine, ait efcroqué des joailliers, *Bohmer*
& *Baffanges,* fous prétexte que S. M. enjouée
de ce bijou, vouloit l'acquérir fecrétement & à
crédit. Quoique cette anecdote entraîne beaucoup
d'invraifemblances, elle eft fi généralement répandue, elle eft atteftée par tant de gens faits,
ce femble, pour en être inftruits & fi dignes
de foi, qu'on ne peut guere fe refufer d'y
croire. On perfifte à dire que cette madame *de
la Motte* eft en fuite, parce qu'elle eft abfente.

21 *Août.* M. le marquis *de Louvois* vient de
mourir. C'étoit un *Roué* de la premiere efpece,
mais homme d'efprit, fertile en calembours &
méchancetés, dont on a rapporté des échantillons.

21 *Août.* Depuis long-temps on n'avoit vu

le parterre de la comédie italienne exercer une censure aussi sévere que celle du jeudi 18 de ce mois. On jouoit la premiere représentation de *Lucette*, comédie nouvelle en trois actes & en prose, mêlée d'ariettes, paroles de M. *Lantier*, musique de M. *Frizieri*. Dès la fin du second acte, les murmures & les huées ont été si forts & si soutenus, que les acteurs ont été obligés de se retirer.

Pour remplacer le troisieme acte, ils ont proposé de donner l'*Amant Statue* ; ce qui a été adopté avec beaucoup d'applaudissements.

Cet opéra-comique, ci-devant en vaudevilles, a été mis en musique par M. *d'Aleyrac*, & joué pour la premiere fois le jeudi 4 août, avec un grand succès. La grace, la fraîcheur, la légéreté qui caractérisent le genre du compositeur, & conviennent parfaitement au ton de l'ouvrage, l'ont rendu tout nouveau.

Mlle. *Renaut*, dont on a annoncé le brillant début, excelle sur-tout dans cet opéra-comique. Sa voix flexible, douce, flûtée y convient merveilleusement, & son goût exquis en fait valoir les nuances les plus délicates. C'est une cantatrice charmante.

22 *Août*. Le gouvernement s'annonce enfin comme décidé à effectuer le projet de démolir les maisons sur les ponts.

Un arrêt du conseil, du 14 de ce mois, autorise les prévôt des marchands & échevins de la ville de Paris à donner, dès ce moment, congé à tous les locataires des maisons appartenantes à la ville sur le pont Notre Dame & sur le pont au Change ; leur ordonne de faire démolir lesdites maisons dès le mois de janvier

H 5

de l'année prochaine ; & pour indemnifer la ville
du facrifice des loyers defdites maifons, ne formant actuellement , déduction faite des frais de
réparations, qu'un produit de ;0,000 livres par
an ; S. M. à l'avenir & pour toujours , la décharge de tous les frais relatifs à l'entretien
des jurifdictions & prifons, dont la dépenfe fera
payée par le domaine de S. M. comme elle l'étoit
ci-devant.

Malheureufement toutes ces maifons n'appar-
tiennent point à la ville: mais il fera difficile,
en démoliffant les fiennes , que celles des particuliers ne foient pas entraînées dans cette fubver-
fion commune , fauf à les indemnifer tellement
quellement.

22 *Août.* La foire Saint-Laurent tombe abfolument: il y va fi peu de monde que les fpectacles des boulevards ont obtenu du lieutenant-
général de police d'y revenir Il eft bien à craindre
pour la redoute chinoife qu'elle ne fe trouve enveloppée dans cet abandon du public, fur-tout
depuis que le wauxhall d'été a ouvert: on
s'imaginoit que c'étoient les directeurs de la
redoute qui avoient fait ériger celui-ci. On affure
que non aujourd'hui.

On prétend que les marchands de la foire ,
depuis le départ des fpectacles , veulent auffi
quitter & ne plus payer leur location , attendu le
vuide plus grand qui va réfulter de la clôture de
ces alles.

22 *Août.* Depuis deux ans qu'on n'a parlé du
nouveau palais de cette capitale , il s'eft encore
plus développé , & quoiqu'il ne foit pas fini,
à beaucoup près, les connoiffeurs peuvent l'apprécier. Les partifans de ce monument admirent les

proportions légeres de la façade , l'élégante fim-
plicité de la grille , la grandeur impofante de la
cour , l'immenfité de l'efcalier. Les critiques trouvent , au contraire , celui-ci roide , vafte , fans
nobleffe ; ils blâment ces deux efpeces de puits ou
de cavernes dont il eft accompagné : les ailes du
bâtiment leur femblent mefquines , relativement
au corps du milieu , lourd & point majeftueux ;
la cour trop petite pour la maffe du bâtiment ;
la grille infiniment trop chere fi elle coûte
200,000 livres , comme l'affurent les gens du
métier. Quoi qu'il en foit , les faifeurs d'infcrip-
tions font actuellement occupés à en chercher
quelqu'une digne d'un pareil édifice. Un M. *Troncy*,
avocat au parlement de Bordeaux , regarde comme
plein de jufteffe l'impromptu d'un fieur *de Beaufiere*,
s'écriant: *Accipit hîc meritis pramia quifque fuis.*
Ce pentametre conviendroit tout au plus à la
falle de diftribution des prix de quelque college.
Un jurifconfulte propofe une épigraphe tirée de
Juftinien : *Suum cuique tribuere* ; mais elle fent
furieufement les écoles de droit. Il en faudroit
une qui équivalût à celle du cadran: *Sacra Themis*
mores dum Pendula dirigit horas.

22 *Août.* Il y a peut-être un mois qu'on citoit
une lettre adreffée par le contrôleur-général au
fieur *de Beaumarchais* , telle que celui-ci la
défiroit , où le miniftre lui témoigne de la part
du Roi, que S. M. agrée fa juftification, en eft
fatisfaite & eft difpofée à lui en donner des marques. On révoquoit en doute cette prétendue lettre,
d'autant mieux qu'elle ne recevoit point & n'a
pas même encore reçu la publicité à laquelle elle
fembloit deftinée. Cependant on ne peut guere ne

H 6

pas la regarder comme authentique d'après tout ce qui se passe.

Vendredi 19, on a joué au petit Trianon la piece du *Barbier de séville*. La Reine a fait le rôle de *Rosine*; M. le comte d'*Artois* celui de *Figaro*; M. le marquis de *Vaudreuil* étoit le *comte Alma-viva*; le duc de *Guiche*, *Bazile*, & le bailli de *Crussol*, le *Docteur*. On assuroit même que le sieur de *Beaumarchais* avoit été admis en con-séquence dans cette illustre société qui a désiré prendre de ses leçons; mais il passe pour constant à la comédie que c'est le sieur d'*Azincourt* qu'on a mandé & consulté.

On veut enfin que pour satisfaction complète, le sieur de *Beaumarchais* ait sur la cassette du Roi une pension de 100 livres. Il n'en a pas voulu de plus forte.

22 *Août*. On n'a pas manqué de faire un ca-lembour sur l'aventure de M. le cardinal de *Rohan*. Comme c'est un collier qui en est le prin-cipal ressort, on dit que *c'est le dernier coup de collier que donnera la maison de* Rohan*; que le cardinal n'est pas franc du collier*.

22 *Août*. On a parlé, il n'y a pas long-temps, d'un M. *Quatremere d'Isjonval*, connu par des prix remportés à l'académie des sciences, dont il étoit membre depuis peu. Il sembloit tout occupé d'expériences relatives à la meilleure maniere d'éduquer les moutons & de rafiner leur laine. On a été très-surpris d'apprendre qu'il étoit en fuite, de voir le scellé mis chez lui par *ordonnance*, en vertu d'une banqueroute frauduleuse qu'on évalue à près de deux millions; chose d'autant plus étonnante, qu'il étoit jeune encore, & sort d'une famille riche & très-connue dans le com-merce.

21 *Août*. La fuite de la querelle de M. l'abbé *de l'Epée*, comme inftituteur des fourds & muets, avec un M. *Nicolaï*, dont le jugement avoit été déféré par le premier à l'académie de Berlin, a été que cette compagnie n'a point voulu s'en mêler. Son fecretaire perpétuel a répondu qu'elle ne portoit fon jugement que fur les pieces envoyées au concours pour les queftions propofées par elle. Il convient en même temps que M. *Nicolaï* auroit dû mettre plus de politeffe dans fa critique, & il reproche à M. l'abbé *de l'Epée* de répandre trop de chaleur dans la pourfuite de ce prétendu procès.

23 *Août*. M. *Loir*, peintre du Roi & confeiller en fon académie royale de peinture & de fculpture, vient de mourir. Il avoit quelque talent pour le portrait. Il a expofé une feule fois au fallon en 1779, le portrait de M. *Belle*, fon confrere, peint en paftel fur cuivre. C'étoit fon morceau de réception.

23 *Août*. Extrait d'une lettre du Cap-François, du 20 juin .... M. *François de Neuf - Château*, procureur - général au confeil fupérieur de cette ville, homme de lettres, long - temps dans l'indigence, devient aujourd'hui protecteur & rémunérateur des talents. Il propofe un prix extraordinaire de 25 portugaifes (1650 livres argent de la colonie) pour le meilleur mémoire qui fera remis jufqu'au premier mai 1787, fur les moyens de fabriquer pour Saint - Domingue, une efpece de papiers & de cartons qui aient la propriété de réfifter aux infectes qui dévorent les papiers publics & les bibliotheques. On ne dit point encore à quel tribunal fera portée la décifion. Peut - être, comme membre de plufieurs académies & affo-

cié honoraire du cercle des Philadelphes , M. *de Neuf · Château* se réserve - t - il cette décision qui , au reste , est plus une chose d'expérience que de raisonnement.

23 *Août.* Il paroît un ouvrage précieux & fort rare destiné comme suite aux mémoires pour servir à la vie de *Voltaire* , écrits par lui-même. Il a pour titre : *Frédéric le Grand.* Il contient des anecdotes curieuses sur la vie du Roi de Prusse régnant , d'autres sur ses amis & ennemis , ainsi que les caracteres de la famille de sa majesté. Il est précédé de son portrait physique.

C'est une compilation de différentes mains , mais rangée avec ordre par un seul rédacteur , & contenant beaucoup de choses neuves ou peu connues. Ce qui semble devoir donner plus de confiance à ce recueil , c'est qu'on le juge le résultat d'observations faites en grande partie par des membres du corps diplomatique , qui souvent different dans leur façon de voir & de rapporter. De · là , des contradictions sensibles que , faute d'attention , le lecteur pourroit mettre sur le compte du rédacteur.

Quoique tout l'ouvrage ne soit pas , à beaucoup près , à la louange du Roi de Prusse , on ne doit pas le regarder non plus comme un libelle. Le rédacteur montre l'impartialité de l'historien , & le dernier paragraphe qui termine , est consacré à réfuter les paragraphes les plus sanglants & les plus odieux des mémoires *de Voltaire.*

23 *Août.* M. le cardinal continue à jouir d'une liberté fort extraordinaire à la Bastille , sur-tout dans les commencements. Il y voit beaucoup de monde. Me. *de Bonnieres* , son avocat , a eu permission de conférer avec lui , & l'on veut qu'il

soit question de la part de cette éminence de
présenter requête au parlement pour y être jugé.
On assure que le Roi lui ayant demandé sa démission de la grande-aumônerie, il a répondu :
" Sire, vous ne l'aurez qu'avec ma tête. Ma
„ charge n'est point une charge domestique, mais
„ une charge de l'état. „ On ajoute, qu'interrogé
par M. le lieutenant-général de police, il a refusé
de lui répondre, disant qu'il ne le regardoit pas
comme partie compétente pour semblables fonctions.

Cette affaire devient de jour en jour plus grave
& se complique par le nombre des accusés & des
détenus. Mad. *de la Motte* a été arrêtée à Bar-
sur-Aube, ou auprès, dans une terre, & ame-
née à la Bastille, le samedi 20. On nomme un
baron *de Planta*, comme arrêté aussi. On apprend à l'instant que le comte & la comtesse *de*
Cagliostro, dont la maison étoit entourée d'es-
pions, ont été pareillement emprisonnés.

24 *Août.* La petite troupe des comédiens de
Beaujolois, a trouvé grace auprès du ministere,
& depuis lundi a obtenu la liberté de reprendre
ses pantomimes.

24 *Août.* On ne cesse de converser sur l'aventure du cardinal, & principalement sur le motif
de sa détention. On ne peut concevoir qu'il se
soit permis une escroquerie aussi bête : & voici
comme on l'explique. Le comte *de Cagliostro*,
dont il est question depuis plusieurs années, &
qui d'abord s'étoit établi à Strasbourg, a eu
occasion d'y voir le cardinal, de s'en faire connoître & gagner sa confiance. Ce prélat est fort
dérangé & auroit grand besoin d'argent. Le comte,
qui est alchymiste, lui a persuadé qu'il lui feroit

trouver la pierre philosophale. Son éminence a donné dans cette chimere, & s'est flattée qu'elle auroit le temps de payer le collier avant que le faux fût découvert. Ce qu'il y a de sûr, c'est que le cardinal vivoit en grande intimité avec le charlatan, montroit même une sorte de vénération pour lui. Et si l'on s'étonne qu'un homme d'esprit comme le cardinal ait été dupe d'un pareil charlatan, la folie du mesmérisme qui a pris avec tant de fureur auprès de gens instruits, de savants, d'académiciens, donne la solution de ce problême.

On va plus loin aujourd'hui, & l'on veut que le comte *de Cagliostro*, qui vivoit magnifiquement, sans vouloir recevoir d'argent de personne, fût entretenu par le cardinal.

24 *Août*. Le grand procès concernant les immunités du clergé, à commencer par la foi & hommage, qui devoit se juger définitivement durant cette séance, ne le fera que l'année prochaine, où l'assemblée doit être continuée. Elle a seulement produit ses défenses dans des mémoires imprimés, mais qui percent difficilement : la chambre des comptes est intervenue, a composé aussi un mémoire imprimé, mais également rare quant à présent.

25 *Août*. Le sieur *Pigalle* vient de mourir. Ce qui peut consoler de la perte de ce grand artiste, c'est qu'il vieillissoit beaucoup & auroit été forcé incessamment de se livrer au repos. Mais ses conseils auroient toujours pu être fort utiles aux confreres courant la même carriere. Au reste, il est mort investi de titres & de dignités. Il étoit écuyer, sculpteur du Roi, chevalier de l'ordre de Saint-Michel, chancelier de son aca-

démie royale de peinture & sculpture, l'un de ses quatre recteurs, membre de l'académie royale des sciences & belles-lettres de Rouen, & citoyen de la ville de Strasbourg.

15 *Août.* Extrait d'une lettre de Marseille, du 15 août.... On ne vous a rien exagéré en vous rendant compte des honneurs prodigués à Mad. *Saint-Huberty* : nous approchons des folies des Anglois pour leurs acteurs. Mad. *de Saint-Huberty* a donné ici vingt-trois représentations, toutes courues avec une fureur extrême. Les vers, les couronnes lui pleuvoient de toutes parts. Elle a remporté de celles-ci sur l'impériale de sa voiture plus de cent, parmi lesquelles plusieurs de très-grand prix. On lui a donné des fêtes sans fin ; mais celle sur l'eau étoit digne d'une souveraine, & mérite d'être détaillée.

Mad. *Saint-Huberty*, vêtue ce jour-là à la grecque, est arrivée par mer sur une très-belle gondole, portant le pavillon de Marseille, armée de huit rameurs & marchant à la voile. Près du lieu du rendez-vous, elle s'est trouvée enveloppée d'environ deux cents chaloupes chargées de monde accouru pour voir la fête & encore plus celle qui en étoit l'objet. Elle a débarqué au bruit d'une décharge de boëtes & des acclamations du peuple. Un moment après elle a remis en mer pour jouir du spectacle d'une joûte. Le vainqueur lui a apporté la couronne & l'a reçue de nouveau de ses mains, avec le prix de son triomphe. On a voulu donner à Mad. *Saint-Huberty* le spectacle d'une pêche dans un immense filet, qu'on n'a jamais pu tirer à cause de l'affluence.

A la sortie de la gondole, Mad. *Saint-Huberty*

a été saluée d'une seconde *salve* ; le peuple a
danſé autour d'elle , au ſon des tambourins &
des galoubets , tandis que , couchée à la turque
ſur une eſpece de *divan* , elle recevoit en reine
les hommages des ſpectateurs des deux ſexes. On
l'a conduite enſuite à travers une haie de pavillons
illuminés dans une maiſon de plaiſance voiſine.
On l'a fait entrer ſous une tente , où l'on avoit
élevé un petit théâtre champêtre.

L'on y joua une petite piece allégorique , com-
poſée , en l'honneur de cette divinité d'opéra , par
un poëte Provençal , très - bien verſifiée & remplie,
malgré le ſujet trivial , de traits heureux & de
penſées ingénieuſes.

Pendant le bal qui ſuivit , Mad. *Saint - Huberty* fut placée ſur une eſtrade entre *Melpomène*
& *Polymnie* , deux muſes de la piece. Enſuite
illumination au dedans & au dehors : enfin un
ſouper ſplendide de ſoixante couverts , dreſſé
dans une ſalle ouverte de tous côtés ou plutôt
fermée uniquement, ſuivant l'uſage du pays , par
une grille en bois , à travers laquelle le peuple
s'empreſſoit d'admirer l'héroïne. Sur la fin du
repas on a chanté , la galerie a fait *chorus* :
vous penſez bien que Mad. *Saint - Huberty* n'a
pas été oubliée dans ces couplets. Elle a répondu
par quelques couplets en patois provençal. On a
porté ſa ſanté ; les *vivat* répétés , & une ſalve
générale ont terminé la fête.

25 *Août.* Relation de la ſéance publique de
l'académie françoiſe , tenue aujourd'hui pour la
diſtribution des prix.

Deux incidents ont occupé le public avant que
meſſieurs arrivaſſent pour prendre leurs places &
ouvrir la ſéance. Le premier a été le ſpectacle

d'un groupe de douze ou quinze perfonnes auxquelles ont avoit réfervé un rang particulier,
& qui font venues l'occuper, précédées d'un
Suiffe & avec tout l'appareil de la diftinction.
On a jugé que ce n'étoit qu'une feule famille,
parce que hommes, femmes & enfants, tous
étoient également vêtus de noir ; ce qui carac-
térifoit plutôt un enterrement qu'un triomphe
& a déforienté fur le véritable objet de leur
préfence. Après bien des recherches, on a appris
que c'étoit la famille de celui qui avoit mérité
le prix de vertu.

L'annonce du prédicateur du matin a formé
le fecond incident. Meffieurs les académiciens
avoient fans doute chargé le Suiffe de cette pro-
clamation, & tandis qu'il fe plaçoit dans le banc
du gouvernement, elle a été fuivie de vifs &
longs applaudiffements. Il fe nomme *de la Boif-
fiere* ; il eft grand & lefte ; fa figure eft à la fois,
vive, fpirituelle & modefte. Il paroît extrêmement jeune : il eft le premier qui ait profité de la
liberté donnée par l'académie de fubftituer un
fujet de morale à l'éloge de Saint Louis. Le fien
étoit la *Charité* ; il a obtenu un fuccès univer-
fel, & d'autant plus flatteur, que c'eft le début de
l'orateur dans la carriere évangélique.

M. *de Saint Lambert*, chancelier de l'académie, qu'il préfidoit en l'abfence de M. *de Buffon*,
directeur, a annoncé que *le prix d'encouragement*,
fondé par M. *de Valbelle*, avoit été adjugé à
M. *de Murville*, ce qui eft ancien, & ce qu'on
a configné dans le temps, avec la fâcheufe anecdote qui en a été la fuite. Il a dit encore que le
prix deftiné à l'ouvrage le plus utile & dont le
donateur eft anonyme, avoit été remis & feroit
double l'année prochaine.

A l'égard du prix confacré à l'action la plus
vertueufe, c'eft au fieur *Poultier*, huiffier-prifeur,
qu'il a été décerné pour le défintéreffement noble
& fimple avec lequel il a refufé un legs de près
de 200,000 livres, en exhortant le teftateur de
laiffer fon bien à fes héritiers naturels. Le fieur
Poultier a accepté la médaille d'or, mais il en a
remis la valeur, qui eft de 1,080 livres, au fecrétaire de l'académie, comme un don qu'il fait
de fon propre mouvement au nommé *Chaffin*,
portier de M. *de Villiers*, adminiftrateur des domaines, pour une action du même genre que
la fienne, mais qui n'ayant pas été faite dans
l'année, ainfi que l'exige la fondation de ce prix,
n'a pu concourir.

Le fieur *Poultier* n'étant point dans cette affemblée, où il avoit déclaré à M. *de Marmontel* que
fon extrême fenfibilité ne lui permettroit pas de
fe trouver, le fecretaire a remis la médaille à
madame *Poultier*, dont la jeuneffe, la figure in-
téreffante & pudique, ont excité les battements
de mains de toute l'affemblée.

M. *de Saint - Lambert* a continué fes annonces,
en avertiffant que le prix de l'éloquence, dont
le fujet étoit l'*Eloge de Louis XII, Pere du peuple*,
étoit remis à l'année prochaine. Il a gémi fur le
petit nombre de concurrents pour un éloge auffi
beau, d'un auffi bon Roi, auffi propre à exciter
le zele des orateurs françois. Encore dans le petit
nombre de difcours envoyés à l'académie, un feul
s'eft - il rencontré digne de quelque attention. Les
juges l'ont trouvé bien écrit, bien penfé ; mais
la forme de dialogue que l'auteur avoit pris leur
a répugné. Ils ont préfumé qu'elle n'avoit pas
permis à l'auteur de donner à fon fujet tout le
développement néceffaire.

M. *de Saint - Lambert* a lu quelques réflexions sur la maniere de nos jeunes orateurs qui n'offrent que leurs pensées à écouter au spectateur, & ne le laissent point penser lui - même.

Il a lu à cette occasion des réflexions excellentes sur l'utilité & le but véritable des éloges des grands hommes, proposés aux jeunes littérateurs : il a esquissé un croquis du regne & du caractere de *Louis XII*, afin de leur indiquer la route à suivre, & les points sur lesquels l'académie désiroit qu'ils s'arrêtassent principalement. La réforme de l'administration de la justice, dégénérée en vrai brigandage, est un des morceaux sur lesquels il a insisté.

M. *de Saint - Lambert* ayant fini, M. *Séguier* s'est levé & a dit : « Messieurs, je réclame pour » ma compagnie contre une assertion de M. le » chancelier : il me semble qu'il a reproché au » parlement de vexer les parties, de s'approprier » les dépouilles des plaideurs. Jamais cela n'est » arrivé. Dans tous les temps de la monarchie, » le parlement a été integre & pur. M. *de Saint-* » *Lambert* à voulu parler apparemment *des Com-* » *missions.* »

M. *de Saint - Lambert* a répondu tranquillement à M. l'avocat - général : " Monsieur, j'ai rendu » au parlement la justice qu'il mérite „ : parce qu'en effet, en même temps qu'il l'avoit inculpé à l'égard des plaideurs, il l'avoit loué de son zele à raffermir l'autorité royale contre les entreprises des grands vassaux de la couronne.

Le secretaire a lu à son tour le programme d'un prix extraordinaire, proposé par une personne du plus haut rang, qui ne veut pas être nommée, pour l'ouvrage en vers, dans lequel on aura cé-

lébré le plus dignement , au jugement de l'académie françoise , le dévouement héroïque du
prince *Maximilien - Jules - Léopold de Brunswick*,
qui a péri dans l'Oder en allant au secours de
deux paysans entraînés par les eaux. Ce prix à
décerner le 15 août 1786 , sera une médaille
d'or de la valeur de 3,000 livres. Cette somme ,
que le secretaire a effecté de faire sonner plus
haut que le reste du discours, a fait croire avec
raison que M. *Marmontel* en sentoit toute la
valeur.

Il s'est répandu en même temps dans l'assemblée
que M. le comte *d'Artois* étoit l'auteur du prix.

M. *Gaillard* ayant encore sur le cœur l'affront
qu'il avoit essuyé dans la cruelle séance du 27 janvier dernier , a voulu profiter de la tranquillité
& du vuide de la séance actuelle pour prendre
sa revanche. Il a eu la force de lire une digression
sur la *Pucelle d'Orléans* , qu'il regarde comme un
des sujets les plus favorables à l'épopée , entre
tous ceux de l'histoire moderne. Il a poussé la
hardiesse jusqu'à critiquer *Voltaire* , jusqu'à blâmer
l'indécence avec laquelle il avoit dégradé une héroïne , martelée par *Chapelain* dans ses vers froids
& barbares : quoiqu'il n'ait rien dit de neuf sur
tout cela, quoiqu'il ne se fût pas défait de son
ton pédantesque & guindé , les auditeurs l'ont
écouté sans murmure , & l'ont même applaudi
quelquefois.

C'est M. *Marmontel*, dont l'article destiné à
l'encyclopédie *sur les Etudes relatives à l'Eloquence*,
qui a continué d'emporter les suffrages & de ravir
l'assemblée. Ce dissertateur systématique proscrit
les diverses méthodes de *Quintilien* , de *Rollin* ,
& de tous ses prédécesseurs qui ont écrit sur

cette matiere. Il prétend que la feule façon de former les jeunes gens à la rhétorique, c'eft de leur lire quelque morceau d'un livre claffique en ce genre, & de les obliger enfuite de rendre ce morceau, de mémoire, dans une autre langue. A cette difcuffion affez feche, il a fait fuccéder un mouvement oratoire, où fe faifant l'objection tant de fois répétée : *A quoi fert l'Eloquence dans un Etat Monarchique, vifant même au defpotifme ?* Il a fait une énumération pathétique de tous les objets qui reftoient encore à traiter aux orateurs, & y a fait venir adroitement les anecdotes du jour, qui ont ajouté plus de force & d'intérêt à fes exemples.

La féance a été terminée par la lecture qu'a fait M. BAILLY d'un *Eloge de Marivaux*, ouvrage pofthume de M. *d'Alembert*, où le confrere eft encore plus fatirifé que loué ; le tout, à la maniere du défunt, très-fouvent bouffonne. Ce morceau auroit pu paffer pour la petite piece deftinée à faire rire l'affemblée fi la longueur d'une heure entiere de lecture, n'eût au contraire contribué à la faire bâiller.

26 *Août*. La Reine vient décidément lundi prochain 29 à Saint-Cloud, & le Roi, mardi, avec toute leur cour ; ce qui fait une fuite d'environ mille perfonnes à loger en un auffi petit lieu. En conféquence les maréchaux des logis marquent impitoyablement à la craie les maifons & les appartements qui paroiffent leur convenir, & par préférence ce qui eft loué par les habitants de Paris, s'ils en font abfents.

27 *Août*. Comme madame *de la Motte* joue un grand rôle dans l'aventure du collier, l'on s'en entretient beaucoup, & fon hiftoire d'ailleurs

est singuliere. Elle est *Valois* en son nom., &
descend de cette maison de France par un bâtard
de *Henri II*. Elle étoit dans la plus grande misère
& demandoit l'aumône. Elle intéressa madame
de Boulainvillers, la femme du prévôt de Paris.
Elle excita sur-tout sa curiosité par ce nom de
Valois, au point que cette dame demanda à voir
ses titres : elle les fit examiner : ils furent trouvés
en bon état, & si bons que le gouvernement ne
pût s'empêcher de la reconnoître pour telle, elle,
une sœur & un frere qui etoit matelot, & de
leur donner du secours. Le frere fut fait enseigne
dans la marine & est aujourd'hui lieutenant de
vaisseau, sous le nom de *Baron de Saint - Remy
de Valois*. Elle a épousé un M. *de la Motte*, qui
est garde-du-corps d'un des freres du Roi. On
ne dit point ce qu'est devenue l'autre sœur. Quant
à celle-là, elle s'est trouvée très-disposée à la
dépense, à la galanterie & à l'intrigue ; elle est
jolie, toute jeune encore, & vivoit avec un très-
grand faste.

Un joaillier a déposé que peut-être un mois
avant la catastrophe du cardinal, elle étoit venue
lui proposer d'acheter des diamants, qu'elle dit
lui avoir été donnés en présent par un Américain,
auquel elle avoit rendu des services importants.
Ce joaillier la pria de lui confier ces diamants,
faisant un objet trop considérable pour qu'il en
fît seul l'acquisition. Madame *de la Motte* les lui
laissa. Revenue, elle trouva l'offre qu'il lui faisoit
trop foible. Et cependant il a su qu'elle les avoit
vendus à un autre joaillier pour le même prix.

M. *de la Motte* etoit aussi fastueux que sa femme :
il portoit des diamants à tous les doigts. La veille
de sa détention, cette dame avoit été dîner à

Clairvaux

Clairvaux en carrosse à six chevaux : l'abbé avoit reçu ses lettres pendant le repas, & sachant l'intérêt qu'elle prenoit au cardinal, avoit hésité long-temps à lui parler de la nouvelle du jour qu'on lui apprenoit. Comme elle le pressoit cependant, il ne la lui dissimula pas : elle n'en sembla point fort émue.

M. *de la Motte* n'a point été arrêté.

27 *Août.* Cette année ci sembloit devoir être très-favorable au bled ; cependant il y en a une grande quantité de moucheté, c'est-à-dire de taché de noir. M. l'intendant de la généralité de Paris, désirant remédier à cet accident & à ses suites, a engagé la société royale d'agriculture de s'occuper d'une instruction capable de remplir ses vues. MM. *Parmentier* & *Cadet de Vaux*, les grands faiseurs, ont été chargés de la rédaction. L'objet de leur travail est d'augmenter la valeur du bled moucheté dans le commerce, & d'en préparer un pain de bonne qualité.

28 *Août.* Il passe pour constant qu'hier les trois ministres, c'est-à-dire, MM. le baron *de Breteuil*, le comte *de Vergennes* & le maréchal *de Castries* se sont rendus à la Bastille, & ont signifié de la part du Roi au cardinal, que sous un délai de quatre jours il eût à opter d'être jugé, soit par le parlement, soit par une commission, soit de recourir à la clémence du monarque. Ils lui ont ajouté que S. M. afin de lui procurer toutes les facilités de se déterminer en connoissance de cause, lui permettoit durant cet intervalle de voir sa famille & les divers jurisconsultes propres à l'éclairer sur le parti à prendre.

Ceci est relatif à la conduite de son éminence

envers M. *de Crofne*, & confirme fon refus de répondre à ce lieutenant de police.

28 *Août.* Le même événement qui fait s'entretenir de madame *de la Motte*, donne auffi occafion de s'entretenir du comte *de Caglioftro*, dont
cependant on a déjà parlé. On le préfente aujourd'hui fous un nouveau point de vue. C'eft
un des chefs de la fecte qui s'appelle les *Illuminés*
en Allemagne, les *Martiniftes* à Lyon, & les
Théofophes à Paris. Il feroit difficile de rendre
compte du fond de la doctrine de ces enthou-
fiaftes, qui eft un grand galimatias, comme
on a pu juger par quelques livres qu'ils ont publiés, entr'autres un, intitulé : *De la Vérité*. On
veut auffi que les affemblées d'Ermenonville euf-
fent quelque rapport avec ces folies. Quoi qu'il en
foit, le cardinal crédule y donnoit, & ceux qui
le défendent, reprochent au comte *de Caglioftro*
de l'avoir abufé & conduit où il eft.

29 *Août.* On a rendu dans le temps à Mlle.
Théodore la juftice qu'elle mérite, en la plaçant beaucoup au-deffus des danfeufes ordinaires, non-feulement par fes talents, mais par fa philofophie &
par fes connoiffances en littérature. On voit dans
le mercure du 27 de ce mois une lettre d'elle
très-piquante, fous le nom de femme *d'Auberval* qu'elle eft aujourd'hui. Après avoir capté
d'abord la bienveillance des journaliftes par des
louanges qui doivent les flatter, mais à travers
lefquelles on reconnoît qu'elle fait au fond apprécier tout ce que vaut ce journal, elle venge fon
mari des plagiats du fieur *Gardel*. Elle fe fert de
l'ironie avec beaucoup de gaieté & de finefle. On
y apprend ce que l'on ignoroit, que le fieur
d'Auberval eft aujourd'hui maître des ballets de

Bordeaux, & il paroît que c'eſt ſur les compoſ
ſitions qu'il imagine pour le théâtre de la capitale de la Guienne, que le ſieur *Gardel* a calqué
depuis quelque temps ſes plans de pantomimes à
l'opéra. Il faut entendre la défenſe de celui-ci.

29 *Août.* Mardi dernier 24, M. le préſident
de *Corberon*, préſident de la premiere chambre
des enquêtes, d'après un dire de M. *d'Eprémeſnil*,
a dénoncé aux chambres aſſemblées l'enlevement
du cardinal & de pluſieurs autres perſonnes ; ce
qui devoit intéreſſer la compagnie, comme chargée de la haute police & de veiller à la ſûreté
des citoyens. Il a dit qu'après avoir été, au nom
de la chambre, le premier à exciter le zele du
parlement à l'occaſion des déſordres & des déprédations de l'hôpital des Quinze-Vingts, où
le prince *Louis*, comme chef & ſupérieur, ſe
trouvoit compromis, il croyoit devoir oublier en
ce moment cette accuſation pour venir au ſecours
d'un prince de l'égliſe, du grand-aumônier accablé ſous un coup d'autorité.

Cette dénonciation n'a pas produit d'effet ; il
n'y a eu que 34 voix pour l'admettre. Le reſte de
la compagnie, au nombre de 45 voix, qui ont
ſuivi le préſident *d'Ormeſſon*, a été d'avis de
renvoyer la délibération à un temps plus oppor-
tun, ce qui ſignifie véritablement qu'elle ne
veut pas s'en occuper, & eſt une véritable reconnoiſſance tacite qu'elle fait de la légitimité
des lettres de cachet, contre leſquelles le parlement s'élevoit autrefois avec tant de force.

On ajoute que pluſieurs membres avoient eu
recours à la chambre des comptes, en avoient
conſulté les regiſtres, avoient lu les titres d'érection de la charge de grand-aumônier, & avoient

I 2

reconnu qu'il n'étoit point inamovible ; que les Rois s'étoient toujours réfervé la faculté de les changer & les renvoyer, & que nommément les provifions du cardinal *de Rohan* étoient précifes là - deſſus.

30 *Août.* Extrait d'une lettre de Strasbourg, du 14 août.. ... « M. *Weulerſſe*, ingénieur - méchanicien de la marine du Roi, inventeur d'une machine propre à fervir de ventilateur dans les hôpitaux, conformément aux ordres du miniftre, en eft venu établir une dans l'hôpital militaire de cette ville. Il l'a pofée & l'a fait jouer lui-même en préfence de plufieurs officiers généraux & des officiers de fanté. On a reconnu unanimement qu'elle rempliſſoit parfaitement fon objet, en chaſſant avec rapidité le mauvais air qui circule dans les falles. Cette machine eft d'autant plus utile qu'elle eft fimple..... »

30 *Août.* C'eft M. *Vidauli de la Tour* qui eft à la tête de la librairie, quoique cette place n'ait été guere occupée jufqu'à préfent que par un maître des requêtes. Le nouveau chef eft confeiller d'état.

31 *Août.* M. *le Coulteux de la Novaye* trouvant plus facile & plus commode de faire arrêter la lettre du comte *de Mirabeau* que d'y répondre, a obtenu un arrêt du confeil, en date du 24 de ce mois, qui la fupprime, non - feulement comme contraire au bon ordre, mais comme contenant des expreſſions injurieufes à l'honneur d'un citoyen, jouiſſant d'une réputation méritée & héréditaire dans fa famille, ainfi qu'à celui des adminiftrateurs d'un établiſſement protégé pas fa majefté, & que leurs fonctions & leur conduite auroient dû mettre à l'abri des inculpations dirigées contre

eux dans l'ouvrage proscrit. On conçoit que cette phrase concerne messieurs les directeurs de la caisse d'escompte.

Du reste, quoique M. le comte *de Mirabeau* soit nommé en toutes lettres dans l'arrêt du conseil, & reconnu pour l'auteur de l'écrit, rien de direct contre lui, & il y est ménagé avec le plus grand soin. Ce qui confirme de plus en plus l'affection dont l'honore le ministre des finances.

31 *Août.* Extrait d'une lettre de Lille, du 27 août 1785 ..... « M. *Blanchard*, que nous avons eu le bonheur de posséder ici, nous a d'abord amusés avec diverses épreuves d'une machine qu'il appelle *parachûte*, avec laquelle un corps lancé d'en haut, tombe très-doucement & sans éprouver ni contusion, ni commotion, ni froissement. M. le prince *de Robecq*, commandant de la province, lui a fait l'honneur d'y assister une fois, & a été très-satisfait de cette invention. Ce jour même il faisoit du vent & de la pluie, qui n'ont en rien empêché l'expérience. Tout cela n'étoit que le prélude du quatorzieme voyage que cet infatigable aéronaute devoit entreprendre avec un chevalier *de l'Epinard*. Le jour de la Saint-Louis étoit indiqué à cet effet, & cependant le sieur *Blanchard* ne s'étant pas mis en devoir de remplir sa promesse, les magistrats de cette ville, qui ne sont pas plaisants, l'obligerent de comparoir le soir pour leur rendre compte des motifs de son retard; & ils jugerent à propos de le faire garder à vue jusqu'au lendemain, qu'il s'éleva sur les onze heures avec son camarade, très-majestueusement. Ils saluerent le public de leurs drapeaux, sur lesquels étoient peintes les armes

de la ville. Dans le cours de son ascension, M. *Blanchard* lâcha de nouveau son parachûte, auquel étoit attaché un chien qui descendit sans se faire aucun mal. On apperçut le ballon pendant trois quarts - d'heure suivant la direction du vent, & l'on ne sait encore où il est allé. »

1 *Septembre* 1785. M. le garde - des - sceaux vient de faire renouveller, en faveur du sieur *Lallemant*, imprimeur à Rouen, qui jouit de la noblesse, le privilege d'exercer son art & le commerce de la librairie sans y déroger. Tout gentilhomme a droit aux avantages de ce privilege.

1 *Septembre.* Aujourd'hui, M. le Dauphin a été inoculé par ordre du Roi dans le château de Saint-Cloud, en présence de toute la famille royale, de madame la gouvernante des enfants de France, & des premiers officiers de santé qui doivent suivre cette inoculation. C'est M. *Jauberthou*, médecin consultant de M. le comte *d'Artois*, le grand faiseur en ce genre, & qui a déjà inoculé le Roi & la famille royale, qui a été chargé de cette opération.

Il a pratiqué, suivant la méthode des piqûres sur les deux bras du prince, l'insertion du levain variolique pris sur les boutons varioleux & en pleine suppuration d'un enfant de deux ans & demi. M. *de Lassone*, premier médecin du Roi & de la Reine, M. *Brunyer*, médecin des enfants de France & l'inoculateur, avoient eu ordre d'examiner & de constater d'avance l'état actuel de l'enfant, dont ils ont été satisfaits. Ils ont pareillement reconnu & certifié la bonne santé du pere & de la mere, dont les mœurs régulieres & la bonne conduite ont été aussi attestées de la maniere la plus authentique par M. *de Crosne*, lieutenant-général de police, qui avoit été chargé de cet examen particulier.

1 *Septembre*. Une anecdote dont on a parlé depuis la détention du cardinal, mais trop invraisemblable pour ne pas en exiger la confirmation, étant aujourd'hui conftatée de façon à ne pouvoir fe refufer de la croire, mérite d'être rapportée. Dans le court intervalle où le cardinal refta à la garde de M. *de Jouffroy*, lorfque le baron *de Breteuil* retourna vers le Roi, S. E. ne perdit point la tête. Sous prétexte de prefcrire quelque arrangement domeftique chez elle, elle emprunta un crayon de cet officier, & fur une carte écrivit quelques mots en allemand. Elle la donna fur le champ à un heyduque, qui fit feller promptement un cheval & fe rendit à Paris.

Par la levée du fcellé on a découvert que ce billet portoit de brûler les papiers contenus au carton Nº. G. Ce que l'abbé *Georgel* a avoué avoir fait, & fur les reproches du miniftre il lui a répondu avec fermeté : « Monfieur, je n'ai rempli » que mon devoir, comme vous envers le Roi, » lorfque S. M. vous donne des ordres. »

M. *de Jouffroy* réprimandé de fon côté d'avoir laiffé écrire le cardinal, a répondu que fes ordres ne lui prefcrivoient pas de l'en empêcher ; que d'ailleurs il avoit été fi troublé de l'apoftrophe inufitée de M. le baron *de Breteuil* : *Monfieur, de la part du Roi, fuivez-moi*, qu'il n'en étoit pas encore revenu & ne favoit trop ce qu'il faifoit. En effet, comme cet officier eft dérangé & a des dettes, il a avoué qu'il a craint que l'ordre ne le regardât perfonnellement.

2 *Septembre*. Les divers arrêts du confeil qu'on vient de publier, dont l'objet eft de donner une

nouvelle activité aux manufactures nationales & de faire jouir le royaume de tous les avantages que son sol, ses productions, son industrie & sa position doivent lui procurer, ont déjà réveillé l'émulation générale. Afin de mieux l'exciter, M. le contrôleur - général visite successivement les plus essentielles de cette capitale.

Ce ministre, qui avoit déjà été voir les machines à carder & à filer le coton, que les sieurs *Miluer* ont portées au plus haut point de perfection, & celles non moins utiles que les sieurs *Martin* & *Flesselles* ont exécutées, s'est transporté récemment à la manufacture royale des papiers peints du sieur *Réveillon*; établissement le plus considérable & le plus complet qu'il y ait en ce genre.

Le même jour, après avoir été aux prisons de l'hôtel de la Force, M. *de Calonne* a examiné dans le plus grand détail l'attelier de filature en soie du sieur *Villers*, ainsi que la maison d'association, dont l'objet est de perfectionner les gazes.

Cette branche capitale de notre commerce a commencé de fleurir en France sous *Henri IV.* Elle avoit été négligée & reprend une nouvelle vie par les encouragements qu'elle reçoit. Nous avons des soies parfaites en France; notre apprêt est supérieur, aucune nation ne l'emporte sur nous pour l'élégance des dessins. La finesse & l'égalité du filé destiné aux gazes nous manquoient: c'est à quoi s'occupe la maison d'association. Les moulins du sieur *Villers* y ont été adoptés & ont produit une soie plus belle, plus éclatante en blancheur, plus fine & aussi forte que la soie venue de la Chine. Cette soie en outre provenoit de cocons de vers élevés à Paris. M. *de Ca-*

lonne les a préfentés au Roi , & la Reine a déclaré que déformais elle ne porteroit plus que des gazes françoifes.

M. le contrôleur eft allé voir encore à Clignancour , chez le fieur *Grancher*, les ouvrages qui s'y font en acier poli , & il a reconnu qu'ils égaloient les plus finis de l'Angleterre. Il en a choifi une épée qu'il a préfentée au Roi. Sa majefté a reçu auffi & porte une épée en plaqué d'or de la nouvelle manufacture du fieur *Daaty*.

De fon côté la Reine femble prendre à cœur de faire profpérer la nouvelle manufacture de verres & cryftaux , établie à Saint - Cloud fous fa protection.

Enfin le fieur *Argand* , véritable inventeur des lampes les plus parfaites , vient d'obtenir un privilege pour former en France un établiffement dont l'objet eft de procurer une maniere agréable d'éclairer fans la moindre fumée.

2 *Septembre*. Les arts viennent de perdre le fieur *le Roi* , horloger du Roi & penfionnaire de fa majefté , mort le 25 août , âgé de foixante - huit ans , fils du fameux *Julien*. Il avoit hérité de fes talents & foutenu fa gloire. Il eft auteur des montres marines qui lui mériterent le prix de l'académie des fciences. Il n'étoit pas fimplement artifte ; il avoit l'efprit cultivé par l'étude des belles - lettres. Il étoit particuliérement verfé dans la phyfique & l'aftronomie ; ce que prouvent fes *Etrennes Chronométriques* , qu'il ne faut pas confondre avec les almanachs, quoiqu'elles en aient la forme.

2 *Septembre*. Le réfumé des opérations principales de la police durant environ dix ans, que M. *le Noir* en a été chargé à deux reprifes, eft

fans doute le plus bel éloge qu'on puiſſe en faire.
Et c'eſt à M. *suard* qu'on eſt redevable de cette
eſquiſſe rapide.

Ce magiſtrat, pendant toute ſon adminiſtration, a entretenu dans Paris la ſureté, la tranquillité, la ſalubrité, l'ordre & l'abondance. Jamais il n'y eut moins d'aſſaſſinats, de vols & de
déſordres.

Paris, qui n'étoit éclairé la nuit que dans les
jours où il n'y avoit point de lune, l'eſt aujour-
d'hui durant toute l'année. On doit auſſi à M. *le*
Noir l'illumination du chemin de Paris à Verſailles.

Sous lui, les corps-de-garde pour la ſureté
publique ont été multipliés, les marchés ont été
agrandis & augmentés. Une nouvelle halle a été
ouverte : on a retrouvé, pour couvrir celle au
bled, un procédé oublié ou perdu.

La pompe à feu a pris naiſſance & doit procurer
l'arroſement des rues, auſſi utile à la ſalubrité qu'à
la propreté.

Pluſieurs cimetieres ont été tranſportés hors de
la ville : les ſecours propoſés par la phyſique & la
chymie pour prévenir les effets de méphitiſme, &
pour rappeller à la vie les noyés & les aſphixiés ont
été multipliés & employés avec le plus grand
ſuccès.

On doit à M. *le Noir* l'inſtitution du mont-
de-piété ; il a prévenu les déſordres du château
de Bicêtre, en occupant plus de quatre mille priſonniers.

Les vaiſſeaux de cuivre pour le tranſport du
lait, d'un uſage ſi dangereux, ont été réformés,
ainſi que les balances de ce métal pour le débit
du tabac, du ſel & des fruits. M. *le Noir* a fa-

défendre auſſi les comptoirs de plomb chez les marchands de vin.

Ce magiſtrat a fait établir dans tous les corps-de-garde, des civieres ou brancards commodes, garnis d'un matelas, à la diſpoſition du public, pour tranſporter les malheureux frappés d'appoplexie dans les rues, bleſſés par une chûte, écraſés par une voiture, &c.

Il ſeroit ſans doute difficile de trouver une adminiſtration plus pleine & plus utilement remplie dans une période de temps auſſi courte.

Enfin, pour dernier trait à ce tableau, M. *Suard* a oublié d'ajouter que c'eſt par le concours de M. *le Noir*, que le donjon de Vincennes, vuidé de ſes priſonniers, ouvert au public, a ceſſé d'être un monument de l'autorité deſpotique.

3 *Septembre.* On ſait aujourd'hui que M. le cardinal *de Rohan* a écrit en réponſe des ordres que les miniſtres lui ont intimés, une réponſe au Roi, où il déclare ne vouloir point recourir à la clémence de ſa majeſté dont il reconnoît toute l'étendue, mais dont heureuſement, n'étant pas coupable, il n'a nul beſoin. Il rejette auſſi la commiſſion, comme un tribunal illégal, par lequel il ne ſe croiroit pas juſtifié pleinement. Il choiſit enfin le parlement.

En conſéquence, il a été tenu un grand conſeil à Saint-Cloud, il y a quelques jours, & il a été décidé d'envoyer des lettres-patentes d'attribution à cette cour, mais elles ne ſont pas encore expédiées.

3 *Septembre.* Le prince *de Naſſau-Saarbruck* a ratifié & confirmé le 2 août, au château de Saarbruck, en préſence du prince régnant ſon pere, & des princes ſes beau-pere & beau-frere, ſon

mariage avec la princeſſe *Maximilienne de Mont-*
barrey , célébré les 6 & 9 octobre 1779 , à Saarbruck & à Reishoven en Alſace.

4 *Septembre.* La diſcorde s'eſt miſe dans la ſociété de l'harmonie. Des membres ſe ſont plaints
de la conduite du ſieur *Meſmer* qui ne rempliſſoit
pas les conditions du marché & ne leur révéloit
point ſon ſecret. M. *d'Eprémeſnil* eſt à la tête. Le
docteur a répondu : il prétend que c'eſt le magiſtrat qui manque à ſa parole. Cette guerre in-
teſtine a produit des écrits imprimés , mais qui
reſtent juſqu'à préſent renfermés dans le ſein des
adeptes.

4 *Septembre.* Une réſurrection fort ſinguliere ,
eſt celle du *Jaloux ſans amour.* Cette comédie
de M. *Imbert* , morte & enterrée en 1781 , graces
à Mlle. *Contat* & aux autres acteurs , quoiqu'elle
ne ſoit pas améliorée de beaucoup , a reparu avec
une ſorte de ſuccès , pouſſé juſqu'à dix repréſentations , dont la derniere doit avoir lieu mercredi.

4 *Septembre.* Le duc *de Berry* a été inoculé à
Saint - Cloud , dans la maiſon de M. *de Chalus,*
le même jour que M. le Dauphin , & avec les
mêmes formalités.

5 *Septembre.* Le mémoire de la chambre des
comptes annoncé , eſt de M. *de Saint-Genis* , conſeiller - auditeur des comptes. La chambre l'a fait
diſtribuer à chacun de ſes membres ; ce qui le
rend moins difficile à trouver dans ce moment.
Il a pour titre : *Défenſe des droits du Roi contre*
les prétentions du clergé de France ſur cette queſ-
tion : Les eccléſiaſtiques doivent-ils à S. M. la
foi & hommage , l'aveu & dénombrement , ou des
déclarations de temporel pour les biens qu'ils poſſe-
dent dans le royaume ?

Il paroît que le clergé, dans l'espoir de se soustraire aux impositions pour lesquelles on le tourmente depuis long-temps, a poussé ses prétentions plus loin, & a soutenu qu'il est exempt de tous droits & devoirs féodaux envers le Roi, pour les terres titrées & non titrées dont il jouit.

Ses moyens ont été exposés dans des mémoires très-amples & rassemblés principalement dans l'instruction imprimée, dont la rédaction est attribuée à M. l'archevêque d'Aix.

M. *de Saint-Genis* prend successivement chacune des quatre propositions servant de base au *factum* du clergé. Il établit les quatre propositions contraires qu'il prouve par les faits; il releve plusieurs erreurs qui ont eu lieu de la part de ses défenseurs dans l'application de ces mêmes propositions; il se livre à des réflexions sur le danger d'admettre les prétentions de cet ordre. Enfin il prouve que l'intérêt des ecclésiastiques, celui du Roi, de l'état & des citoyens, se réunissent aux monuments de la législation & de l'histoire, & exigent que les devoirs de la féodalité soient exactement remplis par les membres du clergé.

Il seroit ennuyeux d'entrer dans un développement plus étendu de ce mémoire, très-important pour son objet, mais très-sec dans sa discussion. Il faudroit avant, définir une foule de termes barbares, dont le nom seul effraieroit, & se livrer ensuite à des détails trop longs. Il suffit d'en avoir offert le résultat.

5 *septembre.* Aujourd'hui lundi, un méchanicien espagnol, se disant pensionné de la cour d'Espagne & de la société de Barcelone, se pro-

pôfe de parcourir la Seine à pied fec, par le moyen de fabots de fon invention.

L'enceinte de la Rapée, où l'on fait la joûte, agrandie de plus du double à cet effet, fera le théâtre de l'expérience, déjà faite en préfence du comte *de Vergennes*, du prévôt des marchands & d'autres perfonnes de diftinction.

5 *septembre*. La banque a été dans une grande fermentation depuis l'arrêt du confeil concernant la bourfe. L'argent eft devenu fi rare que le papier des meilleurs banquiers s'eft efcompté à fept & huit. La caiffe d'efcompte a gardé fes fonds. Enfin il y a eu une députation vers M. le contrôleur-général, pour le prier de vouloir bien venir au fecours des banquiers.

6 *Septembre*. Les lettres-patentes concernant l'affaire du cardinal, ont d'abord été portées en blanc aux chefs du parlement pour les examiner : ils y ont trouvé deux chofes à réformer : la premiere, en ce qu'on attribuoit à cette cour, comme commiffion feulement, la connoiffance du procès ; la feconde, en ce que le Roi vouloit qu'il fût jugé durant les vacances. On s'eft concilié & elles ont été enrégiftrées aujourd'hui à la grand'chambre affemblée. Le procureur-général doit demain rendre plainte en conféquence, & M. *Titon de Villotran* eft défigné d'avance pour rapporteur, & pour informer durant les vacances.

La cour auroit défiré que ce fût M. *d'Amécourt*, fon rapporteur ; mais il eft de la chambre des vacations & n'auroit pu avoir le temps de faire une inftruction auffi ample.

Le corps du délit énoncé dans les lettres-patentes, eft l'achat d'un collier de diamants fous le nom fuppofé de la Reine, & l'exhibition d'une fignature prétendue de S. M.

6 Septembre. On a parlé de prétendus bons de places de finances, qui s'agiotoient & fe commerçoient d'avance fur-tout relativement au bail des fermes qui va fe renouveller. On a déjà dit qu'un arrêt du confeil avoit profcrit féverement ces marchés. Aujourd'hui, par un autre arrêt du confeil du 28 août, le Roi ordonne que, par le lieutenant- général de police & les officiers du Châtelet y tenant la chambre des vacations, le procès fera fait aux auteurs & complices de traités, marchés & négociations de l'efpece ci-deffus. On conçoit fort que tout cela n'eft qu'une dérifion.

7 Septembre. Il paffe pour conftant depuis quelque temps que M. *d'Entrecafteaux* eft mort de douleur à Lisbonne ; qu'avant il a déclaré être feul auteur du crime du meurtre de fa femme, & n'avoir aucun complice. Il a raconté que, pour le commettre, il s'étoit mis abfolument nu, & s'étoit enfuite plongé dans le puits de fa maifon, de façon qu'il ne reftât fur lui aucune trace de fang.

7 Septembre. La marquife *de Seignelay*, dont le germe de la conteftation avec fon mari fe rapporte à la mort du duc *de Caylus*, anecdote confignée dans le temps, ne peut qu'encourager les femmes fes femblables par l'heureufe iffue de fon affaire. Elle s'étoit pourvue au Châtelet pour obtenir fa féparation de corps, & avoit été déclarée non-recevable par fentence du *30 décembre* 1783, qu'un arrêt du 2 mars 1784 avoit confirmée. Il ne lui avoit accordé que deux mois pour rentrer dans la maifon de fon mari : ma-

dame *de Seignelay*, fur fa demande que ce délai
fût prolongé d'un an, l'avoit obtenu par arrêt
du 11 mai 1784 ; fous prétexte du mauvais état
de fa fanté, elle s'étoit retirée chez le marquis *de
Bethune* fon pere. D'après une requête du mari, le
14 juillet fuivant, arrêt qui ordonne provifoirement
qu'elle rentrera au couvent, &, fur fa demande
de refter chez fon pere, renvoie les parties à
l'audience.

Madame la marquife *de Seignelay* a rendu
plainte en la cour, de la requête injurieufe &
diffamatoire du marquis *de Seignelay* ; elle a requis de nouveau fa féparation de corps en arti-
culant des griefs poftérieurs. Tel eft le fommaire
de ce qui a précédé l'éloquent plaidoyer de Me.
Gerbier, qui a déterminé enfin hier 6 feptembre
les juges en faveur de fa cliente. Ils l'ont admife
à la preuve des faits.

8 Septembre. L'expérience de lundi dernier a
complétement réuffi. L'Efpagnol s'eft placé fur
l'eau fans autre fecours que fes fabots, dont la
forme n'eft pas connue ; il a avancé dans la riviere, tantôt fuivant, tantôt contre le courant ;
il s'eft arrêté quelquefois, & d'autres fois il s'eft
baiffé pour prendre de l'eau dans le creux de fa
main, & dans ces deux fituations il n'a pas paru
dériver. Sa marche étoit lente & fembloit pénible,
fur-tout par la difficulté de garder fon équilibre :
il eft refté fur l'eau de quinze à vingt minutes,
&, avant de regagner le bord, il a quitté fes
fabots, qu'il a laiffés dans une efpece de boîte
qui étoit à flot, afin d'en cacher la configuration
& la nature aux fpectateurs.

On avoit eu foin de commander un bâteau
qui fe tenoit à une certaine diftance, toujours
difpofé à fecourir le marcheur.

8 *septembre*. Extrait d'une lettre de Lille, du **27** feptembre ..... M. *Blanchard* & le chevalier *de l'Epinard* font de retour ici : ils font defcendus le même jour de leur départ, **16** août, à Servon en Clermontois, diftant de foixante-trois lieues de Lille. Ils fe trouvoient aux environs de Sainte-Menehould, & s'y font rendus le lendemain. Le corps municipal, prévenu de leur arrivée, eft venu les recevoir aux portes de la ville, accompagné des chevaliers de l'arquebufe en armes, leur a préfenté le vin d'honneur & leur a donné à dîner.

M. *Blanchard* prétend avoir fait environ **120** lieues en **7** heures par les déviations qu'il a éprouvées ; il alloit à Paris, mais un courant l'a porté dans les Ardennes & de-là en Champagne.

Les magiftrats de notre ville ont félicité les voyageurs, ont configné l'événement dans leurs regiftres, & après avoir défrayé le fieur *Blanchard* doivent lui faire un préfent qui, je crois, fera une boîte d'or aux armes de la ville, de la valeur de **1,200** livres, avec une infcription analogue.

Quant au chevalier *de l'Epinard*, il eft au-deffus d'une récompenfe, & ne veut qu'un témoignage de l'eftime & de l'admiration des magiftrats.

M. *Blanchard* va partir pour Francfort, où il eft défiré depuis long-temps, & d'où fans doute il entreprendra un quinzieme voyage.

9 *septembre*. Comme tout eft important dans le grand procès du cardinal, voici la teneur même des lettres-patentes.

« Louis, &c. ayant été informé que les nommés

Bohmer & *Baſſanges* auroient vendu au cardinal
de *Rohan* un collier en brillants; que ledit cardinal à l'inſçu de la Reine, notre très-chere épouſe
& compagne, leur auroit dit être autoriſé par
elle à en faire l'acquiſition moyennant le prix
de 1,600,000 livres, payables en différents
temps, il leur auroit fait voir à cet effet de prétendues propoſitions qu'il leur auroit exhibées
comme approuvées & ſignées par la Reine; que
ledit collier ayant été livré par leſdits Bohmer
& Baſſanges audit cardinal, & le premier paiement convenu entre eux n'ayant pas été effectué,
ils auroient eu recours à la Reine : nous n'avons
pu voir, ſans une juſte indignation, que l'on
ait oſé emprunter un nom auguſte & qui nous
eſt cher à tant de titres, & violer avec une té-
mérité auſſi inouie le reſpect dû à la majeſté
royale. Nous avons penſé qu'il étoit de notre
juſtice de mander devant nous ledit cardinal, &
ſur la déclaration qu'il nous a faite qu'il avoit
été trompé par une femme nommée *la Motte de
Valois*, nous avons jugé qu'il étoit indiſpenſable
de nous aſſurer de ſa perſonne & de celle de
ladite *la Motte de Valois*, & de prendre les
meſures que notre ſageſſe nous a ſuggérées pour
découvrir tous ceux qui auroient pu être auteurs ou complices d'un attentat de cette nature,
& nous avons jugé à propos de vous en attribuer la connoiſſance, pour être le procès par
vous inſtruit & jugé, la grand'chambre aſſemblée.....

« A ces cauſes, &c.... & attendu que la matiere
requiert célérité; pour ne pas laiſſer perdre les
preuves qui pourroient dépérir par le retardement,
nous vous mandons & ordonnons d'informer deſ-

dits faits ci-deſſus, circonſtances & dépendances à la requête de notre procureur-général, & à cet effet de commettre tels d'entre vous que vous aviſerez, pour procéder à l'audition des témoins qui ſeroient nommés par notre procureur-général, & faire tous autres actes tendants à conſtater leſdits faits & délits, leſquels nous avons autoriſés à procéder auxdites inſtructions, même en temps de vacations, pour leſdites informations & autres procédures rapportées devant la grand'-chambre aſſemblée après la rentrée de notre parlement, y être par vous ſtatué, ainſi qu'il appartiendra. »

9 ſeptembre. Depuis ce printemps on a repris les travaux de la grande muraille dont on veut enceindre Paris, & l'on achete au poids de l'or les terrains dont on a beſoin pour que rien ne retarde cet important ouvrage. C'eſt ainſi que M. l'abbé *Philippe*, conſeiller de grand'chambre & doyen de Saint-Marcel, a vendu en cette derniere qualité ſix perches, 12,000 liv.

Lorſqu'on s'eſt trouvé à la hauteur du palais bâti ſur les nouveaux boulevards pour Mlle. *de Condé*, il y a eu une ſuſpenſion en cet endroit relativement à la demande de la princeſſe & d'autres grands ſeigneurs voiſins, qui ſollicitoient ou un reculement ou une grille. On ne ſait comment cette difficulté eſt terminée, ou ſi même elle l'eſt ; on n'en a pas moins pourſuivi les travaux au-delà.

9 ſeptembre. Entre les différentes critiques pullulant déjà de toutes parts ſur le ſalon, il faut diſtinguer les *Réflexions impartiales ſur les progrès de l'art en France, & ſur les tableaux expoſés au Louvre par ordre du Roi en* 1785, de

M. l'abbé *Soulavie* , où ce dernier objet qui n'est
que secondaire , est traité en grand & relativement au vaste ouvrage qu'il se propose & dont
il a déjà répandu un *Prospectus* sur une nouvelle
maniere d'envisager & d'écrire l'histoire de
France ; c'est-à-dire , celle de la nation & de
ses grands hommes , plutôt que celle de ses
souverains.

10 *Septembre.* La fermentation continue parmi
les banquiers & agioteurs : ils sont furieux de
ne point voir paroître l'arrêt qui devoit modifier
celui qui , en gênant les spéculations , a porté
un coup mortel à la confiance & fait baisser tous
les effets. C'est au mois de novembre que le dépôt
d'effets des négociations antérieures à l'arrêt
doit avoir lieu , pour qu'elles soient valides , &
ce dépôt devient impossible , puisque la spéculation
porte souvent sur un plus grand nombre d'effets
qu'il n'y en a ; ce qui va occasionner des procès
sans fin aux consuls. Ces contestations ne laissent
pas que d'embarrasser M. le contrôleur-général,
qui ne les avoit pas prévues. On lui avoit persuadé , qu'en arrêtant ces marchés chimériques,
la fureur de l'agiot se porteroit sur son emprunt
de 125 millions , lui fourniroit un véhicule ; &
au contraire , il se décrédite plus que tout le
reste. C'est d'autant plus fâcheux que la crise
survient précisément au moment où le ministre
des finances ne peut guere se dispenser d'ouvrir
encore un emprunt.

10 *Septembre.* Entre les tableaux du salon
exposés cette année , on distingue une sainte
Therese en extase de M. *Taillasson.* Elle est
applaudie généralement. On veut qu'un plaisant

ait à ce fujet adreffé l'impromptu fuivant à l'artifte :

> Taillaffon ! ôte de ce lieu
> Ta *Therefe* trop adorable !
> Tandis qu'elle fe donne à Dieu,
> Elle nous fait donner au Diable.

Du refte, il eft bon d'obferver en paffant que M. *Taillaffon* eft en outre un homme de lettres, auteur d'un ouvrage intitulé : *Danger des regles dans les arts.*

10 *Septembre.* Le fujet du prix de peinture cette année étoit, *Horace qui tue fa fœur Camille.* Le premier prix a été adjugé à M *Potain* de Verfailles , éleve de M. *Vincent* ; le fecond à monfieur *Duvivier* de Bruges , éleve de M. *Suvée* ; & le prix réfervé en 1783 , à M. *Defmarais* , éleve de M. *Doyen.*

Quant aux prix de fculpture , le premier dont le fujet étoit *Brutus qui ordonne lui même le fupplice de fes enfants* , a été décerné à monfieur *Michalon* de Lyon , éleve de M. *Menot* ; le fecond, à M. *Gerard* de Paris, éleve de M. *Boizot* , & le prix fondé par M. *de la Tour*, à M. *le Thiere* de la Gouadeloupe.

Le premier prix d'architecture , dont le fujet étoit *un monument fépulcral pour les fouverains d'un grand empire* , a été donné à M. *Moreau*, & le fecond à M. *Fontaine.*

11 *feptembre.* Par un mandement de l'archevêque de Paris , qui permet de faire des quêtes pour la rédemption des freres captifs dans la régence d'Alger, on apprend que pour prix de la rançon des trois cents treize efclaves rachetés , il

en a coûté 630,052 liv. non compris les frais de
la quarantaine, & ceux des habillements, ainsi
que les frais de route pour aller rejoindre leurs
familles; de sorte que les deux ordres de la merci
& des mathurins sont arriérés pour le rachat
actuel de 200,000 liv.

11 *Septembre*. L'assemblée du clergé qui se
prétend extrêmement surchargée par le don gra-
tuit de cette année, a remis à l'année prochaine
de statuer sur l'encouragement qu'elle donne aux
prosélytes, à ceux qui s'occupent de la défense de
la religion, de ses ministres, même de la conservation des sciences, des lettres & des bonnes
études.

On a été surpris d'entendre M. l'archevêque
de Toulouse être le premier à voter pour l'affirmative & proposer de réduire tout de suite,
même de supprimer cet objet, s'il devenoit trop
onéreux dans la circonstance.

12 *septembre*. Depuis que l'industrie humaine
s'exerce à chercher les corps les plus légers & les
plus propres à contenir l'air atmosphérique ou l'air
inflammable, on n'a point encore fait de découverte comparable à celle du sieur *Enslen*, physicien
de Strasbourg. Il a trouvé le moyen de préparer
les tuniques de certaines parties des animaux, de
maniere qu'une statue équestre de neuf pieds &
demi de haut, avec le cavalier qui est dessus,
ne pese que vingt-huit onces. Il appelle *bodruches*
les figures de ce genre.

Celle dont il s'agit, se voit au Palais-Royal;
elle est admirable, non-seulement par la finesse &
la transparence de la peau dont son corps est
formé, mais par la beauté & la justesse des proportions, la richesse de l'armure & de la draperie,

la grace & la noblesse de l'attitude. Elle doit être élevée dans les airs à la vue du public.

Le sieur *Enslen* est le même auteur d'un superbe pegase monté par *Bellerophon*, qui s'est élancé dans les airs à Strasbourg, en conservant sa position horizontale ou plutôt perpendiculaire.

12 *Septembre*. On parle d'un pamphlet imprimé au rouleau, qui court & est éclos depuis bien peu de temps, puisqu'il n'est daté que du 10 septembre. On dit que c'est une *Lettre* fictive de *l'abbé Georgel à la comtesse de Marsan*, où le premier console cette dame à l'occasion du grand procès du cardinal porté au parlement, & par des vues très-fines lui fait envisager que l'issue n'en sauroit être mauvaise pour l'accusé; qu'on fera naître tant d'incidents que le Roi sera obligé de revenir sur ses pas, ou que le fond sera étouffé par la forme. Cet écrit étant fort court, on espere en jouir bientôt, parce qu'il est aisé de le copier, & que d'ailleurs il excite singuliérement la curiosité, comme anecdote du jour.

12 *septembre*. Depuis long-temps on parle d'une aventure arrivée à M. *de Lubersac*, évêque de Chartres, qu'on ne vouloit point rapporter avant qu'elle fût mieux éclaircie. Comme l'anecdote se soutient avec ses circonstances, on commence à croire qu'elle n'est pas dénuée de fondement.

On raconte que ce prélat, jeune encore, étoit devenu amoureux de la femme d'un cocher de M. le comte *d'Artois* : que les rendez-vous entre eux étoient fixés par la femme, qui profitoit du temps où son mari étoit employé par le prince, bien sûre que celui-ci ne pourroit les surprendre. Cependant tout se découvre; le cocher inftruit de l'intrigue & jaloux à l'excès, n'y peut tenir. Un jour que le prince étoit occupé de façon à lui laiffer le temps néceffaire pour fon expédition, il revient chez lui, enfonce la porte & trouve monfeigneur dans un accoutrement qui ne lui laiffe aucun doute d'être cocu. Il fait un vacarme du diable, au point que le prélat craignant le fcandale, lui propofe d'accéder à tout ce qu'il voudra. Le mari fe contente d'un billet de mille écus. Il revient bien content ; mais le prince avoit été obligé de fe fervir d'un autre : il fe fait introduire auprès de fon alteffe royale, lui demande pardon & fe jette à fes genoux. Pour s'excufer il fait le récit de fa vifite. Le comte d'*Artois* lui pardonne & rit : il veut voir le billet ; il n'a rien de plus preffé que d'en amufer le Roi & toute la famille royale. On ajoute que S. M. a trouvé que la fomme n'étoit pas affez forte, l'a fait porter à deux mille écus, & a exilé dans fon diocefe l'évêque paillard.

13 *Septembre.* Il paroît décidé que M. le cardinal *de Rohan* reftera à la Baftille pendant l'inftruction de fon affaire, comme M. *de Lally*, & que cette prifon d'état deviendra pour cette partie & pour tous les accufés impliqués au procès une prifon judiciaire prêtée par le Roi au parlement, dans laquelle il aura tout l'accès & toute la jurifdiction néceffaire.

Bien des gens eftiment qu'il n'y aura jamais de jugement, qu'on va faire intervenir la cour de Rome, qui prétendra qu'un cardinal ne peut être jugé fans fon intervention ; l'archevêque de Mayence qui, en qualité de métropolitain de Strasbourg, voudra en connoître ; l'Empire, qui ne voudra pas non plus tolérer la violation des

privileges

privileges d'un prince de fa compétence ; tout le
clergé, qui fera valoir le droit du moindre clerc
de faire appeller le juge eccléfiaftique : on conçoit
effectivement qu'il fera difficile de concilier tant
de réclamations.

Du refte, le cardinal fait une grande réforme
dans fa maifon, & fe réduit fur le fimple pied
d'un gros bénéficier riche.

13 *Septembre. Supplément au Journal de Paris,
du 22 août* 1785..... Tel eft le titre d'un pamphlet au rouleau, fort mauffadement imprimé
conféquemment, & dirigé en très-grande partie
& prefque en tout contre M. *de Calonne.* On lui
reproche fa diffipation du tréfor de l'état, fes
gratifications défordonnées, & fur-tout fa confiance au fieur *Panchault*, d'une réputation fi
équivoque ou plutôt fi mauvaife. En un mot,
c'eft une récapitulation de tous les faits & geftes
du miniftre des finances, préfentée fous le jour le
plus défavorable. Des abus vrais, beaucoup de
calomnies vraifemblablement & de mauvaifes
plaifanteries forment l'effence de cette feuille.
Il paroît que le libellifte en veut auffi au comte
de Vergennes, très-maltraité pour la coalition
qu'il lui reproche avec M. *de Calonne.*

Enfin, il n'eft pas jufques au fieur *de Beaumarchais* qui figure dans ce cercle d'infamies,
& eft repréfenté comme un des affidés du contrôleur-général.

14 *Septembre.* M. *le Noir* avant de quitter la
police, a fait encore un régl-ment très-falu-
taire, en date du 5 août, concernant le voyage
& la tuerie des bœufs dans Paris. Plufieurs acci-
dents arrivés, faute de foins, & un de ces
animaux qui nagueres s'eft échappé furieux du

coup mortel , a parcouru plusieurs rues , est
entré à l'heure de l'office dans quelques églises,
& a blessé plusieurs personnes , ont provoqué
les précautions multipliées prescrites à cet égard.

Le 2 de ce mois le parlement a homologué
l'ordonnance de police.

On assure que le successeur de M. *le Noir*,
suivant ses errements , voudroit signaler son administration , en renvoyant absolument hors de
Paris toute l'exploitation & tous les accessoires
du charnage , opérations à la fois mal-propres ,
dégoûtantes & mal-saines.

Les docteurs en épizootie prétendent qu'un bœuf
dépérit de cinq ou six livres de poids par jour
durant son séjour à Paris , jusques au moment du
massacre.

On ne peut que désirer que les représentations
de M. *de Crosne* à cet égard aient le succès qu'il
s'en promet.

14 *Septembre*. Depuis deux ou trois mois que
M. *Barthe* est mort, un anonyme s'est avisé de
remuer ses cendres & de rendre un compte détaillé
de ses derniers moments , où il affecte de le représenter comme un philosophe envisageant son
trépas avec sang-froid , avec gaieté même ,
exerçant tranquillement tous les actes qu'il exige ,
disant un mot de Dieu pour annoncer qu'il croit
en sa miséricorde , mais s'en tenant-là & ne de-
mandant point les sacrements , n'appellant ni
confesseur , ni prêtre , ne remplissant enfin aucun
des devoirs du chrétien ; d'où l'on devoit conclure
assez naturellement que le poëte défunt étoit , sinon
athée , au moins déiste.

L'objet de cette lettre très - bien faite dans
son genre , mais très-dangereuse & composée à

deſſein de propager d'autant , par cet exemple, les principes de la philoſophie moderne, n'a point échappé à la ſageſſe & à la vigilance de M. le garde-des-ſceaux. Il eſt venu peu après une lettre à M. *Vidaud de la Tour*, le nouveau chef de la librairie, qui lui enjoint de mander les directeurs du journal, & de leur notifier qu'ils ſont aumônés de 600 livres envers les pauvres de la paroiſſe de Saint-Roch.

On leur a fait grace de la moitié ; car le premier mot étoit 1,200 liv.

M. *Suard*, furieux de cet échec, malgré ſes pro-meſſes d'empêcher qu'il ne ſe gliſſât rien déſormais dans le journal qui pût attirer quelque animad-verſion aux propriétaires, s'eſt piqué de généro-ſité & a voulu payer l'amende : ceux-ci ont refuſé d'y conſentir. Du reſte, il s'eſt engagé d'avoir une audience de M. le garde-des-ſceaux , de diſcuter la choſe avec lui & de lui faire voir qu'on l'avoit induit en erreur , & fait exercer une punition in-juſte en cette circonſtance.

15 *Septembre*. Les comédiens italiens, fort ar-riérés dans leurs études des nouveautés pour Paris, à cauſe de celles qu'on exige d'eux pour Fontai-nebleau , ont cependant joué avant-hier la pre-miere repréſentation de *Roſe* , comédie en trois actes & en proſe , ſuite de *Fanfan & Colas*. Cette ſuite dont le premier acte a paru charmant, n'a pas également réuſſi quant aux deux autres, froids, longs & ennuyeux. Le patois payſan en occupe une trop grande partie , & le fond n'étoit pas aſſez intéreſſant pour remplir un cadre auſſi conſidéra-ble. Dans cette piece *Fanfan & Colas* deviennent amoureux & rivaux ; le ſecond pouſſe la jalouſie uſqu'à propoſer au premier un duel au piſtolet.

On peut juger par ce trait du ridicule & de l'absurdité de l'action, qui finit par la réfipifcence du marquis, cédant fa maîtreffe, fille du jardinier, qui ne l'aime point & le lui déclare, au petit Gars dont elle eft éprife. Beaucoup de morale, mais fouvent déplacée & trop répétée, aura fait illufion à l'auteur fur la foibleffe & la gaucherie de fon intrigue, & quelquefois l'a fait au public, qui n'a pas laiffé que d'applaudir en bâillant.

15 *Septembre.* Le réquifitoire de M. le procureur-général dans le procès du cardinal, moins connu que les lettres-patentes, n'en mérite que davantage d'être confervé. Voici comme ce magiftrat s'y énonce. Supplié.... difant qu'il a été informé que vers la fin de janvier de la préfente année 1785, le cardinal *de Rohan* feroit venu chez *Bohmer*, joaillier de la couronne, & *Baffanges*, fon affocié; que ces joailliers lui auroient montré un grand collier en brillants, comme une collection unique & rare en ce genre; ajoutant qu'il avoit été eftimé par les fieurs *Dogny* & *Maillard* un million fix cents mille livres.

Qu'ils attendoient d'un moment à l'autre d'envoyer cette parure en Efpagne, & lui auroient annoncé le défir qu'ils avoient de fe défaire d'un effet d'auffi grand prix.

Que le cardinal avoit répondu qu'il rendroit compte de la converfation qu'il venoit d'avoir avec eux, & qu'il fe chargeroit peut-être de l'acquifition; que ce n'étoit point pour lui; qu'il étoit perfuadé qu'ils accepteroient avec plaifir les arrangements de l'acquéreur; mais qu'il ignoroit s'il lui feroit permis de le nommer.

Que deux jours après, le cardinal feroit venu

chez eux, leur annocer que de nouvelles inftructions l'autorifoient à traiter avec eux, fous la ré-
commandation expreffe du plus grand fecret.

Que lefdits joailliers lui ayant promis le fecret,
le cardinal leur auroit communiqué des propofitions
tant pour le prix que pour les échéances du paiement; au deffous defquelles propofitions ils auroient mis leur acceptation le 29 janvier 1785.

Que le premier février fuivant le cardinal leur
auroit mandé de venir chez lui, & d'apporter
l'objet en queftion; qu'ils s'y feroient rendus &
lui auroient porté le collier : qu'il leur auroit annoncé pour la premiere fois, que c'étoit la Reine
qui faifoit l'acquifition, en leur montrant les propofitions qu'ils avoient acceptées, chacune defdites propofitions émargée du mot *approuvé*, & à
la marge de leur acceptation, les mots, *approuvé*
MARIE - ANTOINETTE DE FRANCE.

Que le cardinal leur auroit affuré que le collier
feroit livré dans la journée & qu'il leur auroit dit
en même temps que la reine ne pouvoit donner
des délégations; mais qu'il efpéroit qu'il leur feroit
tenu compte des intérêts.

Que le même jour, premier février, dans la
foirée, lefdits *Bohmer* & *Baffanges* auroient reçu
une lettre du cardinal, écrite de fa main & fignée
de lui, par laquelle il leur auroit mandé que la
Reine lui auroit fait connoître que fes intentions
étoient que les intérêts de ce qui feroit dû après
le premier paiement, leur fuffent payés fucceffivement avec les capitaux jufques au parfait ac-
quittement

Que dans le même mois de février, le cardinal

auroît montré à un particulier (1) l'écrit à mi-
marge , où étoient, d'un côté, les conditions du
marché & les époques des paiements.; de l'autre,
l'acceptation des conditions prétendues approuvées
& fignées de la Reine.

Que cependant la négociation du marché s'é-
toit *faite à l'infçu & fans aucune million directe
ni indirecte de la Reine.*

Que le premier paiement convenu par le marché n'ayant pas été effectué , lefdits *Bohmer &*
Baffanges auroient préfenté un mémoire à la Reine,
pour obtenir leur paiement ; qu'ils n'auroient pas
tardé d'être inftruits que la Reine n'avoit par reçu
le collier, qu'ils préfumoient avoir été livré à la
Reine. Qu'il paroît qu'une femme nommée *la Motte*
de Valois eft impliquée dans les faits , comme
ayant trompé le cardinal, fuivant la déclaration
qu'il en a faire. Que la connoiffance de tout ce
qui peut concerner un marché, où l'on a ofé emprunter le non augufte de la Reine, fuppofer fon approbation & fa fignature, & préfenter cette approbation & fa fignature fuppofée comme véritablement
émanées de la Reine, ayant été attribuée à la cour, la
grand'chambre affemblée, par des lettres-patentes
qui y ont été enrégiftrées, il eft du devoir du procureur général du roi d'en rendre plainte & d'en
faire informer à fa requête.

A ces caufes, &c. *Le refte de ftyle.*

15 *Septembre.* On avoit d'abord dit que les
banquiers avoient député de nouveau vers M. le
contrôleur-général pour lui notifier qu'ils ne pouvoient tenir leurs engagements relatifs à fon em-

_____

(1) On affure que c'eft M. *de Sainte-James* , tré-
forier-général de la marine.

prunt, parce que par fon arrêt du confeil qui défend ou gêne du moins leurs fpéculations, il leur
avoit fait perdre la plus grande partie de leur
crédit, fufpendu la circulation, & en arrêtant leurs
négociations les avoit mis hors d'état d'y fatisfaire. On avoit ajouté que M. *de Calonne* , ayant
peu d'égard à leurs repréfentations, leur avoit répondu qu'il ne pouvoit les difpenfer d'acquitter les
paiements indiqués.

Le bruit court aujourd'hui que ce miniftre s'eft
adouci, que non-feulement il leur accorde des
délais, mais leur fait délivrer des fonds du tréfor
royal & prend des valeurs en échange.

16 *Septembre.* Les avocats de M. le cardinal *de
Rohan* font Mes. *Tronchet* , *Collet* , *Target* & *De-
bonnieres* : mais c'eft Me. *Target* qui a la plume &
c'eft lui qui a fait le mémoire d'inftruction pour le
rapporteur. Satisfait de fon ouvrage, il vient de
partir pour fes vacances.

On nomme Me. *Doillot* pour l'avocat de madame *de la Motte,*

16 *Septembre.* Un anonyme a fait remettre à
l'académie des belles - lettres une fomme de 1,200 l.
pour être convertie en une médaille d'or à décerner au meilleur éloge de la vie & des ouvrages de M. l'abbé *de Mably.* On affure que cette
compagnie a accepté la fomme, & doit diftribuer
en conféquence à fa rentrée un *Profpectus* au
concours.

17 *Septembre.* Dès le lendemain de l'enrégiftrement des lettres - patentes adreffées au parlement, qui lui attribuent la connoiffance du procès du cardinal *de Rohan* , M. l'archevêque de
Narbonne, comme préfident de l'affemblée du
clergé, tint à *Meffeigneurs* & *Meffieurs* qui en

font membres, un difcours, où il leur fit part
du fait, en prétendant en même temps que ce
renvoi étoit contraire aux privileges du clergé,
aux loix & maximes du royaume : il demanda
que la commiffion de la jurifdiction fût chargée
de s'occuper fans délai des recherches néceffaires
pour adreffer au trône une réclamation. Son avis
fut unanimement adopté , & l'affemblée a mis
tant de diligence dans cette affaire ; que les repréfentations ont été arrêtées au commencement
de la femaine.

M. l'archevêque de Paris , quoiqu'il ne fe
trouve jamais aux affemblées , à raifon de fes prétentions , a été invité d'y venir extraordinairement pour un cas intéreffant auffi effentiellement
tout l'ordre de l'églife de France , & il s'y eft
rendu mercredi. Il n'a pu qu'approuver & fe joindre d'intention à la démarche de l'affemblée.

17 *Septembre*. Extrait d'une lettre d'Amiens ,
du 10 feptembre..... M. *de Calonne* qui fe rend
au port de Dunkerque , eft paffé ici le 4. Il eft allé
le lendemain à Abbeville , chez meffieurs *Vanro-
bais* , pour examiner leur manufacture de draps,
dont il a paru fort content. On lui a obfervé
qu'il étoit le feul contrôleur-général qui eût
vifité ce célebre établiffement depuis fon origine.
Il a vu auffi la manufacture de moquette & n'en
a pas été moins fatisfait.

18 *feptembre*. Voici la lettre de l'abbé *Georgel* à
madame la comteffe *de Marfan* , que fa briéveté
& fa rareté obligent de configner ici.

Madame...... Ceffez d'être inquiete de notre
cher cardinal. Il a fupporté avec toute la dignité
d'un *Rohan* le coup incroyable qui l'a frappé. Sa
fanté fe foutient dans la prifon , dont les ri-

gueurs font modérées, & fon ame eft en paix,
autant que peut l'être celle d'un illuftre accufé qui
prévoit qu'il ne fera jamais jugé. Mais l'autorité
reculant, ne fera - ce pas une juftification ? Le
Roi, fur l'avis de fon confeil, vient de renvoyer
l'affaire au parlement. Les lettres - patentes font
enrégiftrées. Tout le procès pourroit bien fe ré-
duire-là ; car enfin celui d'un fimple clerc ne
peut être fait qu'avec le juge d'églife ; un évêque,
un cardinal ont - ils moins d'immunités ? L'hiftoire de France offre fept cardinaux accufés par
nos Rois, aucun n'a pu être jugé en perfonne,
d'Aguesseau lui - même convient que fur douze
exemples, il y en a onze en faveur de l'églife,
& il ne peut nier qu'elle a le dernier état. En
1654 le procès du cardinal de Retz fut renvoyé
au parlement par lettres - patentes, qui furement
ont fervi de modele à celles de 1785. Mais trois
ans après, une déclaration folemnelle révoqua
l'attribution & confirma le droit antique des
évêques, de ne pouvoir être jugés que par ceux
de leur métropole. Il s'agiffoit d'un crime de lefe-
majefté, & toute la prétention royale étoit qu'un
tel crime faifoit ceffer toute immunité. Ainfi,
lorfqu'il n'y a rien qui concerne le Roi ou l'état,
nul doute que le droit commun eft dans toute
fa force. Vous voyez à préfent, Madame, à quoi
peut aboutir tout l'appareil du jour. Ne croyez
pourtant pas qu'il y ait de l'impéritie de la part
du garde - des - fceaux & du comte de Vergennes ;
ils favent tous deux ce qu'ils font : l'un connoît
le droit françois, l'autre la politique romaine :
eux feuls pouvoient éclairer, mais ils font nos
amis. Mêmes vues, mêmes averfions. Ils favent
que l'électeur de Mayence revendiquera, que

Rome réclamera , que le clergé rémontrera , que l'empire même murmurera. Ils se sont tus,& ont eu l'air de déférer à l'équité apparente d'un renvoi au juge national. Si les clameurs sont foibles, l'information se fera toujours & de maniere à ne distinguer ni accusateurs , ni accusés : si les difficultés grossissent , le Roi reculera , & ce sera d'autant plus favorable pour nous , qu'il y aura plus d'*imbroglio* dans l'instruction : il ne faudra plus alors qu'une victime à l'autorité compromise. Pourquoi le baron , qui n'a été qu'agent , ne seroit - il pas chassé comme auteur ? Nous triompherions pleinement ; tous les intérêts seroient conciliés , de profondes vengeances exercées , & les ressentiments respectifs satisfaits : madame , je dis le mot , que ce soit le secret de votre vie....

18 *Septembre.* L'inoculation de M. le Dauphin , & celle de M. le duc *de* Berry sont absolument finies. La derniere a toujours été mieux dans ses effets & plus prompte.

Aujourd'hui que Saint - Cloud a été très - brillant à l'occasion d'une fête & de la cour qui y réside , M. le Dauphin qui ne sort pas encore de son appartement , est resté toute l'après - dînée à sa fenêtre , habillé & faisant les délices des spectateurs.

18 *septembre.* Le clergé qui tient ordinairement ses opérations très - secretes , affecte au contraire de laisser transpirer ce qui s'y passe à l'égard du cardinal *de Rohan.* On voit déjà dans le public des copies manuscrites du discours du président , & ceux qui l'ont lu assurent qu'il est très-sage , très - modéré , très - adroit , allant toujours au but du clergé qui est de s'occuper constam-

ment de ſes franchiſes , privileges & de n'en rien
perdre.

19 *Septembre*. Diſcours de M. l'archevêque
de Narbonne à l'aſſemblée du clergé.

MESSEIGNEURS & MESSIEURS,

" IL n'y a perſonne parmi nous qui ignore le
malheur qu'a eu M. le cardinal *de Rohan* d'en-
courir la diſgrace du Roi. Nous devons ſans
doute craindre qu'il ne ſoit bien coupable , puiſque
ſa majeſté a cru devoir le faire arrêter avec éclat,
s'aſſurer de ſa perſonne & de ſes papiers.

,, Il eſt de notoriété publique depuis hier matin,
qu'il a été adreſſé des lettres - patentes au parlement de Paris , qui lui attribuent la connoiſſance, l'inſtruction & le jugement des faits qui
forment le corps de délit dont la réparation eſt
pourſuivie ; faits dans le détail deſquels M. le
cardinal *de Rohan* ſe trouve impliqué. De quelque
genre que ſoit le délit , nous ne craignons pas
de dire d'avance que nous le déteſtons ; mais
M. le cardinal *de Rohan* réunit à la qualité de
cardinal & de grand - aumônier, celle d'évêque
du royaume; ce titre qui nous eſt commun avec
lui , nous impoſe le devoir de réclamer les maximes
& les loix qui ont preſcrit qu'un *évêque* doit être jugé
par des évêques. A Dieu ne plaiſe que nous préten-
dions par - là vouer notre ordre à l'impunité & le
ſouſtraire à l'obéiſſance due au Roi ! Nous lui
avons dit nous- mêmes à l'ouverture de nos ſéances,
que la qualité de miniſtres des autels ne contrarieroit
jamais les devoirs que nous preſcrit celle de ſujets
& de citoyens.

,, Nous profeſſons & nous enſeignons que la
K 6

puiffance de nos Rois eft indépendante, univerfelle, complete relativement à tous les fujets,
auxquels elle doit atteindre pour le maintien &
la tranquillité de l'ordre public ; nous tenons,
fermement que notre confécration au fervice des
autels ne tranfporte à aucune puiffance fur la
terre les droits auxquels nous a foumis notre
naiffance.

» Nous n'avons point à réclamer des privileges
qui foient incompatibles avec ces vérités fonda-
mentales ; nous réclamons avec confiance ceux
que les loix, les rois & la nation nous ont
tranfmis ; nous les trouverons dans les mêmes
fources d'où dérivent ceux des pairs, des gentilshommes & des officiers des cours.

» J'ai donc l'honneur de vous propofer de char-
ger la *commiffion de la jurifdiction*, de faire fur
cette importante matiere les recherches & les réflexions les plus capables de diriger la conduite
fage, mefurée, mais énergique, que nous devons
tenir dans cette occurrence difficile. »

19 *feptembre*. Extrait d'une lettre de Bordeaux,
du 7 feptembre..... On vient de repréfenter fur
notre théâtre un opéra, dans lequel on trouve
les vers fuivants, qui ne font pas les moins lyriques de ce moderne chef-d'œuvre.

Les plus chauds jours
Virent naître nos plus chaudes amours ;
Les tiedes jours
Virent s'attiédir nos amours ;
Et les froids jours
Virent terminer nos amours.

1, *septembre*. On aſſure que les marchandiſes qu'on importoit d'Angleterre en France, ont été évaluées annuellement à 53 millions, & celles que l'Angleterre tiroit de France, n'étoient pas de la valeur de dix millions. Ce calcul prouve la ſageſſe des nouvelles défenſes.

20 *Septembre*. Un M. *Audet de la Méſenquere*, maître-ès arts & de penſion à Picpus, de l'académie de Châlons ſur Marne, propoſe de nouvelles inſcriptions pour le palais, qui exerce aujourd'hui nos ſavants en ce genre :

In ædem Juſtitiæ,
Regnante ac jubente, beneficentiſſimo Rege,
LUDOVICO XVI
Nobilius reſtauratam
Anno Domini . . .
Hic Auguſta Themis reſerans Oracula Legum,
Moribus invigilat, Vitamque ac Jura tuetur.

Autre :

Hic Themis alta ſedens, gladioque ac lance tremendâ
Vim Legum & Mores ſtabilit, Civiſque ſalutem.

20 *septembre*. Comme M. *d'Agueſſeau* eſt le ſeul des modernes qui, à l'occaſion du procès du cardinal *de Bouillon*, ait diſcuté les prétentions du clergé revendiquant le jugement de chacun de ſes membres, tous les juriſconſultes, tous ceux qui s'occupent de ſemblables matieres, ſont actuellement attachés à lire l'ouvrage de ce fameux chancelier. Il traite la queſtion à l'égard des quatre degrés de la hiérarchie eccléſiaſtique, le clerc, le prêtre, l'évêque, le cardinal. On trouve

qu'il est très-satisfaisant à l'égard des deux premiers, mais plus foible à l'égard des deux autres.

20 *Septembre.* Le préambule de l'arrêt du conseil concernant les négociations des prétendus bons de finances, nouveau genre de délit qu'a enfanté la cupidité, s'évertuant en cent façons pour se satisfaire, est très-curieux. Il y est dit : « Le Roi étant informé que des intrigants & » des imposteurs s'efforcent de faire accroire que, » par de prétendues protections dont ils supposent » être assurés, ils peuvent procurer, à prix d'ar- » gent, des *bons* de places de finances, & les » faire réaliser ; qu'affectant de répandre qu'à » l'expiration prochaine des baux & traites des » fermes & régies générales, il y aura plu- » sieurs changements & nominations nouvelles, » ils sont parvenus par des voies insidieuses à » négocier des promesses chimériques, & à en- » traîner des personnes trop crédules, dans des » engagements, des soumissions & des actes de » dépôt, que des notaires ou leurs clercs ont eu » l'imprudence de rédiger & recevoir ; S. M. qui » a déjà fait connoître que ceux qui auroient » recours à de pareils moyens pour obtenir des » places de finances, en feroient à jamais exclus, » voulant réprimer sévérement des manœuvres » qui tendent à tromper le public, en même » temps qu'à compromettre des noms respecta- » bles, a résolu d'en faire punir les auteurs & » les complices, suivant la juste rigueur des or- » donnances, &c. »

21 *septembre.* On parle de mémoires des sieurs *Bohmer* & *Bassanges*, qui se répandent dans le public à l'occasion du fameux collier, & l'on dit

qu'ils ne fervent qu'à embrouiller l'affaire. Au furplus, il y a grande apparence qu'ils ne font que manufcrits.

21 *Septembre*. Le fpectacle du marcheur fur l'eau continue , & l'expérience fe foutient avec le même fuccès. Ce n'eft point l'inventeur qui eft un nommé *Perès* , Efpagnol , qui l'exécute ; on affure que c'eft un François , un Bafque. Tous les phyficiens , machiniftes & curieux font à l'af-fût des fabots pour en connoître la nature. Plufieurs perfiftent à foupçonner du charlata-nifme ; mais perfonne n'en raifonne encore per-tinemment.

21 *Septembre*. Le fieur *Gardel* a répondu aux reproches de madame *Dauberval* , par une lettre du 1 feptembre , inférée au mercure du 17 ; il pourroit avoir raifon au fond ; mais il faut avouer que fa défenfe eft très-plate , & n'ap-proche pas de la légère & piquante ironie de la danfeufe.

22 *Septembre*. Il paroît que M. *d'Eprémefnil* , après avoir été adopté dans la fociété de l'har-monie avec des conditions foufcrites le 8 mai 1784 , fuivant lefquelles il promettoit , entre autres chofes , de ne pouvoir former aucun éleve , tranfmettre directement ou indirectement , à qui que ce foit , ni tout , ni la moindre partie des connoiffances relatives , fous aucun point de vue , à la découverte du magnétifme animal , fans un confentement par écrit , figné du docteur *Mef-mer* , s'eft jugé affez légérement affranchi de fa parole.

Ayant appris en effet par quelques confreres féditieux , qu'avant l'engagement particulier de M. *d'Eprémefnil* il en exiftoit un autre de la part du docteur avec ses douze premiers éleves, par lequel il avoit consenti à l'entiere publicité de sa doctrine, dès que cent souscripteurs auroient déposé entre ses mains une somme de 100 louis chacun. Le magistrat a mandé l'ancien caissier du docteur, qu'on croit être le sieur *Kornmann*, & sur le compte aussi infidele qu'exagéré de ce traître, il a jugé que le fondateur de la société étoit assez riche, que sa vente faite au public de son secret pour une somme convenue étoit consommée.

D'après cet exposé, M. *d'Eprémesnil* s'est mis à la tête de l'école rebelle, a prétendu que les éleves du docteur & lui étoient libres de leurs engagements, a formé une nouvelle société, dressé autel contre autel, & s'est établi professeur du magnétisme animal. Le docteur Mesmer a répandu un imprimé ayant pour titre : *sommes versées entre les mains de M. Mesmer, pour acquérir le droit de publier sa découverte & des réflexions préliminaires*, &c. où il détruit absolument les prétentions du professeur schismatique & de toute la secte rebelle, en prouvant que le prétendu engagement qu'on lui oppose, n'a jamais été qu'en projet, n'a jamais été avoué ni signé de lui.

Il faut convenir que cette lettre très-bien faite, sage, modérée, mais énergique, si elle est exacte dans ses détails, doit confondre & couvrir de confusion M. *d'Eprémesnil*.

22 *septembre*. Outre les représentations du clergé, en forme de mémoire, qu'on dit long & rempli d'une foule de citations toutes très-fortes à l'appui de ses prétentions pour revendiquer le procès du cardinal *de Rohan*, ce corps a écrit une lettre au Roi.

Le préfident de l'affemblée avec le cérémonial ordinaire eft allé dimanche pour recevoir la réponfe de fa majefté, dont voici les paroles facramentales :

« Je me ferai rendre compte du mémoire que
» l'affemblée du clergé m'a préfenté. Je fuis fatif-
» fait des fentiments qu'elle m'exprime dans la
» lettre qu'elle m'a adreffée.

» Le clergé de mon royaume doit compter fur
» ma protection & fur mon attention à faire
» obferver les loix conftitutives des privileges
» que les Rois mes prédéceffeurs lui ont ac-
» cordés. »

23 *Septembre.* Les foufcripteurs de Me. *Lin-guet*, défolés de ne voir rien paroître de fes annales depuis fes mémoires fur l'Efcaut, obfe-dent journellement M. l'abbé *Tabouet*, fon cor-refpondant actuel. Suivant ce qu'il a répondu à quelques - uns tout récemment, Me. *Linguet* lui avoit écrit que depuis le commencement du mois il étoit établi à Bruxelles. Il ne lui apprend rien au furplus concernant fes travaux. M. l'abbé *Tabouet* affure feulement qu'ils font abfolument fufpendus quant aux annales, & qu'il n'en a pas plus paru en pays étrangers qu'en France.

23 *Septembre.* Il eft à préfumer que l'informa-tion ordonnée dans le procès du cardinal *de Rohan*, n'a été ni auffi longue, ni auffi compli-quée qu'on le prétendoit, puifqu'elle eft déjà finie, & que le rapporteur, M. *Titon de Villotran,* eft parti pour prendre fes vacances.

24 *Septembre.* Extrait d'une lettre de Saint-Martin-du-Frefney, le 15 feptembre......Dans ce village, à une lieue de Saint-Pierre-fur-Dive, généralité d'Alençon, eft un phénomene qu'il

faut vous faire connoître. Il s'agit d'un payſan
nommé *Jacques Mellion*, qui, ne ſachant ni lire
ni écrire, n'ayant jamais fait que des ſeaux &
des barils, s'eſt aviſé de compoſer une piece
d'horlogerie. C'eſt une pendule à répétition compliquée. D'abord chaque heure s'annonce par une
agréable carillon. On y voit figurer la lune, qui
développe ſucceſſivement ſa phaſe, ſuivant ſon
cours ordinaire ; une figure lunaire, artiſtement
placée, en marque réguliérement tous les accroiſ-
ſements depuis la nouvelle juſqu'à la pleine lune.
En outre cette pendule marque la date des jours
de chaque mois par une troiſieme aiguille, qui
n'acheve ſa révolution qu'au bout de l'an ſur une
circonférence diviſée en 365 parties égales. Quant
au jour intercalaire, l'auteur a ingénieuſement
ſurmonté la difficulté par le moyen d'un reſſort,
qui, ſans y mettre la main, retarde l'aiguille
d'un jour tous les 4 ans, le 29 février.

Jacques Mellion a joint à cette piece une figure
de ſoleil qui marque exactement le cours ordinaire de cet aſtre, ſes révolutions diurnes & an-
nuelles, le changement de ſon lever, ſes aſcen-
ſions, ſon déclin & ſon coucher, entiérement
conforme dans ſes mouvements au cours périodique de cet aſtre, on le voit s'éloigner de l'é-
quateur pour s'approcher des tropiques & les quitter alternativement, & par une ſuite néceſſaire
marquer ſucceſſivement la différence des jours,
leur accroiſſement ou leur diminution.

Peut-être que toute cette méchanique n'eſt
pas une merveille, peut-être les *le Roi*, les *le
Paute*, les *Bertoux* en riroient-ils ; mais un ruſ-
tre imaginer un mécaniſme auſſi compoſé & auſſi
exact, certes, c'eſt étonnant !

25 *Septembre.* M. *Mesmer*, dans sa lettre à M. *d'Eprémesnil*, convient d'un fait qu'on avoit déjà rapporté, que c'étoit le sieur *Bergasse* qui écrivoit les pamphlets de cet étranger ; mais, plus il a eu sa confiance, plus grande est son infidélité. C'est ce *Bergasse* qui avoit composé pour lui, contre le docteur *Deslon*, un mémoire manuscrit, dont il a distribué une trentaine d'exemplaires, mais que son maître n'a point adopté, puisqu'il a chargé son avocat d'en travailler un autre. Du reste, ce *Bergasse*, le promoteur du schisme, étoit lié lui-même au secret par une convention du 5 novembre 1783, & étoit soumis à un dédit de 150,000 livres s'il le révéloit. Dans son dernier ouvrage intitulé : *Considérations sur le magnétisme animal*, imprimé il y a seulement quelques mois, il reconnoît encore n'avoir *ni le droit ni la volonté de rendre publique la théorie de* M. *Mesmer.*

Celui-ci rapporte, au soutien de sa prétention, une lettre du notaire *Margantin*, en date du 5 mai dernier, où l'officier public déclare que la soumission entre les éleves de M. *Mesmer* & lui, déposée dans ses mains il y a deux ans & au-delà, n'existe plus, qu'elle ne s'est jamais réalisée, & que le *prospectus* sur lequel elle étoit fondée, n'avoit aucune forme légale.

Quant à la conduite de M. *d'Eprémesnil*, elle est d'autant plus étonnante que dans ses notes imprimées, dont sont chargés les exemplaires du recueil des cures faites à Baïonne, ce magistrat le caractérise le *bon* Mesmer, le *vertueux* Mesmer. Qu'auteur des *Réflexions préliminaires* sur les docteurs modernes, ce magistrat s'annonçoit disposé à porter aux pieds du trône & dans le

sanctuaire de la justice, les témoignages du
voir & de la vertu de M. *Mesmer*.

Au reste, M. *Mesmer* aime trop l'human
pour vouloir tenir sa doctrine ignorée : plus
cinq cents éleves, dont peut-être quatre cen
instruits gratuitement, attestent & son désin
ressement & son zele pour le bien public;
s'honore en outre d'être le fondateur de dou
écoles dans les provinces : assurément ce n'est p
vouloir conserver sa lumiere secrete ; mais il
réserve la liberté de la répandre, ou, comme
sur qui bon lui semblera : s'il a refusé du go
vernement 30,000 livres de rentes, c'est qu
désiroit qu'elles fussent une récompense, & no
pas le prix d'un marché.

25 *Septembre*. M. *Bellanger Desboulais* a trou
mauvais que le jeune marquis de *Sauvebœuf* e
déposé contre lui pour sa femme, dans le proce
qu'elle vient de gagner; mais il n'avoit point c
occasion de le rencontrer ; il lui a donné un
rendez-vous à son retour de sa terre ; ils se son
battus, mais sans se faire grand mal & comm
deux enfants; ils sont venus ensuite se montre
& s'embrasser à la comédie italienne. On rit beau
coup aux dépens des deux champions.

25 *Septembre*. On vient d'apprendre la perte d
M. *Thomas*, mort à Lyon le 17 de ce mois. C
sera de l'année la quatrieme place vacante à l
cadémie françoise.

26 *Septembre*. Les membres de l'assemblée ac
tuelle du clergé, qui doit être une des plus mé
morables, étant essentiels à connoître, en voic
la liste exacte.

Province de Narbonne. L'archevêque de Na
bonne, l'évêque de Montpellier : l'abbé Dillon
& l'abbé de Grainville.

Province de Toulouse. L'archevêque de Tou-
louse, l'évêque de Lavaur : les abbés de Saint -
Fare (le bâtard de M. le duc d'Orléans) & de
Loménie.

Province de Rheims. L'archevêque de Rheims,
l'évêque de Noyon : les abbés Bourlier & d'Ef-
fonchès.

Province d'Aix. L'archevêque d'Aix, l'évêque
de Fréjus : les abbés de Clugny, de Theniffey
& de Meffey.

Province de Vienne. L'archevêque de Vienne,
l'évêque de Grenoble : les abbés de Sieyes & de
Caftellar.

Province de Tours. L'archevêque de Tours,
l'évêque de Saint-Malo : les abbés de Bovet & de
Grand-Clos-Meflé.

Province d'Arles. L'archevêque d'Arles, l'évêque
de Toulon : les abbés de Foucauld & de Gri-
maldi.

Province de Bordeaux. L'archevêque de Bordeaux, l'évêque de la Rochelle : les abbés d'An-
drezel & le Gay.

Province d'Auch. L'archevêque d'Auch, l'évêque d'Acqs : les abbés d'Ofmont & de Mont-
peyroux.

Province de Paris. L'évêque d'Orléans, le coad-
juteur d'Orléans, l'évêque de Meaux : les abbés
de Pontevez & d'Agoult.

Provinces d'Embrun. L'évêque de Graffe,
l'évêque de Digne : les abbés de la Salle & de
Tartonne.

Province de Bourges. Les évêques de Limoges
& de Saint-Flours : les abbés de la Myre Mory,
& de Pradel.

Province de Sens. Les évêques de Troies &

de Nevers : les abbés de Barral & de Chambertrand.

Province de Rouen. Les évêques d'Evreux & d'Avranches : les abbés de Narbonne & de Panat.

Province d'Albi. Les évêques de Vabres & de Rodez : les abbés de Bintinay & de Luillier-Rouvenac.

Province de Lyon. Les évêques de Langres & de Dijon : les abbés de Montazet & d'Anstrade.

Les anciens agents-généraux. Les abbés de Talleyrand-Perigord & de Boisgelin.

Les nouveaux agents-généraux. Les abbés de Barral & de Montesquiou.

26 *septembre.* Le Renelagh plaît beaucoup à la Reine, & elle y est allée plusieurs fois. Cependant S. M. s'est privée de ce spectacle pendant l'inoculation de M. le Dauphin. Elle s'y rendit dans les commencements du traitement : on n'osa lui faire part des craintes du public, mais à l'instant tous les flacons furent en l'air, il se fit une effusion prodigieuse d'eaux de senteur, d'eaux préservatives de toutes les espèces. M. le comte *d'Artois* infecté demanda ce que c'étoit ? On ne lui dissimula point les frayeurs des dames ; il en fit part sur le champ à la Reine : « Madame, lui » dit-il, il faut nous en aller, nous sommes » ici mauvaise compagnie en cet instant. » Sa majesté en rit beaucoup, sortit & depuis ce temps s'est contentée de se promener aux environs ; elle n'est rentrée que l'inoculation finie.

Les souscripteurs du Renelagh croyant faire quelque chose d'agréable à la Reine, ont proposé de donner un supplément, afin de prolonger ce divertissement durant le temps que S. M. doit rester à Saint-Cloud.

26 *Septembre*. M. *Bergasse* n'est point demeuré dans le silence, & a répondu par une lettre fort longue, tant pour lui que pour M. *d'Eprémesnil* & celle du docteur *Mesmer*.

27 *Septembre*. La *Lettre des Evêques au Roi* commence à se répandre aussi manuscrite : elle n'est proprement qu'une extension, une longue amplification du discours du président. Cependant elle mérite d'être conservée dans son intégrité pour les développements précieux qu'elle contient, pour ce mêlange d'adulation toutes les fois qu'il s'agit d'exalter en général l'autorité souveraine, & d'adresse à s'y soustraire particulièrement, en s'identifiant avec cette religion qui la maintient & la fait respecter.

27 *Septembre*. Le grand procès du clergé pour les foi & hommages, a cinq cents ans de date : ce corps se refuse à tous les arrêts du conseil, à toutes les déclarations, &c. sous prétexte qu'il n'a point été entendu, qu'il n'a pas produit ses titres & mémoires. Mais ce procès s'est surtout renouvellé depuis un siecle.

En 1674, *Louis XIV*, sur les plaintes des ecclésiastiques & bénéficiers du royaume de la persécution qu'ils éprouvoient de la part des officiers chargés du recouvrement des droits du Roi, &c. rendit une déclaration le 29 décembre 1674, qui ordonna que les archevêques, évêques, &c. fourniroient des déclarations de tout le temporel de leurs bénéfices, &c.

Cette déclaration fut mal exécutée. Le Roi par plusieurs arrêts du conseil accorda aux bénéficiers des délais & des surséances. Le refus que le clergé fit de consentir sous le ministere de M. le duc *de Bourbon*, à la levée du cinquantieme sur ses reveus en 1715 , provoqua une nouvelle déclaration du 20 novembre 1725 , qui manifesta de plus fort les volontés du gouvernement. Elles ne furent pas mieux remplies. La patience du législateur n'étoit pas épuisée ; le clergé obtint un premier arrêt qui le dispensoit de l'exécution pour cinq années, & cet arrêt s'est renouvellé de cinq ans en cinq ans jusques en 1775.

En cette année le Roi , en accordant le renouvellement, a annoncé au clergé qu'il désiroit voir la fin de cette élusion de la loi : le clergé prétendoit de son côté perpétuellement qu'il avoit encore beaucoup de choses à dire pour sa défense. Sa majesté par un excès de condescendance, a nommé des commissaires à l'effet d'examiner les représentations & les propositions que le clergé croiroit devoir lui faire.

En 1780, il s'est trouvé que les commissaires nommés n'avoient pas encore pu procéder à la discussion & à l'examen des mémoires du clergé, & le Roi en conséquence a donné une derniere surséance de cinq années ; il a dit qu'il feroit connoître définitivement ses intentions à la fin de l'année 1785 , sur le rapport qui lui seroit fait en présence & de l'avis des commissaires. On a vu qu'il y a déjà une remise jusqu'à l'année prochaine.

Ce ne sera pas une petite gloire pour M. de Calonne , s'il peut terminer ce procès & le gagner; ce que n'ont pu faire jusqu'à présent les ministres des finances les plus intrépides & les plus actifs.

27 *Septembre.* L'affaire de M. de MAUPEOU, au sujet de son prétendu rapt qui avoit causé une grande rumeur, ne fait plus de sensation ; parce que

que de criminelle qu'elle étoit , elle a été convertie en affaire civile. Il a produit des lettres du pere de la demoiselle , annonçant une connivence de sa part : cependant M. *de Maupeou* a été condamné provisoirement à payer 2,000 liv. Il faut voir ce qui sera prononcé sur le fond. Il s'ensuit toujours que M. *de Maupeou* auroit beaucoup mieux fait d'accommoder sur le champ ce procès, que de se laisser traduire en justice.

28 *septembre*. Le clergé poussé dans ses derniers retranchements, s'est enfin déterminé à produire ses défenses sur les demandes du Roi.

On voit d'abord une *Instruction dressée par la commission du clergé , sur la demande faite aux bénéficiers des foi & hommages, aveux & dénombrements.* Cette production , suivant une premiere lettre circulaire des agents-généraux du clergé , datée de Paris le 2 mai, est l'ouvrage annoncé de M. l'archevêque d'Aix , l'un des membres de la commission du clergé établie en 1775 , & prorogée jusqu'à présent :

Ensuite un recueil de *Mémoires pour le clergé de France dans l'affaire des foi & hommages, & réponses de l'inspecteur des domaines.*

Ils sont précédés d'une seconde lettre des agents-généraux du clergé de France , datée de Paris le 15 mai 1785 , circulaire à tous les prélats , où ils leur apprennent que la commission du clergé pour les foi & hommages , après plusieurs assemblées tenues chez le cardinal *de la Rochefoucault* , a déterminé le 3 du mois de mars dernier , la réponse qui seroit faite au dernier mémoire de l'inspecteur du domaine ; qu'il a été arrêté que ce mémoire seroit présenté par eux à M. le garde-des-sceaux , & qu'on feroit connoître aux dioceses se résultat des opérations de la commission , en leur communiquant les différents mémoires produits respectivement dans la discussion de cette affaire.

Après quoi viennent ces mémoires au nombre de trois pour le clergé , entremêlés des deux réponses du domaine aux deux premiers.

Le développement de ces écrits seroit long & fastidieux : en derniere analyse le clergé regarde la question qu'on éleve , les recherches qu'on exige , comme incompatibles avec l'immunité de ses possessions ; il se prévaut de l'indulgence du monarque , & de ce que sa majesté a tardé si long - temps à mettre son droit en activité ; il en conclut que ce droit est illusoire & n'existe pas. L'inspecteur du domaine regarde ce droit comme établi , incontestable , inaliénable & les délais multipliés accordés par les souverains , comme autant de graces , bien loin qu'ils soient une justice.

28 *Septembre.* Depuis près de trois mois qu'est mort le prince *Eugene de Savoie* , frere de madame la princesse *de Lamballe* , connu en France sous le nom de comte *de Ville-franche* , on étoit surpris qu'il n'eût pas été question de son deuil. A l'occasion de la mort de la Reine de Sardaigne, dont on prend le deuil demain pour trois semaines , on annonce que dans cet intervalle sera compris celui du prince *Eugene* , dont la princesse douairiere *de Carignan* vient de faire part à sa majesté , & ce deuil sera réputé de trois jours.

Tout cela est d'autant plus étonnant & plus affecté , qu'en général la cour ne confond jamais ses deuils.

28 *Septembre.* Le ministere après s'être occupé

de ce qui concerne les académies , embrasse aujourd'hui tous les auteurs en général ; on annonce un arrêt du conseil rendu le 3 septembre , concernant les traitements, pensions & gratifications, attribués ou qui seront destinés aux savants & gens de lettres, & l'exécution des différents travaux littéraires , ordonnés par sa majesté & par les Rois ses prédécesseurs. Il faut espérer que cette attention fera cesser enfin tous les murmures de ces satiriques inquiets , se plaignant qu'on néglige les gens de lettres, qu'on n'en fait aucun cas, qu'on les oublie , qu'on les laisse languir dans la misere.

29 *septembre*. Sur les plaintes du public de ne pas bien voir certains morceaux , & vraisemblablement plus encore sur celle des artistes dont l'amour-propre souffroit de l'exposition défavorable de leurs ouvrages ; après le mois révolu , on a fait retirer toutes les sculptures , tous les portraits, presque tous les tableaux de genre , & l'on a rapproché ainsi des yeux du spectateur les tableaux qui n'étoient point à sa portée. Les bons en paroissent meilleurs & les médiocres plus mauvais. Le salon pour ce changement a été fermé deux jours & doit être prolongé jusqu'au huit, afin de ne point exciter les murmures des supprimés , messieurs *Vien* & *la Grenée* , dont les tableaux ont toujours été les mieux placés , se sont exécutés les premiers & ont retiré ces morceaux.

29 *septembre*. L'objet de l'arrêt du conseil dont on a parlé , a pour but aussi d'empêcher qu'à l'avenir des salaires fixes attribués à l'entreprise d'un ouvrage , n'en perpétuent l'objet , au lieu d'en faciliter l'exécution. Mais, en même temps , sa

majefté déclare que, réfolue d'affigner tous les ans
un fonds deftiné uniquement à étendre les progrès de l'inftruction publique, à encourager les
favants qui peuvent y contribuer, elle ne propofe
aujourd'hui de furveiller davantage l'emploi des
talents, que pour pouvoir en accélérer les productions, en apprécier le mérite & régler en
conféquence la mefure de fes faveurs ; elle ajoute :
« Cette jufte protection qui honore le trône
,, autant que les lettres devenant ainfi plus utile,
,, En même temps que plus éclatante, augmen-
,, tera l'émulation de ceux qui les cultivent, &
,, donnera un nouveau prix aux graces répandues
,, fur eux. ,,

C'eft le bibliothécaire du Roi & le magiftrat
chargé de l'infpection de la librairie, qui doivent
prendre connoiffance des travaux littéraires qui
auront été ordonnés, des obftacles qui pourroient
les retarder, ainfi que des fecours qui leur feroient néceffaires ; ils en rendront compte au
garde-des-fceaux, au fecretaire d'état, que
l'objet pourroit concerner, & au contrôleur-général, auquel ils propoferont ce qu'ils croiront
convenable pour accélérer lefdits travaux & les
conduire à leur perfection.

On pourra faire auffi des demandes dans chaque
département pour des places ou projets littéraires
nouveaux, & les mémoires en feront envoyés
au contrôleur-général, qui mettra le tout fous
les yeux de fa majefté, & d'après cette réunion.
le Roi fixera tous les ans dans fon confeil la
fomme totale qui fera deftinée, tant pour lefdits
travaux littéraires, que pour les graces qu'il
voudra bien accorder aux talents les plus diftingués.

30 *septembre*. Extrait d'une lettre de Befançon ;
du 20 feptembre..... L'affaire des avocats dont
vous vous informez , eft plus brouillée que jamais. Ils ne fe font point répandus dans les bail-
liages & expatriés fuivant le premier projet. Comme
il y en a plufieurs de riches , & que tous ont
quelque revenu , on a fait feulement une bourfe
commune pour venir au fecours de ceux qui font
chargés de famille.

Au mois de juillet le premier préfident témoi-
gnoit à Me. *Monnot*, le premier des députés de
l'ordre envoyés à Paris , qui eft fort bien auprès
de ce chef & plus encore auprès de madame *de
Grosbois* qu'il amufe ; le premier préfident lui té-
moignoit donc fa douleur de la fciffion des avocats, & lui demandoit s'il n'y auroit pas quelque
moyen de conciliation. Après plufieurs réflexions
fur l'injuftice & la vivacité du parlement envers
l'ordre, Me. *Monnot* convint de raffembler fes
confreres pour avifer à l'accommodement.

Dans cette affemblée un avocat ouvrit l'avis
de rentrer ; mais , comme Me. *Marguet* eft la
pierre d'achoppement , & que l'on ne veut point
fraternifer abfolument avec lui , il dit que deux
nouveaux griefs fuffifants pour la radiation étant
furvenus depuis , l'ordre pourroit s'en prévaloir
pour le rayer de nouveau , & qu'il falloit efpérer
que le parlement cette fois convaincu de fon tort ,
ne foutiendroit plus ce mauvais fujet. Cependant
dans la crainte de quelques membres turbulants de
la compagnie qui pourroient trouver mauvais ce
retentum , il fut convenu qu'on n'en parleroit pas
au premier préfident. Me. *Monnot* lui dit donc
que l'ordre étoit convenu de rentrer purement &
fimplement. A l'inftant M. *de Grosbois* enchanté

L 3

le remercie & l'embrasse affectueusement, puis se
met à son bureau , & n'a rien de plus pressé que
d'annoncer au garde - des - sceaux cette bonne
nouvelle.

Il y a toujours des bavards dans les assemblées,
la lettre n'est pas plutôt parti que le projet des
avocats se répand dans le public: le premier président est furieux ; les chambres s'assemblent ; on
mande Me. *Monnot* à la barre de la cour, on le
réprimande très · sévérement sur sa réticence ; puis
on rend arrêt qui ordonne que dans huitaine
chacun des avocats sera tenu de venir déclarer
au greffe s'il entend suivre la profession, reprendre ses fonctions, ou non. Aucun avocat n'a
obéi. De son côté le parlement revenu de sa premiere fermentation a réfléchi, a suspendu l'effet de
ses menaces ; les vacances sont arrivées & les choses
en sont - là.

1 *Octobre* 1785. Il paroît depuis le mois d'avril
dernier un ouvrage périodique nouveau, intitulé :
Variétés Littéraires & Historiques : il est très-mé-
diocre & se vendoit fort mal. L'auteur qu'on croit
être M. *de Bastide*, a imaginé pour lui donner du
véhicule, d'ouvrir une autre souscription en faveur des captifs & de profiter de la chaleur du
zele animé par le mandement de l'archevêque de
Paris ; il est convenu que le quart du profit seroit appliqué à cette bonne œuvre ; il s'est in-
trigué auprès du contrôleur · général & ce ministre , afin de donner l'exemple, a fait souscrire
le Roi pour cinquante exemplaires. Ce qui est annoncé dans une lettre très - pathétique de M. *de
Calonne*. Le général des mathurins a accepté les
offres du journaliste.

1 *Octobre.* Le cours des chûtes recommence à

la comédie françoife. M. *Bret* vient d'y en faire
une très-lourde avec fon drame nouveau, ayant
pour titre *l'Hôtellerie* ou *le faux Amis*, en cinq
actes & en vers. L'auteur avoit averti feulement
qu'il étoit imité de l'allemand, & il fe trouve,
fuivant ceux qui ont lu l'original, que ce n'eft
qu'une traduction plate & groffiere tour-à-tour
de *l'hôtel garni*, comédie de *J. C. Brandes*, qui
ouvre le fixieme volume du théâtre allemand,
publié par *Friedel*. Malgré la préfence de la Reine,
le public a commencé fes huées dès le premier
acte, & n'a guere difcontinué dans les fuivants.

Une feule fcene du troifieme acte, où le faux
ami démafqué fe fert des moyens mêmes de fa
trahifon pour en impofer à fon ami, recouvre
fa confiance plus fort qu'auparavant & renouer
l'action, a fait plaifir & caractérifé le grand
maître.

2 *Octobre.* Extrait d'une lettre de Lyon, du 25
feptembre...... Pour le coup voilà un philofophe qui n'a pu échapper aux prêtres. Il eft tombé
malade ici; notre archevêque, heureufement pour
le falut de l'ame de fon confrere l'académicien,
fe trouvoit en cette ville; il s'eft emparé de monfieur *Thomas*, il l'a fait tranfporter dans le château d'Oullins, & lui a fait recevoir tous fes fa-
crements, l'un après l'autre, fans lui faire grace
de rien. Le moribond a fait bonne contenance &
a édifié tout le monde, fauf les philofophes
qui gémiffoient de cette niche du prélat.

Ils fe voyoient arracher M. *Thomas* avec d'autant plus de peine, que c'étoit une conquête, &
qu'il avoit débuté en attaquant leur chef par des
réflexions philofophiques & littéraires fur le
poëme de la religion naturelle de *Voltaire*. Il

étoit venu depuis à résipiscence & il tourne casaque de nouveau.

Quoi qu'il en soit, le 20 de ce mois, on a fait célébrer pour le défunt dans l'églife de la paroiffe d'Oullins un fervice folemnel, où l'académie de Lyon a affifté en corps, avec les perfonnes les plus diftinguées & les plus notables, & même les philofophes qui ont été forcés de s'y rendre : ils en font encore la grimace.....

Le bon *Ducis*, à la face fleurie, qui pour fon compte l'a échappé belle, s'eft trouvé auffi à Lyon dans le même temps ; c'eft un vrai croyant, & il rioit fous cape de toute cette comédie.....

2 *Octobre*. Il vient de mourir un avocat honoraire aux confeils du Roi, nommé *Combault*, âgé d'environ quatre-vingt-cinq ans. C'eft un éleve de *Rollin*, un ami & un émule de *Coffin*. On apprend qu'il avoit compofé en fociété avec lui plufieurs des hymnes que l'églife chante, & dont on attribue toute la gloire au premier.

Le trait le plus intéreffant de la vie de ce jurifconfulte, c'eft l'étude qu'il fit de la langue bafque pour déchiffrer des titres extrêmement vieux dans une affaire de très-grande importance dont il étoit chargé, & dont les précédents défenfeurs, faute de les entendre, n'avoient pu fe fervir. Il donna la traduction de ces pieces négligées & elles furent victorieufes.

C'étoit en outre un vigoureux janfénifte, & l'on peut laiffer le foin du furplus de fon éloge à la gazette eccléfiaftique.

2 *Octobre*. On étoit bien furpris de voir M. *le Coulteux de la Novaye* garder le filence & refter fans réponfe aux inculpations graves de la lettre du comte *de Mirabeau*. Il tranfpire enfin au-

jourd'hui que ne se sentant pas en état de tenir
tête à ce valeureux champion, il a eu recours à
M. *Hilliard d'Auberteuil*, espece de chevalier er-
rant, qui vend sa plume à qui veut la payer.
Celui-ci a donc pris la défense du banquier, il
est allé la faire imprimer dans le pays étranger,
d'où elle revient. On assure qu'elle commence à
paroître, & que le comte *de Mirabeau* y est
traîné sinon dans la boue, au moins dans la
poussiere.

3 *Octobre*. Depuis 1757 la faculté de théologie
avoit été privée du droit de choisir son syndic.
C'étoit le docteur *Riballier*, si connu par les
mauvaises plaisanteries de *Voltaire*, qui en rem-
plissoit les fonctions en vertu d'une lettre de
cachet. Il y a déjà plusieurs années que ce personnage vieux & infirme supplioit la cour de le
remplacer : enfin il a été frappé cet été d'apo-
plexie, il est allé aux eaux, & son état déplorable
a déterminé le gouvernement à acquiescer à sa
demande. On a fait plus, comme les troubles du
jansénisme, qui avoient provoqué son acte de rigueur, semblent éteints, le Roi a rendu à la faculté la liberté de procéder à l'élection légale de
ce chef.

En conséquence dans l'assemblée ordinaire de
chaque mois appellé *primâ mensis*, qui a eu lieu
au commencement d'octobre, les votants ont élevé
à cette place de syndic l'abbé *Berardier*, principal
du collège de Louis le Grand, & depuis quatre
ans censeur de discipline de la faculté.

4 *Octobre*. La ville ne perd point de vue le
projet de la démolition des maisons sur les ponts
Notre-Dame & au Change. En conséquence le
29 du mois dernier elle a rendu un réglement

qui doit être publié concernant la vente des maté-
riaux de ces démolitions, & la police à observer pour leur déblaiement.

4 *Octobre*. Voici la lettre des évêques au Roi ,
telle qu'ils la répandent manuscrite.

SIRE,

« Nous mettons sous les yeux de votre majesté
les titres & les motifs développés dans le mémoire que nous prenons la liberté de lui présenter. Loin à jamais de notre esprit & de nos cœurs
toute pensée qui tendroit à nous soustraire à
l'obéissance qui vous est due. Nous chérissons
autant que nous révérons les caracteres de votre
puissance royale , l'indépendance , l'universalité ,
la plénitude de votre autorité dans l'ordre des
choses temporelles. Elle n'a sans doute rien à
emprunter d'aucune puissance sur la terre pour
atteindre aux objets auxquels elle doit pourvoir ;
mais la même puissance peut être diversement
exercée , sans rien perdre de son intégrité , ni de
ses droits essentiels , & l'uniformité de la soumission n'est pas plus incompatible dans un état
monarchique avec des privileges particuliers ,
qu'avec la distinction des rangs & l'inégalité des
conditions.

» Vous régnez, SIRE, sur les princes & pairs
de votre royaume, sur les gentilshommes, sur
les magistrats de vos cours souveraines. Tous sont
également vos sujets, tous sont vos justiciables ;
leurs causes cependant ne sont pas instruites, leurs
personnes ne sont pas jugées comme celles des
autres citoyens.

Les clercs ont des juges indiqués par la loi ;
les ordonnances ont réglé les diverses procédures

à-fuivre felon la diverfité des délits dont ils font
accufés , & l'ordre épifcopal , SIRE , que les empereurs romains réputés les plus fages , que les
conquérants qui ont fondé la monarchie françoife , que *Charlema ne* , dont les loix refpectées
porteront aux générations les plus reculées le vœu
des peuples nombreux foumis à fon empire ; que
faint *Louis* , ce prince éclairé , auffi attaché aux
devoirs de la religion , que zélé défenfeur des
droits de la royauté , fe font plu à revêtir de
diftinctions & de prérogatives ; l'ordre épifcopal ,
dont tant de monuments confacrent les privileges ,
n'auroit pas même de privilege à réclamer !

» Nous rendrons cette contradiction plus fenfible , en l'appliquant aux circonftances actuelles :
qu'un eccléfiaftique foit impliqué dans l'affaire
qui s'inftruit fous nos yeux au parlement de Paris,
il aura inconteftablement le droit de réclamer fon
juge naturel , tandis que fon fupérieur dans l'ordre de la hiérarchie ne participeroit en rien aux
prérogatives de fon ordre.

» Les loix , SIRE , qui régiffent votre empire ,
n'ont jamais voulu tendre de pieges à vos fujets ;
elles ne leur préfentent pas d'illufion : c'en feroit
une manifefte qu'un privilege reconnu dont l'exercice ne pourroit jamais avoir lieu. Il exifte donc
un ordre de chofes , & c'eft celui que nous réclamons , celui qui réuniffant l'ineffaçable fanc-
tion des loix des fouverains & de la nation , a
permis qu'un évêque accufé dût être jugé par les
évêques fes collegues.

» Plus nous réfléchiffons fur la nature & l'effet
de ce privilege , moins nous appercevons en quoi
il pourroit alarmer la puiffance royale. Il feroit
injufte de lui fuppofer pour fondement des erreurs

L 6.

que l'églife de France a toujours combattues. Nous tenons fermement que notre confécration au miniftere des autels ne nous affranchit pas des devoirs auxquels nous a foumis notre naif-fance, & nous n'avons aucune réclamation à former qui foit inconciliable avec cette précieufe vérité.

» C'eft le refpect pour la religion qui a donné naiffance aux privileges attribués à fes miniftres. Celui de l'immunité perfonnelle dans les jugements accordés aux évêques s'eft trouvé conforme aux mœurs des premiers François. Ils vouloient que tout accufé fût jugé par fes pairs. L'approbation & l'authenticité qu'il a reçues fous les deux pre-mieres races de nos Rois l'ont affocié au droit public de la nation, & fi dans des temps poftérieurs il a paru quelquefois défiguré, ou obfcurci par des prétentions que l'églife gallicane n'a jamais partagées, renfermé dans fes juftes bornes par des évêques françois, pontifes auffi zélés que fujets fideles, il fubfifte dans fon intégrité, ainfi que dans fa pureté : il n'offre donc rien dans fon principe qui puiffe bleffer la puiffance des princes, puifque nous reconnoiffons qu'il eft émané d'elle.

» L'ufage que nous en devons faire, préfente-roit-il des inconvénients alarmants pour la fo-ciété ? Nous fommes auffi éloignés, SIRE, de favorifer dans aucun membre de notre ordre, l'impunité que l'indépendance, & quand l'auto-rité fouveraine a confié à notre vigilance une partie de fes intérêts, elle ne les a ni trahis ni defservis. Plus coupables que les autres hommes quand nous fommes affez foibles pour oublier nos devoirs, nous méritons d'y être rappellés par

la févérité de nos propres loix. La fainteté des
maximes dans lefquelles nous puifons nos jugements, ajoute à la difformité du vice des traits
qui ne font pas apperçus par les tribunaux ordinaires. Quel danger a donc à redouter la fociété
d'une autorité qui, loin de laiffer les crimes im-
punis, s'éleve avec vigueur contre les violations
les plus légeres ?

» Notre jugement doit, il eft vrai, précéder
tout autre jugement ; mais nous ne voulons ni
retarder l'adminiftration des preuves, ni nuire à
leur confervation ; & quand elles concourent à
attirer fur la tête de l'accufé des peines capitales
& affli&tives, nous ne déguifons pas le crime ;
mais, fideles à l'efprit de notre miniftere, nous
implorons pour le coupable la clémence du prince,
fans prétendre enchaîner la juftice.

» Tel eft, SIRE, le privilege que nous réclamons. Son origine eft antérieur à l'établiffement
de la monarchie ; il nous a été tranfmis fidéle-
ment d'âge en âge. C'eft un dépôt dont nous
fommes comptables envers nos fucceffeurs.

» Il a pour fondement des motifs légitimes : il
a été accordé non pour un temps, non à des
perfonnes particulieres, mais pour toujours & au
premier ordre de votre royaume. Il n'eft donc ni
verfatile, ni arbitrairement révocable ; il repofe
comme tous les droits les plus précieux des citoyens fous la garde immédiate de votre protection royale, & c'eft le plus puiffant de notre
refpectueufe confiance. »

5 Octobre. Le clergé, avant de fe féparer, a fait
encore de nouvelles tentatives auprès du Roi, ou
plutôt de nouvelles inftances, afin que le procès
du cardinal de Rohan lui fût renvoyé. On ne dit

point la réponse de S. M. qui vraisemblablement
n'aura rien décidé, & n'aura été que dilatoire.
On ne doute pas que les agents-généraux ne
soient chargés de suivre cette affaire pendant la
suspension de l'assemblée, prorogée jusqu'au commencement de juillet 1786.

5 *Octobre*. M. le président *de Meinieres* vient de
mourir. Il étoit resté le dernier des divers col-
loborateurs de nos mémoires commencés dans la
société de madame *Doublet*. Il fournissoit les articles concernant le parlement, la magistrature
& les loix. En général, il s'occupoit essentiellement de ces matieres, & quand la compagnie se
trouvoit dans quelque crise difficile, avoit des
remontrances à travailler, l'on s'assembloit chez
lui, & depuis qu'il étoit absolument retiré, on
le consultoit encore.

M. le président *de Meinieres* avoit beaucoup
feuilleté dans les anciens registres du parlement,
appellés les *olim*. Il en avoit fait un dépouille-
ment exact, & formé de tout cela des recueils,
des extraits, des dissertations, des tables raison-
nées sur toutes especes de matieres historiques,
politiques & critiques. Ils contiennent plus de
cent volumes *in-folio*. On ne dit point encore à
qui le défunt a laissé ses manuscrits.

6 *Octobre*. La Reine est venue hier à la comédie italienne; elle y a amené avec elle pour la
premiere fois *Madame Royale*, qui n'a pas sept
ans : son auguste mere n'a pas manqué de lui
faire faire les trois révérences au public; qui en
a été enchanté, & a comblé la Reine d'applaudissements extraordinaires. Comme la piece étoit
en train, le parterre a ordonné aux comédiens
de recommencer.

La venue de *Madame Royale* eſt une dérogation à l'étiquette, ſuivant laquelle les enfants de France, & ſur-tout les princeſſes, ne venoient autrefois aux ſpectacles publics qu'après avoir fait leur premiere communion. Les prêtres & les dévots en ont été fort ſcandaliſés.

6 *Octobre.* Extrait d'une lettre de Francfort, du 28 ſeptembre ..... Le 25. M. *Blanchard* ne put entreprendre ſon voyage aéroſtatique dans le ballon qu'on avoit préparé. Une tempête violente l'en empêcha, & le lendemain 27, quoique le temps ne fût guere plus beau, il voulut abſolument partir, malgré toutes les repréſentations qu'on lui fit. M. le prince de *Heſſe-Darmſtadt* étoit déjà monté dans la nacelle avec M. *Schweitzer*, officier au régiment de *Schomberg*, dragons ; mais au moment où M. *Blanchard* s'embarquoit, un coup de vent plus furieux a déchiré le ballon du haut en bas, & le voyage n'a pu avoir lieu. M. *Blanchard* s'en eſt trouvé mal, & l'on a eu beaucoup de peine à le conſoler : pour le ſouſtraire d'ailleurs à la foule des mécontents, le prince des *Deux-Ponts* avoit eu la bonté de le prendre dans ſa voiture & de l'emmener.

Heureuſement cet aéronaute ne marche point ſans ſa voiture : il a apporté un ballon avec lui, celui de Lille ou de Calais, n'importe, & a déclaré que ce ballon ſeroit en état de ſervir inceſſamment.

ADDITIONS.

ANNÉE MDCCLXXIV.

7 Novembre 1774. Le Roi ayant rencontré dans fon paffage à Fontainebleau, une dame rayonnante de diamants, l'a prife pour une femme de la cour & l'a faluée très-refpectueufement. Il faut obferver que S. M. a la vue fort baffe. Informé depuis que ce n'étoit qu'une femme de chambre de la Reine, fon augufte époux en a fait des reproches à cette majefté : il a déclaré qu'il ne vouloit point que ces fubalternes s'affimilaffent aux femmes de qualité ; & il leur eft ordonné en conféquence, lorfqu'elles feront de fervice, de porter un petit tablier qui les diftingue & caractérife leurs fonctions.

8 Novembre. On ne doute pas que les écrits fur les affaires du parlement ne reprennent aujourd'hui plus librement leur cours. Il en paroît un nouveau intitulé : *Lettre du fieur Sorhouet au fieur de Maupeou.* Ce titre fembleroit annoncer une fuite de la *Correfpondance* ; mais l'auteur n'eft certainement pas le même, il n'a ni la plume, ni le génie de fon prédéceffeur. Dans cette épître datée des bords du Styx le … feptembre 1774, on fuppofe que l'ombre du défunt voit arriver celle du fieur *Abbé Petit de Bellaunay*, un de fes confreres du grand-confeil, mort depuis la difgrace du chancelier. Il fe lie

une conversation entr'elles, & la derniere rend
compte à l'autre de ce qui se passe sur terre. On
sent que ce dialogue pouvoit fournir matiere à
une conversation historique très - intéressante ;
mais rien que de trivial dans les faits ; point
d'anecdotes, & des injures grossieres ; voilà à-
peu - près la quintessence de la brochure. Un
passage concernant les liaisons du chancelier avec
le comte d'Aranda, ambassadeur d'Espagne, est
la seule chose curieuse qui s'y rencontre : encore
n'y a - t - il rien de détaillé qui puisse la rendre
piquante. On parle ambigument de la prétendue
brochure de *l'Aurore*, & l'historien ne s'explique
pas en homme mieux instruit que les autres sur
ce point. Enfin il auroit pu se dispenser de prendre
la plume pour ne rien dire de plus intéressant.
Le mémoire même de *Monsieur*, intitulé *Mes Idées*,
y est travesti & attribué aux évêques ; ce qui
est une absurdité. On ne voit pour but principal
dans ce pamphlet qu'un dessein formé de ramener
sur la scene des personnages du nouveau tribunal,
déjà trop bafoués & devenus trop méprisables,
sur - tout depuis leur chûte, pour mériter qu'on
en entretienne le public.

11 *Novembre.* Il est arrivé d'Angleterre un
cinquieme volume *des efforts de la liberté & du
patriotisme contre le despotisme du sieur de Maupeou,
chancelier de France.*

Il contient 1°. *l'Avocat national*, ou lettre
d'un patriote au sieur *Bouquet*, dans laquelle on
défend la vérité, les loix & la patrie contre le
systême qu'il a publié dans un ouvrage intitulé,
Lettres provinciales, &c. Cette lettre est datée
de Paris, du premier janvier 1774.

2°. *Lettre à M. le comte de * * *, ancien capitaine *au régiment de ✳✳✳ , fur l'obéiffance que* les militaires doivent *aux commandements des princes*, en date du 15 avril 1774.

3°. *Le manifefte aux* Normands.

4°. *Le manifefte aux* Bretons.

On connoît ces deux derniers ouvrages : les autres méritent un détail particulier.

11 *Novembre.* Les comédiens italiens, après avoir beaucoup varié fur le titre de leur piece, appellée tour-à-tour, *la* Bataille *d'*Ivri*, le* Dîner *de* Henri IV *,* fe renferment à l'afficher aujourd'hui fous le nom pur & fimple de *Henri IV,* drame lyrique en trois actes. Elle doit être jouée le lundi 14 de ce mois , & l'on préfume qu'au feul nom du héros l'affluence fera grande.

15 *Novembre.* Dans une note de *l'*Avocat national *,* on lit : « Lorfque le premier volume des » *Lettres provinciales* du fieur Bouquet a été fup- » primé par arrêt du confeil, les exemplaires ont » été faifis (pour la forme) chez le libraire » Merlin *,* & portés en dépôt au château de la » Baftille. Cependant deux mois après ce même » libraire a débité l'ouvrage avec un fecond vo- » lume. .... » Le critique en conclut que l'auteur foudoyé par M. *de* Maupeou écrivoit précifément pour lui : en effet il établit :

1°. Que le fieur Bouquet *,* bien loin d'avoir travaillé avec impartialité à développer la conftitution françoife par les monuments anciens, les chartres , les traités , les conditions expreffes obtenues par les différentes provinces de France , lors de leur réunion , le ferment du facre, les édits de nos Rois, les differtations des favants, les hiftoires de la nation fondées fur toutes ces pieces , n'a cherché qu'à favorifer le fyftême du

Chancelier, en faifant naître des doutes à la nation
fur fa propre conftitution , en affurant que des
ouvrages des auteurs , d'ailleurs célebres, qui ont
écrit fur cette matiere, il ne réfulte qu'une idée
de conftitution compliquée , bizarre & monf-
trueufe ; des notions fi contradictoires, que les
fujets les plus attachés à leur prince croient bien
faire d'en interdire la recherche & l'examen.

2°. Que tout l'enfemble du fyftême ne porte
que fur la fauffe idée de conquête, puifque l'écrivain , pour prouver que les Rois ne doivent
compte qu'à Dieu de l'adminiftration de leurs
états, fonde fon affertion fur ce qu'ils ne les tiennent pour la plus grande partie que de Dieu &
de l'épée.

3°. Que le fieur *Bouquet* déshonore & dé-
membre la royauté , en la partageant entre le
Roi & le chancelier , en le mettant au-deffus du
Dauphin & de tous les fujets , en accumulant fur
fa tête toutes les dignités de la couronne, en voulant que le Roi ne juge pas , mais confirme feulement les jugements du chancelier , qui eft la
principale fource des loix ; que celui-ci enfin
tienne fa prééminence de la même loi fonda-
mentale qui rend la perfonne du légiflateur
facrée.

Le differtateur réfute fon adverfaire fur tous
ces points ; il démontre les dangers de cette
derniere partie du fyftême, dans laquelle monfieur
de *Maupeou* fe complaifoit le plus, en ce qu'on
s'y mettoit au-deffus des loix , qu'on ne fe rendoit jufticiable de perfonne, & qu'au cas où le
regne des loix reparoiffant, on voudroit lui faire
fon procès , comme au chancelier *Poyet* , on lui
préparoit ainfi de loin une défenfe, on embrouilloit

du moins la matiere , afin de le fauver à la faveur
de tant d'obfcurités.

Tel eft le réfumé de cet ouvrage , excellent,
clair, méthodique, bien écrit & refpirant par-tout
le refpect pour la majefté royale , & un zele ardent
pour la défenfe des droits de la nation.

16 *Novembre.* On rapporte un bon mot , ou
fi l'on veut , un quolibet de M. le comte *de Mau-*
repas, tout récent à l'occafion du lit de juftice
tenu par le Roi le 12 de ce mois pour la réinté-
gration du parlement dans fes fonctions. Il indi-
que le caractere d'efprit de ce miniftre , fa gaieté
& combien , maître de lui même , & fupérieur
à tous les événements , il fait traiter , en fe
jouant , les affaires les plus graves.

Le comte *de Maurepas* s'étant montré dans la
grand'chambre avant la venue du Roi , monfieur
d'Aguesseau, doyen du confeil , parut furpris de
fa préfence , & lui déclara qu'il ne pouvoit occuper aucun rang dans cette cérémonie : « Raffu-
» rez - vous, lui répondit le miniftre en riant ,
» je viens feulement *lanterner*: » & en effet il fe
plaça dans une tribune , où l'on met ceux qui
veulent affifter à ce genre de fpectacles *incognito* ,
& qu'on appelle *une lanterne.*

17 *Novembre.* La lettre fur l'obéiffance que les
militaires doivent aux commandements du
prince , traite cette matiere délicate d'après les
notions établies fur le bon fens , fur le droit
naturel & fur le fentiment intime de la confcience.
Il s'enfuit des principes de l'auteur , qu'il eft
des bornes que le pouvoir royal ne fauroit fran-
chir; que c'eft une obligation rigoureufe pour
tous les ordres de citoyens de refufer d'exécuter
des commandements évidemment illégaux : mais

cette réfistance doit être purement paffive ; elle eft fondée fur ce qu'un militaire, en fervant le Roi, ne fert réellement que l'état, dont le prince eft feulement le chef. Il prouve que cette doctrine n'eft point nouvelle, qu'elle a eté mife en pratique dans tous les temps par les héros les plus vertueux, les plus attachés à leur fouverain. Il en cite une multitude d'exemples anciens & modernes, & récemment dans les derniers troubles, le prince *de Beauveau*, le duc *de Duras*; il rend juftice en paffant à la conduite du fieur *Dagay de Mutiney*, intendant de Bretagne, qui a été rappellé, parce qu'il a refufé d'aller à Rennes violer la juftice dans fon temple.

Ce rôle, dit-il, convient parfaitement aux *Baftard*, aux *Fleffelles*; mais pourroit-on préfumer que les *Guignard de Saint-Prieft*, les *Payot de Marcheval* fuffent leurs complices ? Il eft également fâché de rencontrer dans la lifte des officiers-généraux qui ont été les valets du fieur *de Maupeou*, parmi les noms des *Fitz-James*, des *Richelieu*, des *de Lorges*, ceux des comte *de la Marche*, des *d'Armentieres*, des *d'Harcourt*, des *Rochechouart*, des *Clermont-Tonnerre*, des *Perigord*, des *la Tour-Dupin*, des *Ruffey*.

21 *Novembre*. Dans la lettre du fieur *Sorhouet* au fieur *de Maupeou*, page 19, on lit: "La politique plus déliée a fait en même temps paffer à notre fervice le fameux repréfentant d'une illuftre nation (le comte *d'Aranda*, ambaffadeur d'Efpagne: en note); il fembloit par prudence, par état & par caractere devoir nous être à jamais contraire ; mais il s'eft fait fubitement, par un bonheur inefpéré .... notre bruyant apologifte & le plus ardent accufateur

„ des anciens. On dit qu'en cela il a mieux
„ fervi nos intérêts que ceux de fa couronne,
„ dont il révele trop les chimériques préten-
„ tions. „

On affure , ce qui eft affez vraifemblable , que
cette tirade a offenfé M. d'*Aranda* ; qu'il s'en
eft plaint , & que la brochure , quoique déjà
clandeftine , eft devenue encore plus rare.

21 *Novembre*. L'opéra d'*Azolan* , tiré d'un
conte de M. *de Voltaire* , retardé par le défaut
de mémoire des acteurs , doit enfin s'exécuter
demain.

Le 22 *Novembre*. M. *Durofoy* a fait quelques
changements à fon drame lyrique de *Henri IV*,
ce qui le rend moins ridicule. Cet auteur a
compofé douze vers fur le retour du parlement ,
qu'il mettoit dans la bouche de fon héros. Ils
devoient fe débiter à la premiere repréfentation ;
mais on lui a confeillé de les ôter & d'avoir
égard aux inftances de quelques - uns des membres du grand - confeil , qui font venus le prier
de ne point augmenter l'opprobre dont on les
couvroit , en les traduifant encore fur le théâtre.

25 *Novembre*. Un mémoire qui paroît en ce
moment en faveur du comte *de Guines* dans le
procès que lui intente fon fecretaire , eft fort
recherché à caufe de la nature de l'affaire très-
curieufe & du nom de l'avocat *Target* , qu'on y
lit pour la premiere fois , depuis la cataftrophe
du parlement.

Quoi qu'il en foit , M. *de Guines* dans ce
mémoire ne fe contente pas de faire tomber
l'imputation atroce du fieur *Tort* , en la niant
fans aucun rifque , puifqu'elle n'a d'autre appui
que l'affertion de l'accufateur , répetée par fes

témoins d'après lui seul & sur sa bonne foi ; mais il entreprend de prouver que l'accusation est fausse & qu'elle ne peut être vraie. Il divise sa défense en trois parties.

Dans la premiere, il expose l'état actuel du procès.

Dans la seconde, il établit la réfutation des calomnies du sieur *Tort*.

Dans la troisieme, il renferme la preuve des délits des sieurs *Tort*, *Roger* & *Delpech*.

La discussion de ces diverses parties, ennuyeuse pour les lecteurs qu'elle n'intéresse pas à certain point, est inutile ; il suffit d'assurer que, satisfaisante peut-être pour les juges, elle ne l'est pas complétement pour les logiciens difficiles.

26 *Novembre*. Les brocards ne tarissent point sur messieurs du grand-conseil : un plaisant a fait une chanson, où il introduit en scene le Roi avec l'archevêque de Paris & dans un style peu convenable sans doute au souverain, il lui fait manifester ses volontés à l'égard du renvoi du parlement *Maupeou* ; on sait que S. M. appelle le prélat, mon cousin, à raison de sa dignité de pair, quand il lui écrit. On est parti de-là pour choisir l'air si connu sur le refrein, *voilà mon cousin*, *l'allure mon cousin*, & noter les paroles, dont certains couplets sont fort grossiers, mais d'autres ont du sel. On dit que ce vaudeville a fait fortune à la cour, & que le monarque même en a ri : il est en six couplets.

27 *Novembre*. On va couper une très-grande partie du parc de Versailles, dont le plus grand nombre des arbres sont couronnés, & il sera replanté de nouveaux. Cette destruction inévitable afflige les amateurs de l'antique.

27 *Novembre*. La Reine a couru ces jours derniers un grand danger, dont le souvenir fait frémir encore. Cette princesse aime beaucoup à se promener en traîneau sur la glace ; genre de plaisir usité sur-tout chez les nations du nord à raison du climat, & même de la nécessité. S. M. profitoit de la circonstance de la saison rigoureuse pour se livrer à cet exercice, auquel elle avoit commencé à se former à Vienne. L'écuyer qui la conduisoit ayant tombé & les chevaux qui, déjà très-vifs, ne sentoient plus les guides, commençoient à prendre le mors aux dents, lorsque la Reine, alerte & légere, a ressaisi les rênes avec beaucoup de dextérité & s'est rendue maîtresse des coursiers, jusqu'à ce qu'elle ait pu avoir du secours. Revenus de leur frayeur, les spectateurs ont admiré la présence d'esprit, le sang froid & le courage de sa majesté.

30 *Novembre*. La levée de la milice ayant donné lieu à une diversité d'opinions entre messieurs les intendants des généralités du royaume, & MM. les inspecteurs généraux d'infanterie ; S. M. pour en être instruite & en décider en connoissance de cause entiere, a jugé à propos d'assembler en sa présence, le 25 de ce mois, un comité particulier, composé de M. le maréchal prince *de Soubise*, de M. le comte *de Maurepas*, de M. le comte *du Muy*, de M. *Bertin* & de M. *Turgot*, tous ministres d'état, & où ont été appellés M. le maréchal *de Biron* & M. le comte *d'Herouville*, lieutenant-général, & les plus anciens des inspecteurs-généraux d'infanterie. Le comité a duré trois heures & demie : M. le comte *d'Herouville* a fait le rapport de l'objet de la discussion : on ignore la décision du Roi ; mais

mais l'ordonnance qui doit être inceffamment imprimée & publiée la fera connoître.

30 *Novembre*. Entre les pieces de vers dont la ville de Rouen a été inondée , dans l'ivreffe de la joie générale concernant le retour du parlement, on diftingue une épître adreffée à noffeigneurs du parlement de Normandie, où il y a de la poéfie & des images.

30 *Novembre*.

Après la Saint Martin... mon coufin ,
  Le parlement déniche
Et fait place à l'ancien... mon coufin ,
  Qui l'envoie faire fiche... mon coufin ;
Voilà mon coufin , l'allure , mon coufin.

Entrez dans les raifons... mon coufin ,
  Qui me font le détruire :
Ce font tous des fripons... mon coufin ,
  Qui ne favent pas lire... mon coufin ;
Voilà , &c.

De ce corps avoir foin... mon coufin ,
  Sera charité pure.
Vous êtes fon foutien... mon coufin ,
  Lui votre créature... mon coufin ;
Voilà , &c.

Defirat , *Bilheux* , *Gin*... mon coufin ,
  Feront trifte figure ;
Sans honneur & fans pain... mon coufin ,
  La cruelle aventure... mon coufin ;
Voilà , &c.

Tome XXIX.   M.

Tonfurez le Dragon (1)... mon coufin,
   Qu'en l'églife on le place :
Il porte mal, dit-on... mon coufin,
   La robe & la cuiraffe... mon coufin,
Voilà, &c.

Debon cœur je les plains... mon coufin,
   Je vous les recommande :
A chacun d'eux enfin... mon coufin,
   Donnez une prébende... mon coufin;
Voilà, &c.

1 *Décembre* 1774. Malgré fon état d'humiliation fous la flétriffure que lui a imprimé le parlement *Maupeou*, le fieur de Beaumarchais fe ranime depuis la deftruction de ce corps, & il commence à faire le plaifant & à fe répandre en nouveaux bons mots. On affure même, ce qui eft affez vraifemblable, qu'il fonge à faire caffer l'arrêt qui le blâme. Dans ce projet, fans doute, il eft allé trouver un avocat, le plus agréable au parlement rentré, par fon dévouement abfolu & la ceffation entiere de toutes les fonctions durant l'exil : ne l'ayant point trouvé, il a écrit ce billet chez le portier : *Le martyr Beaumarchais eft venu pour voir la Vierge Target.*

4 *Décembre*. M. le contrôleur-général vient de manifefter fon efprit d'équité, au préjudice même des droits de fa place. Il a écrit aux fermiers-généraux que fon intention étoit que les membres

---

(1) M. de *Nicolaï*, ci-devant colonel de dragons.

de leur compagnie fuſſent tirés du nombre des tra-
vailleurs, & que la fortune dans cet état devînt,
comme dans les autres la récompenſe du mérite.
En conſéquence il a commencé par donner une
adjonction au ſieur Sanlo, directeur de correfpondances pour la partie des domaines, & un des
grands coopérateurs de la ferme. D'ailleurs cette
partie des domaines eſt très-belle. Elle exige né-
ceſſairement beaucoup de connoiſſances, ſur-tout
du régime féodal, & il n'eſt pas d'homme inſtruit des grands principes de cette doctrine capable de remonter aux ſources, qui ne fût, ſous
cet aſpect, un membre très-idoine de l'académie
des belles-lettres.

5 *Décembre*. Extrait d'une lettre de Rochefort,
du 28 novembre. Vous ne ſauriez imaginer combien M. de Boines & ſes ouvrages étoient dé-
teſtés de la marine. L'ordonnance proviſoire par
laquelle M. de Sartines annonce ſon projet
d'anéantir tout ce que ſon prédéceſſeur a fait,
y a cauſé une joie indicible, ſur-tout dans ce département : on ſe porte à toute l'ivreſſe qu'elle
peut cauſer à l'extérieur en réjouiſſances, en
fêtes Les officiers connoiſſent bien l'inertie au
moins égale de leur nouveau miniſtre, mais ils
eſperent le mener comme ils voudront.

6 *Décembre*. Un accident arrivé dans l'appartement du Roi ſamedi dernier, & le ſpectacle
qu'a eu ſa majeſté d'un homme tombé d'une
échelle, la tête fracaſſée, a ému le Roi au point
qu'il en a reſſenti un petit accès de fievre, & n'eſt
point ſorti de ſon appartement le dimanche. Son
incommodité n'a point eu de ſuites ; on y a pris
d'autant plus de part qu'il manifeſte l'excellence
de ſon cœur & caractériſe une ſenſibilité vive

dont son phyſique ne ſembleroit pas ſuſceptible;
ſon humanité le rendra plus aimé lui-même.

6 *Décembre.* Le procès élevé depuis quelque
temps entre le maréchal duc de Richelieu & la
préſidente de Saint-Vincent, commence à prendre couleur. Ces jours derniers le premier eſt allé
voir M. de Gourgues, préſident de Tournelle,
& lui a demandé *un bon Rapporteur.* « Il n’y en
», a point d’autre aujourd’hui, monſieur le Ma-
», réchal, » lui a répondu ſéchement & avec
hauteur le magiſtrat piqué.

8 *Décembre.* On a imprimé les diſcours de
Me. *Target* à la rentrée du parlement les 28 &
29 novembre. On ſait que c’eſt aujourd’hui le co-
ryphée du barreau à raiſon du patriotiſme intrépide qu’il a déployé depuis la diſgrace du
parlement, & pendant tout ce long intervalle.
Ce petit recueil contient trois diſcours: celui en
réponſe du diſcours de M. Seguier, avocat-gé-
néral, adreſſé aux avocats; celui prononcé par
Me. Target, en préſentant au ſerment cent dix-
ſept avocats ; & enfin l’exorde de ſon premier
plaidoyer pour le marquis de Senneĉterre.

On auroit déſiré pour l’honneur de cet avocat
qu’on ne lui eût pas joué le tour de faire imprimer ſes diſcours, ſur-tout le premier, dont le
langage barbare, les expreſſions emphatiques, les
métaphores diſparates, les hyperboles giganteſques
reſſemblent beaucoup à la vieille éloquence du
barreau, qui contient plus de phraſes que d’idées.

11 *Décembre.* C’eſt le bruit général de la cour
& de la ville que madame la comteſſe d’Artois
eſt groſſe de près d’un mois. La Reine en ayant
témoigné ſa ſatisfaction à madame la ducheſſe
de Quintin, l’une des dames attachées à la pre-

miere princesse : " Madame , lui a répondu la
,, duchesse : c'est un précurseur. ,,

12 *Décembre.* Les François se disposent à donner après *la partie de chasse de Henri IV*, le drame
d'*Albert premier* ou *Adeline*, auquel la Reine doit
assister.

15 *Décembre.* On voit encore une nouvelle brochure sur les événemens du jour : elle a pour
titre *la Ligue découverte*, ou *la Nation vengée* :
Lettre d'un Quacre à *F. M. A. D. V. sur les
affaires du temps & l'heureux avénement au trône
de Louis XVI.*

16 *Décembre.* Depuis long - temps on forme
des projets pour une nouvelle salle de comédie
italienne ; & il n'est point d'extravagance que
n'imagine la cupidité des architectes. On propose aujourd'hui de la construire dans des marais
au haut de la rue Poissonniere ; ce qui éloigne-
roit beaucoup trop ce spectacle du centre de Paris.

16 *Décembre.* La *Ligue découverte* est une brochure dirigée contre M. de Voltaire , à qui l'on
reproche son silence. Il est d'autant plus extraordinaire en effet , que cet auteur est toujours fort
empressé à saisir l'à-propos. Mais il a si hautement
affiché sa façon de penser, qu'il est aujourd'hui
fort embarrassé pour se rétracter. Quoi qu'il en
soit , on tourmente à cet égard le vieux philosophe de Ferney ; & la matiere prêteroit infiniment à un meilleur plaisant. Celui- ci est lourd,
sans sel, & son pamphlet ne signifie rien , à quelques anecdotes près très-clair semées ; mauvais
style d'ailleurs , & satire dégoûtante, dont l'écrivain est anonyme & fait prudemment.

18 *Décembre.* La grossesse de madame la comtesse d'Artois se confirme de plus en plus. Les

bruits de la cour & de la ville font que la feconde époque eft déjà révolue ; mais on fait que
la déclaration ne s'en fait aux ambaffadeurs qu'à
quatre mois & demi.

On dit que M. le comte d'Artois , enchanté de
cet heureux événement , s'eft écrié en plaifantant :
« Cela ne pouvoit pas être autrement , c'eft moi
„ qui ai rétabli la cour des aides. „

23 *Décembre*. M. l'avocat - général Seguier ,
qui devoit porter la parole dans le procès de la
Rofiere , n'a pu le faire que mardi dernier : les
habitants du village de Salency ont gagné contre
le feigneur , & le public a paru fort content de
l'arrêt.

25 *Décembre*. Il faut fe rappeller l'établiffement
d'une imprimerie royale , formée à Verfailles à
l'hôtel de la guerre en 1767 , pour le fervice de
ce département , de celui de la marine & des
affaires étrangeres , fous l'infpection de M. Berthier , gouverneur de cet hôtel. Cet établiffement
n'a pu fe faire fans diminuer de beaucoup celui
de l'imprimerie royale au Louvre , & le directeur ,
M. Duperron , a cru devoir communiquer au
miniftere des *Obfervations* , auxquelles a répli-
qué M. Berthier. Suivant l'expofé des deux rivaux ,
l'un des deux établiffements feroit infiniment
plus cher que l'autre , & chacun , de fon côté ,
prétend être le véritablement économique.

27 *Décembre*. On fait que le Roi , touché des
pertes énormes qui fe faifoient fouvent au jeu
chez les princes , les a engagés à le modérer &
à ne point donner cours chez eux aux jeux de
hafard. Il y a peu de temps , M. le duc d'Orléans étant à Paris , & ayant annoncé qu'il recevroit à fouper les feigneurs accoutumés à lui

faire leur cour, plus de foixante convives s'étoient préfentés pour jouir de cet honneur ; mais fon alteffe ayant déclaré que, conformément aux intentions du Roi, on ne joueroit point aux jeux de hafard, tous ont défilé fucceffivement ; il n'eft refté chez ce prince que vingt perfonnes.

29 *Décembre*. M de la Harpe vient de publier une fatire manufcrite, qu'il a modeftement intitulée : *vers à deux de mes amis*. Il y a pris en effet le ton familier de l'amitié, & ce ton eft quelquefois bas. *Boileau, parmi les morts & parmi les vivants*; MM. *Dorat*, l'abbé *Beaudeau*, *Rochon*, *d'Arnaud*, *Aubert*, *Marin*, *Freron*, *Clément*, mais fur-tout M. *Rigoley de Juvigny*, font ceux qu'il paffe en revue & plaifante. Il fait parfois auffi le politique. M. *Turgot*, comme tenant la bourfe y eft loué ; mais la fecte des économiftes n'eft point exempte de fes coups de patte; il n'eft pas jufqu'à M. de Maupeou & fa fequelle dont il ne médife impunément. Il y a beaucoup d'inégalités dans cet ouvrage; la facilité du vers eft ce qui le caractérife principalement.

31 *Décembre*. M. l'abbé de Voifenon eft revenu de la maladie dont on le croyoit mortellement attaqué ; mais il eft fi chétif qu'on doute qu'il puiffe aller loin. Lui-même en eft frappé, & a fait en conféquence un retour vers Dieu, qui, vraifemblablement, fera plus long & plus folide que les précédens ; car on fait que cet abbé, dont la tête eft auffi foible que le cœur, a fouvent varié de principes, ou plutôt qu'il n'en a pas & fe laiffe aller à toutes les circonftances. Il a pris un confeffeur, même un directeur en regle, & confacre, dit-on, aujourd'hui fa mufe à la religion.

ANNÉE M. DCC. LXXV.

3 *Janvier* 1775. ON apprend que la maladie des bestiaux qui a défolé le Béarn & fuccefivement la Guienne, gagne du côté de Toulouſe, fans qu'on puiſſe détruire ce fléau. Le gouvernement ne ceſſe de faire chercher les moyens d'arrêter une telle contagion, contre laquelle deviennent nuls tous les foins & toutes les confultations des favants les plus experts dans la doctrine vétérinaire.

4 *Janvier.* L'*almanach royal*, depuis fon origine, devient de jour en jour un livre plus précieux pour l'hiftoire, en forte que la collection complete de ces volumes éphémeres augmente de cherté ; mais dans le nombre il en eft qui font plus recherchés à cauſe des époques mémorables. Celui de cette année 1775 fera du nombre. Les changements à y faire font fi confidérables, que non-feulement il n'a pas été publié à la fin de décembre fuivant l'uſage, mais que l'impreffion n'en eft pas encore achevée & qu'on défefpere d'en jouir avant le 15 de ce mois.

5 *Janvier.* Les corvées font une choſe odieuſe & qui défole les habitants de la campagne. M. Turgot, durant fon intendance de Limoges, ayant été dans le cas d'en connoître par lui-même les inconvénients, fonge férieuſement depuis qu'il eft en place à délivrer les agriculteurs de cette charge ; & il ne trouve pas d'autre moyen que d'y fubftituer un petit impôt beaucoup moins onéreux que les corvées ; mais il prévoit nombre d'obftacles de la part des feigneurs, qui ne font

pas affujettis à la corvée & fur-tout de la part des magiftrats, dont la morgue fe révolte de voir fupprimer une tache annexée aux *vilains*, tandis qu'eux en retirent le profit, & dont il faudroit en conféquence qu'ils furpportaffent une répartition plus confidérable, à mefure qu'ils feroient plus grands terriens.

6 Janvier. On étoit fort mal dans Paris le carême, où les indévots & les malades étoient obligés de fe pourvoir de viande à l'hôtel-dieu. Depuis le miniftere de M. Turgot, il eft queftion d'abolir cet ufage vexatoire & de laiffer aux bouchers la liberté de vendre comme en tout temps. Le Roi fe réferve d'indemnifer cet hôpital du bénéfice que lui procuroit ce privilege. Les prêtres crient à *l'impie* contre M. Turgot ; ils regardent comme un fcandale horrible de voir les étaux chargés de viandes durant le temps de pénitence ; mais il paroît que leurs clameurs ne feront point écoutées.

7 Janvier. On répete à l'opéra *l'Iphigénie* du chevalier Gluck, qui doit être remis mardi prochain 10 de ce mois. Non-feulement on n'en fupprime pas les ballets, comme on l'avoit d'abord propofé, mais on les embellit, on les convertit en d'autres plus agréables & l'on tâche de rendre cette partie acceffoire digne du corps de l'ouvrage.

9 Janvier. Il n'y a point eu de nomination de cordon-bleu le jour de l'an, & S. M. n'en fera qu'à fon facre, ou après fon facre ; quoiqu'à l'inftant de la mort de fon prédéceffeur, revêtue de toute l'étendue de l'autorité fuprême, elle eft encore cenfée incompétente pour cette cérémonie,

M 5

jusqu'à ce qu'elle eût été reçue grand-maître de l'ordre.

10 *Janvier*. Pour entendre la plaisanterie suivante, il faut savoir que M. de Sauvigny avoit effectivement à la premiere présidence un petit cochon qu'il aimoit & caressoit, & que cet animal, têtu comme tous ceux de son espece, a eu beaucoup de peine à en déguerpir, lorsque son maître en est sorti. Si la chûte du conte n'est pas fort piquante, il y a de la gaieté, de la facilité, du naturel dans la narration, qui le font rechercher, indépendamment du sujet qui forme anecdote.

Le cochon allégorique.

Du corps amovible un de nos présidents,
Que, sauf respect, Berthier (1) on nomme,
Dans son hôtel avoit, depuis quatre ans,
Petit cochon dont parfois le bon homme
Se recréoit, quand travaux importants
Avoient parfois fatigué sa cervelle;
Douce harangue ou gentille oraison
Il lui faisoit : entr'eux sympathie étoit telle
Que le goret étoit de la maison
Le grand ami : Berthier, comme son frere,
Le fêtoyoit & lui faisoit grand'chere :
Tous les reliefs il lui portoit.
Partant le drôle profitoit,
Etoit gras comme pere & mere.
En animal reconnoissant,

———————————

(1) *Berthier* est le nom de famille de M. de Sauvigny.

En bon cochon il careſſoit ſon maître ;
    Puis ſe vautrant en l'abordant,
Si-tôt qu'il le voyoit paroître
    Sans ceſſe il lui diſoit *hon* , *hon :*
Chacun harangue à ſa façon :
    Hon , *hon* , dans ſon ſtyle veut dire
Devoir , *ſoumiſſion* , *reſpect* (1).
    Le préſident à ſon aſpect ,
En le flattant , daignoit ſourire.
    L'ami cochon dans l'hôtel bien traité ,
N'en eût voulu déguerpir de ſa vie.
    Mais tout prend fin ; tout n'eſt que vanité
Dans ce bas monde , & lieſſe eſt ſuivie
    De repentir & de ſoucis cuiſants.
Témoin Berthier qui pour avoir quatre ans
    Inamoviblement ſeul rendu la juſtice ,
N'a pour lui que la honte & le déſagrément
    De chercher nouveau logement (2) :
Il faut du ſien qu'il déguerpiſſe ;
    Ce qu'il fait très-doucement.
Mais ſon cochon penſe autrement :
    Le déloger , eſt la choſe impoſſible ;
Le drôle ſe croit bonnement ,
    Plus que ſon maître inamovible (3).

---

(1) Expreſſions d'un certain lit de juſtice , qu'on parodie en cet endroit.

(2) M. Berthier de Sauvigny , lors de la réinté-gration du parlement a été obligé de quitter l'hôtel de la préſidence , & de le rendre à M. d'Aligre.

(3) Alluſion au mot du chancelier, qui dans l'édit de création du parlement Maupeou , faiſoit dire au Roi que ces nouveaux magiſtrats ſeroient *inamovibles* , comme les anciens.

11 *Janvier*. Le sieur Caron de Beaumarchais est sensiblement affligé de voir le mémoire qu'il se proposoit de répandre, réduit à un simple précis, contenant les moyens de droit pour la cassation de l'arrêt dans l'affaire de M. de la Blache & dénué de tous les sarcasmes dont il l'avoit assaisonné ; il n'a trouvé aucun avocat aux conseils qui ait voulu le signer dans cet état. Comme il est inépuisable en ressources pour la méchanceté, il a imaginé de faire une consultation d'avocats au parlement, auxquels il demandera si les avocats aux conseils peuvent refuser de signer le mémoire en question, qu'il relatera préalablement : c'est à quoi il travaille aujourd'hui.

13 *Janvier*. Madame de Saint-Sauveur est une des plus jolies femmes de Paris, qui depuis plusieurs années plaide en séparation contre son mari : celui-ci est un maître des requêtes, grand économiste, auteur de quelques brochures & avide de renommée, ayant par conséquent un parti d'apologistes & de prôneurs ; tout cela ne laisse pas que de donner de l'importance à l'affaire, de nature à intéresser par elle-même, & qui d'ailleurs a déjà éprouvé beaucoup de vicissitudes. Madame de Saint-Sauveur est actuellement à demander au conseil la cassation de l'arrêt du parlement de Bordeaux, qui a refusé d'autoriser la séparation. M. de Saint-Sauveur vient de répandre un *Mémoire* contre la nouvelle prétention de sa femme.

13 *Janvier*. Il paroît que c'est décidément la semaine prochaine que les comédiens françois joueront le drame d'*Albert premier*, ou *Adeline*.

15 *Janvier*. Il faut que la méchanceté si adroite du sieur de Beaumarchais ait été cette fois mise en défaut, & qu'il n'ait pu obtenir de faire impri-

mer la diatribe qu'il vouloit répandre dans son procès contre le comte de la Blache ; car rien ne paroît. On voit même une réponse de ce dernier au *précis* de l'autre , contenant, comme on a dit, les moyens de droit uniquement. Dans sa réponse, son adversaire lui reproche de ne répandre la sienne que la veille du jugement , lorsque l'affaire a déjà été discutée dans une première séance de messieurs les commissaires , & que l'examen doit en être terminé le jeudi 12 janvier. Le comte y semble fort à son aise , comme certain d'avoir échappé aux sarcasmes, aux turlupinades du sieur Caron. C'est le lundi 16 que le jugement en cassation doit être prononcé définitivement au conseil, ou que la requête doit être rejetée.

15 *Janvier.* On parle beaucoup d'une querelle survenue entre madame de Champbonas , ci-devant Mlle. de Langeac, & son mari ; on veut que celui-ci, dans un accès de jalousie fondée ou non, ait maltraité sa femme, & l'ait même battue horriblement : en sorte que la jeune personne est retournée chez sa mere & demande séparation. Il auroit été difficile qu'un mariage de cette espece fût heureux. La femme est très-jolie, très-coquette & a été élevée avec le plus mauvais exemple. Le mari est un agréable, un petit-maître, un libertin, qui n'a envisagé qu'une grosse fortune & un grand crédit : les circonstances ayant changé tout-à-coup, il a manqué ce double but , & il est furieux de s'être déshonoré gratuitement par une semblable mésalliance.

16 *Janvier.* L'almanach royal différé paroît enfin , en mauvais ordre encore, à cause de la briéveté du temps, qui n'a pas permis de débrouiller parfaitement tout ce nouveau chaos.

20 *Janvier*. Les états de Languedoc ont fait un arrêté pour venir au secours des habitants de cette province, qui ont souffert par la malade épidémique des bêtes à cornes, dont les progrès s'étendent de plus en plus. M. l'archevêque de Toulouse s'est piqué de donner un exemple plus spécial de générosité ; il a écrit une lettre circulaire aux curés des campagnes, pour qu'ils aient à avertir les habitants affligés de semblables pertes, de s'adresser à lui & lui demander des secours, ne trouvant rien de plus juste que d'employer les revenus de l'église au soulagement des pauvres, suivant leur destination légitime. On vante cette pastorale comme remplie d'une onction qu'il n'a pas puisée parmi ses confreres de l'académie françoise, mais digne des anciens peres de l'église.

20 *Janvier*. M. le comte de la Blache n'a pas triomphé long-temps. Le sieur de Beaumarchais s'est tellement démené qu'il a obtenu de M. le garde-des-sceaux la liberté de faire paroître son mémoire, comme nécessaire à sa justification, comme propre à porter la conviction & l'évidence dans l'esprit des juges. M. de Miromesnil, pour laisser à cet intrigant le temps nécessaire, a renvoyé le jugement à la huitaine.

22 *Janvier*. La manufacture de porcelaine établie à Seve sous la protection immédiate du Roi, est un objet fort onéreux à S. M., malgré la cherté énorme de ces objets de luxe. On assure qu'une compagnie offre de la soutenir dans tout son éclat, pourvu que le Roi veuille bien lui faire don de tous les bâtiments, terrains & établis formés à grands frais dans cet endroit, & elle se chargera de payer les pensions de retraite qui seront accordées aux personnes qui étoient

employées à la tête de cette manufacture. On a
tout lieu de croire que ces offres, si elles sont
solides, seront acceptées. Cet établissement ne
seroit plus à charge, il deviendroit, dans les mains
de gens intelligents, très-utile pour eux, & tout
le monde y gagneroit.

22 *Janvier*. Le *mémoire pour le sieur Pierre-
Augustin Caron de* Beaumarchais, paroît en effet.
Il est précédé d'un avertissement, où son auteur
rend compte des difficultés sans nombre qu'il a
éprouvées pour la publication de ce *factum*, qu'il
déclare être son véritable, désavouant en quelque sorte le premier du sieur Huard du Parc, son
défenseur. Il est, comme on l'annonçoit, présenté
sous la forme d'un mémoire à consulter, où il
demande aux avocats du parlement : Si, rejeté
par les avocats aux conseils & par le sien propre,
il n'est pas en droit de s'adresser aux premiers,
de prendre ensuite à partie son avocat aux conseils, & le rendre responsable de tout le mal qui
peut en résulter pour le sieur Caron ?

Suit une consultation de Me. Ader, avocat au
parlement, du 12 janvier, qui bat la campagne,
&, sans décider que M. Huard du Parc puisse
être pris à partie, estime que le sieur de Beaumarchais peut & doit produire son avis de lui
Ader, comme celui d'un jurisconsulte, &c.

24 *Janvier*. Le mémoire à consulter pour le
sieur de Beaumarchais, offre plusieurs singularités
& impudences dignes de lui. On voit d'abord que
malgré le jugement qui l'a diffamé depuis un
an, sans qu'il en soit relevé, il conserve ses qualités & même ses charges qu'il ne doit plus exercer ni posséder. On voit ensuite qu'il se donne la
liberté de parler très-mal d'un tribunal qui,

ſupprimé par le Roi , ou du moins rendu à ſes anciennes fonctions, doit être reſpectable pour lui : enfin , ce qu'on lui paſſe le moins, c'eſt d'avoir annoncé ce mémoire avec beaucoup de prétention , de le faire vendre comme une piece très-curieuſe , & d'attraper ainſi le public, perſonne ne pouvant le lire , tant il eſt ſec , long & mortellement ennuyeux. On y trouve pourtant quelques digreſſions très-clair ſemées , amenées tant bien que mal , où le lecteur fatigué peut ſe délaſſer un moment.

24 *Janvier*. On ſait que les femmes de qualité attachées à la cour ou préſentées , lorſqu'elles vont à Verſailles, ſont obligées d'avoir un habillement qui les diſtingue des bourgeoiſes ou autres femmes non préſentées ; quant aux ſeigneurs, ils n'ont nulle diſtinction particuliere que les attributs de leurs charges, ou les différents cordons dont ils peuvent être décorés. On propoſe aujourd'hui de ramener pour eux l'ancien habillement de cour, qu'on rapporte au ſiecle de *Henri III*, c'eſt-à-dire, au vêtement que l'on portoit lors de l'inſtitution de l'ordre du Saint-Eſprit ; mais cette innovation n'eſt pas ſans difficulté, & l'on doute fort qu'elle ſoit adoptée.

27 *Janvier*. Depuis quelque temps il s'eſt élevé une guerre très-vive entre deux avocats fameux du barreau, Me. Gerbier & Me. Linguet, qui ne fait honneur ni à l'un, ni à l'autre : il faut convenir même qu'on ne peut lire les *factums* réciproques des deux parties, ſans les mépriſer ſouverainement, tant ils ont bien l'art de s'inculper réciproquement, & manquent celui de convaincre le public ſur leur juſtification. Quant à la chaleur, à l'abondance, à l'énergie, Me. Lin-

guet l'emporte conftamment fur Me. Gerbier, & fait infiniment mieux attacher le lecteur.

Au furplus, on feroit fort embarraffé de rendre compte de cette querelle, dont la jaloufie femble avoir été le principe fecret : on pourra cependant donner par la fuite un compte plus détaillé de ces différents écrits, qui caufent une grande fenfation.

27 Janvier. On attend inceffamment dans ce pays Mlle. Clairon. Il paroît que l'objet de fon retour eft de préfider au fecond début du fieur la Rive, fon protégé, & toujours cher à fon cœur. On dit que ce jeune acteur, fon éleve, qui n'avoit pas obtenu un grand fuccès à fa premiere apparition, s'eft perfectionné dans la province, & même dans les pays étrangers, dont il a remporté les fuffrages : il efpere maintenant briller fur notre fcene, la plus fameufe de l'Europe. Au refte, on célebre beaucoup la générofité de l'antique Melpomene, qui s'arrache ainfi aux grandeurs & aux plaifirs d'une cour, pour fe livrer aux attraits de fa bienfaifance.

27 Janvier. Le difcours de Me. Carlier, avocat, prononcé à la cour des aides le 18 de ce mois, fouffrant des difficultés à l'impreffion par des expreffions peu mefurées, il prend le parti d'en diftribuer des copies manufcrites : comme il eft court & bon, le voici.

Messieurs,

« Notre caufe étoit fur le point d'être préfentée à votre audience, lorfque le temple de la juftice, fermé tout-à-coup, ne s'ouvroit plus aux yeux de la nation, que pour lui faire regretter fes juges légitimes.

»'Tandis que votre zele pour le maintien de
loix , & que votre courage à les défendre ajou-
toit à votre gloire un nouvel éclat, j'aurois cru
avilir mon miniftere fi j'euffe fait entendre ailleurs que dans ce fanctuaire augufte les cris de
l'innocence opprimée que je défends aujourd'hui.

» Un jeune monarque , un nouveau Titus qui
ne veut fignaler fon regne que par des actes de
juftice & de bienfaifance, vous a rendus aux vœux
de la patrie.

» Les acclamations de tous les citoyens vous
ont porté l'hommage dû à votre héroïfme:
cet hommage , Meffieurs , n'eft pas un tribut
paffager.

» Votre illuftre chef lefait germer dans tous les
cœurs : tous les ordres de la fociété veulent vous
enlever fes qualités éminentes , ou veulent les
partager avec vous. L'honnête homme le choifit
pour exemple , le magiftrat pour modele , les
favants briguent fes lumieres , les orateurs fon
pinceau, les plus grands noms fon alliance. C'eft
à l'heureux affemblage de tant de mérites différents que la juftice doit fon rappel & celui de
fes miniftres ; c'eft à lui que je dois le retour à
mes fonctions.

» Qu'il eft flatteur pour moi , Meffieurs , après
quatre ans de filence & d'inaction abfolue , de
vous préfenter , en rentrant dans la lice , une
caufe dont la partie & le premier défenfeur
(Me. Moriffe , procureur) n'ont point été frappés de la contagion qui en a dégradé tant d'autres. »

27 Janvier. On annonce une lettre de M. de
Voltaire fur l'arrêt du confeil, qui rend libre le
commerce des grains dans l'intérieur du royaume.

ne doute pas qu'il n'y faſſe ſa cour à M.
urgot.

28 Janvier. Tout le conſeil a été pour la caſ-
tion du jugement rendu en faveur du comte
e la Blache, contre le ſieur de Beaumarchais,
ſuf M. Baſtard, dont ce plaiſant dit : *Qu'il eſt*
coutumé à ſiffler les pieces avant que la toile
ſ levée, pour exprimer la prévention & la par-
alité de ce magiſtrat. Du reſte, le conſeil a
ſpprimé les expreſſions injurieuſes des mémoires
éciproques des parties ; &, quant au dernier
émoire du ſieur de Beaumarchais, le Roi s'en
ſt réſervé le jugement : on le repréſente comme
n libelle, parce qu'il n'eſt muni de la ſignature
aucun avocat aux conſeils ; qu'il n'a pas été
gnifié à la partie ; qu'au fond, il traite de
eaucoup de choſes étrangeres à la queſtion, &
ue l'auteur s'y permet des ſorties très-peu reſ-
ctueuſes, très-indécentes contre le tribunal qui
a jugé. Il eſt déjà proſcrit de fait, & les ſyn-
ics des libraires ont reçu défenſes de le laiſſer
endre. Le bruit court que c'eſt aujourd'hui au
onſeil des dépêches que le Roi prononcera ſur
et objet.

29 Janvier. Me. Mariette, avocat aux con-
ils, défenſeur du comte de la Blache, inculpé
ns le mémoire du ſieur Caron, a cru devoir
défendre briévement. Il répand une feuille in-
itulée : *Notes ſur le mémoire du ſieur de Beau-*
marchais, contre le comte de la Blache. Il y dé-
are qu'il mépriſe tout ce qui dans ce libelle
eſt que mauvais propos, injures, jeux de mots,
arcaſmes, &c. ; mais il trouve qu'il exiſte dans
et écrit un trait qui intéreſſe ſa probité, & il ne
eut reſter dans le ſilence à cet égard. Sa réponſe

eſt précoce, forte, vigoureuſe & ſans réplique,
dit un mot en paſſant pour juſtifier les régleme
intérieurs de la compagnie des avocats aux co
ſeils, ſur leſquels le plaiſant adverſaire s'étend
s'égaie. Ce dernier point eſt un des griefs qu
oppoſe au ſieur de Beaumarchais pour attaq
ſa diatribe.

3 1 *Janvier*. Les recherches ſéveres faites con
les diſtributeurs de la *Lettre de M. l'abbé T*
rai, &c. ont opéré l'empriſonnement de différe
colporteurs, & rendent ce pamphlet très-cher.

3 1 *Janvier*. La mort de la mere du ſieur Mol
arrivée la veille du ſamedi, où l'on devoit jou
Albert I pour la premiere fois, ayant paru e
ger de cet acteur quelque temps pour ſatisfai
à ſa douleur; ce drame, appellé *Piece* ſur l'aſ
che, doit enfin avoir lieu ſamedi 4 février.

3 *Février* 1775. Il paſſe pour conſtant que
projet de la nouvelle ſalle de comédie à l'emplace
ment de l'hôtel de Condé n'aura pas lieu; l'o
eſt occupé à trouver des moyens pour en établ
une qui ne ſoit pas diſpendieuſe au Roi, &
ſieur Liégeon vient de communiquer un no
veau plan économique au marquis de Condorce
qui s'en eſt chargé auprès de M. Turgot.

3 *Février*. On parle d'une nouvelle brochu
intitulée : *Les deux Regnes*. On n'en connoît e
core que l'*intitulé*, qui promet beaucoup, s'il e
bien rempli.

4 *Fevrier*. Depuis long-temps on ſe plaint d
l'infection que cauſent dans Paris les cimetieres
entr'autres celui des Innocents, où vingt - deu
paroiſſes viennent journellement dépoſer leu
cadavres. Il eſt queſtion aujourd'hui ſérieuſeme
de fermer ce ſéjour de corruption. On aſſure qu

le lieutenant-général de police a proposé de clore par provision pour cinq ans, & d'aviser pendant ce temps aux moyens de supprimer absolument un usage aussi funeste.

5 Février. On annonce la réception de M. le président de Malesherbes à l'académie françoise, pour le jeudi 16 de ce mois, & c'est déjà un empressement prodigieux à se ménager des billets, afin d'entrer à cette assemblée mémorable, plus patriotique encore que littéraire.

7 Février. M. l'archiduc Maximilien, dont la venue en France est annoncée depuis quelque temps, arrive ce soir : on croyoit d'abord qu'il seroit introduit à la cour sous son vrai nom & avec tous ses titres ; mais, à raison de la grande étiquette qu'exigeoit le cérémonial, & tout bien considéré, il restera dans l'*incognito*, & ne se produira que sous un nom étranger. La Reine doit aller le recevoir au château de la Muette & lui donner à souper. Comme S. M. désire qu'il figure convenablement au bal, c'est le bruit de la cour qu'elle lui a envoyé des maîtres à danser à Bruxelles pour le mettre au fait des quadrilles à la mode, les lui faire bien répéter & figurer, & lui fournir par-là les moyens de briller, comme s'il n'étoit point étranger à nos fêtes.

10 Février. Samedi dernier 4 février on a rendu compte au conseil des dépêches du mémoire du sieur de Beaumarchais, dont S. M. s'étoit réservé la connoissance. M. de la Blache, qui avoit au moins l'espoir de la vengeance en cette partie, ne s'est vu que foiblement satisfait. Il a seulement été jugé que le mémoire demeureroit supprimé, & qu'il seroit fait défenses au sieur de Beaumarchais de le faire vendre. Il n'y a encore rien de

décidé sur le tribunal qui sera constitué juge
fond de l'affaire.

14 *Février.* On ne sauroit croire combien M.
Turgot commence à prendre d'ascendant sur l'e
prit du Roi. Il ne peut malheureusement travaill
autant qu'il le voudroit & que l'exigeroient les c
constances ; mais il fait l'impossible. Il est toujou
tourmenté d'une goutte indolente ; héréditai
dans sa famille, qui le tient presque depuis qu
est ministre : on appelle cette goutte *indolente*
parce qu'elle ne le fait pas souffrir, mais lui ô
l'usage des jambes : il se fait porter à bras chez
Roi & assiste ainsi au conseil. S. M. a l'humani
de lui faire donner tous les secours qu'exige so
état ; & l'on cite une circonstance où elle a fa
asseoir ce ministre dans son propre fauteuil,
seul qu'il y ait au conseil.

14 *Février.* M. le comte de Saint-Germain
cet officier général si estimé, qui, par mécontel
tement avoit quitté le service, & appellé à C
penhague, y avoit passé avec la permission d
Roi à la suprême administration, comme pré
dent, premier ministre & feld maréchal, est re
tré en France depuis quelques années, mais san
aucune des récompenses dues à ses services.
avoit confié toute sa fortune à un banquier d
Hambourg, qui vient de faire banqueroute. Le
colonels allemands, au service de France, instrui
de ce fatal événement qui ruine leur ancie
camarade après cinquante ans de travaux, pe
dant une partie desquels il a occupé les plac
les plus distinguées, ont arrêté de se cotis
pour lui assurer une existence honorable. Louis XV
s'est réservé cette bonne action : il a donné u
pension de 10,000 livres au comte de Saint Ge

tain , & celui - ci a refufé d'une maniere noble
& avec les expreffions de la plus vive reconnoiffance le fecours de ces étrangers.

14 *Février*. On parle beaucoup d'une efpié-
glerie de M. le comte d'Ar****. Un intendant de province ayant indifcrétement pénétré
chez S. A. R. l'a trouvé dans un déshabillé que
tout particulier fe permet dans fon intérieur ,
mais qui rendoit le prince méconnoiffable à
ceux qu'il n'admet point à fon intimité ; en
forte que le magiftrat , croyant effectivement
avoir affaire à un fubalterne , encore d'une efpece très-inférieure , a répondu d'un ton brufque
à une queftion que lui a fait le quidam prétendu.
Le jeune prince , point accoutumé à ce ton peu
refpectueux , dans un mouvement d'indignation
a fait fauter la perruque de l'homme de robe &
a ordonné qu'on le mît à la porte. M. de Mon-
tyon , c'eft le nom de l'intendant , s'eft retiré
honteufement : il a été obligé d'effuyer ainfi le
perfifflage des courtifans. On affure que le Roi
a fait des reproches à fon frere de cette vivacité ,
& lui a dit qu'un prince de fon rang ne doit
jamais s'imaginer que perfonne puiffe lui manquer.

14 *Février*. M. le duc de Choifeul a eu l'honneur de donner à fouper avant - hier à l'archiduc Maximilien ; ce qui releve les actions de
ce miniftre difgracié & que la Reine défireroit
remettre en faveur.

15 *Février*. M. Turgot , cherchant à réunir
autour de lui toutes les lumieres des coryphées
de la fecte des économiftes , a fait revenir de
Pologne le fieur Dupont , l'a logé dans fon hôtel ,
& l'a nommé infpecteur - général des manufac-

tures. Ce miniftre ne pouvant introduire dans le commerce la liberté générale qu'il voudroit y mettre, cherche du moins à avoir ainfi des hommes dans fon fyftême pour furveiller ceux qui pourroient agir par des principes oppofés. Ce M. Dupont étoit celui qui préfidoit au journal des Ephémérides expiré fous fa plume.

15 *Février.* Le fieur Gabriel, premier architecte du Roi, donne la démiffion de fa place, & fa majefté lui accorde une penfion de 20,000 liv. Elle a nommé à fa place le fieur Mique, chevalier de Saint - Michel, & ci - devant premier architecte du Roi de Pologne, duc de Lorraine, ce qui doit donner une haute opinion de fes talents inconnus dans ce pays-ci, & de fon économie. On fait que *Staniflas* a fait des chofes charmantes, belles, fuperbes même, en décorations & en édifices, avec des revenus très bornés, & fans être à charge à la province qu'il gouvernoit.

15 *Février.* L'académie royale de mufique fe difpofe à donner demain jeudi trois actes anciens: l'acte *Turc*, l'acte de *la Provençale* & celui d'*Hylas & Eglé*, remis en mufique par le fieur le Gros & fon beau - frere.

17 *Février.* Quoique M. l'archiduc Maximilien ne foit ici que fous le nom de comte de Bourgaw, il y a une difficulté de cérémonial avec les princes, auxquels il ne veut pas rendre la premiere vifite: ceux - ci réclament l'ufage, & fe prévalent des exemples du Roi de Danemarck & de celui de Suede, qui n'ont pas exigé la même prévenance. On efpere que ces grands intérêts d'étiquette fe concilieront ; autrement les princes ne pourroient donner aucune fête à l'Archiduc.

17 Février. L'arrêt du conseil qui supprime un écrit ayant pour titre : *Mémoire à confulter & confultation pour Pierre-Auguftin caron de Beaumarchais,* eft du 4 février. Il y eft dit que S. M. étant dans l'intention de réprimer la licence condamnable à laquelle ne fe livrent que trop fouvent les auteurs de femblables écrits , & de faire fentir les effets d'une jufte févérité à ceux qui abuferoient de leur efprit pour déchirer la réputation des perfonnes avec lefquelles ils feroient en conteftation, a fupprimé ledit imprimé , précédé d'un avertiffement & fuivi d'un errata , comme contenant des faits témérairement hafardés , étrangers à l'objet de la conteftation entre le comte de la Blache & ledit Beaumarchais, & des expreffions injurieufes & contraires à la décence & au refpect que l'on doit à la juftice de S. M. ; fait défenfes audit de Beaumarchais de récidiver fous telles peines qu'il appartiendra.

18 Février. L'acte mis en mufique par le fieur le Gros , n'a pas fait fortune à l'opéra : on connoiffoit les deux autres.

19 Février. S. M. donne demain dans le falon d'Hercule une fête à M. l'Archiduc, qui confiftera en *là fête du Château* `, intermede des Italiens qu'on y exécutera, choifi comme analogue à la circonftance, des proverbes & un bal : peu de perfonnes étrangeres y feront admifes.

20 Février. Tous les obftacles font levés , & le *Barbier de Séville* eft enfin annoncé pour jeudi prochain.

20 Février. Mad. la princeffe de Lamballe qui étoit allée en Bretagne avec M. le duc de Penthievre pour l'aider à faire les honneurs, tandis que ce prince tiendroit les états , eft revenue la premiere , après s'être concilié tous les cœurs de la province. Elle a dû se trouver à la fête d'aujourd'hui ; elle n'est point encore nommée *surintendante de la maison de la Reine* ; place qu'on rétabliroit pour elle, ainsi que le désire S. M. Il se présente des difficultés. Mad. la comtesse de la Marche la réclame , comme la plus ancienne ; Mad. la duchesse de Bourbon, comme la premiere princesse du sang : on croit que cette concurrence gêne beaucoup le monarque, répugnant à faire aucun passe-droit ; indécision dont n'est pas fâchée la comtesse de Noailles , dame d'honneur de la Reine , disposée à se retirer dès qu'il y aura une surintendante , d'autant plus qu'elle ne plaît point à sa majesté, qui l'appelle *Mad. l'Etiquette* , parce qu'elle lui faisoit souvent, lorsqu'elle n'étoit que Dauphine ; des remontrances sur cet objet.

23 *Février*. Tout le monde applaudit au changement du sieur Gabriel, dont l'ineptie & les dépenses excessives dans sa partie ont causé le renvoi car sa démission n'est rien moins que volontaire mais on blâme la pension énorme accordée à cet artiste , auquel il faudroit au contraire faire rendre compte des déprédations dont on l'accuse cette conduite contribueroit fort à soutenir le goût de réforme qu'annonce le nouveau directeur des bâtiments , & à mettre en vigueur la sage administration qu'il veut faire régner dans son département.

24 *Février*. M. le duc de Penthievre est revenu des états : malgré toutes les marques publiques qui lui ont été données de joie & d'attachement par les Bretons , il est constant qu'il ne s'est point fait aimer généralement autant que sa

charmante bru : fon efprit minutieux , craintif
& quelquefois defpotique a déplu.

24 *Février*. La réception de M. le préfident
de Malesherbes à l'académie françoife s'eft effec-
tuée le 16 avec un concours de monde, tel qu'on
n'en avoit point encore vu à femblable cérémonie.
Le difcours du récipiendaire eft imprimé & commence à fe diftribuer, avec la réponfe du directeur , M. l'abbé de Radonvilliers.

Le difcours du premier , interrompu fréquemment , lorfqu'il l'a débité , par les plus vifs
tranfports de l'enthoufiafme, eft un chef - d'œuvre
de précifion , pour l'étendue , la multitude &
profondeur d'idées refferrées dans les bornes
étroites d'une éloquence fimple , rapide & ner-
veufe.

Quant au difcours de M. l'abbé de Radonvilliers , il eft peu fait pour être goûté par com-
paraifon avec l'éloquence moderne ; mais il eft
clair dans fes penfées , fimple dans fes expreffions ,
jufte dans fa maniere d'apprécier les hommes &
les chofes , & conféquemment préférable à tout
le fatras des auteurs à la mode.

26 *Février*. Le différend des princes du fang
avec l'archiduc au fujet du cérémonial ne s'eft
point arrangé , comme on l'efpéroit ; en conféquence ils n'affifteront point aux fêtes, & ils fe
font difperfés dans leurs terres refpectives. M. le
duc d'Orléans eft à *Sainte - Affife*, M. le prince
de Condé à Chantilly , M. le prince de Conti à
l'Ifle - Adam.

26 *Février*. La Reine, jeune , aimant le plaifir
& réfléchiffant peu à la dépenfe , s'étoit confti-
tuée en dette , & a eu befoin de 300,000 liv.
pour les acquitter. Elle a eu recours au contrôleur

général qui, fort embarraſſé & ne s'attendant pas
à cette demande, a ſupplié cette majeſté de lui accorder quelques heures pour ſe retourner. Il n'a eu
rien de plus preſſé que de rendre compte au Roi de
ſon anxiété. S. M. lui a répondu qu'il falloit donner cet argent à la Reine, mais l'apporter en nature
à lui Roi; S. M. s'eſt en même-temps chargée des
repréſentations : en effet on aſſure qu'en remettant
les 300,000 liv. à ſon auguſte compagne, il lui a
fait ſentir que ceux qui l'entouroient, de crainte
de lui déplaire, lui déguiſoient la vérité; il l'a
priée de réfléchir que cet argent provenoit de la
ſubſtance la plus pure des peuples, & ne devoit
pas être conſacré à des diſſipations frivoles.

26 *Février*. Le jeudi-gras empiétant ſur la fête
de ſaint Matthias; M. l'archevêque de Paris s'eſt
oppoſé à ce qu'il y eût bal dans la nuit; en conſéquence il a été avancé & donné le mercredi;
&, pour indemniſer les directeurs du tort que
ce changement pouvoit cauſer à leur recette, on
leur a en outre accordé la permiſſion d'en annoncer
un extraordinaire pour le vendredi à minuit,
moment où la fête finiſſoit; ainſi la difficulté du
prélat a occaſionné deux ſcandales pour les dévots
au lieu d'un.

26 *Février*. *Monſieur* & le comte d'Artois ayant
demandé au Roi la permiſſion de donner une fête
au prince Maximilien, S. M. y a conſenti & a
bien voulu en fournir les fonds qui ſe monteront,
à ce qu'on aſſure, à 600,000 livres. Elle conſiſtera
principalement dans une fête & dans une loterie
gratuite pour toutes les dames de la cour. On a
élevé à cet effet dans le manege de la grande écurie
à Verſailles une magnifique ſalle; tous les jeux de
la foire, en outre, y ont rendez-vous & elle ſera

terminée, suivant l'usage, par un grand bal. Il n'y entrera que les femmes présentées, mais on assure que les hommes auront plus de facilité.

27 Février. Les gens au fait des formules usitées dans les arrêts de suppression d'écrits, rendus au conseil, ont observé que celui concernant le mémoire du sieur de Beaumarchais en contient une extraordinaire & déshonorante en quelque sorte ; celle où l'on dit, *fait défenses audit Beaumarchais de récidiver, sous telles peines qu'il appartiendra.*

1 Mars 1775. On ne parle point avantageusement des fêtes de Versailles, où les gens de Paris, sur-tout les femmes, n'ont pas joué un rôle brillant. L'obstination des princes à ne point vouloir accorder à M. l'Archiduc une distinction qu'il croyoit mériter, sur-tout ayant l'honneur d'être frere de la Reine de France, & S. M. le soutenant dans sa prétention, la hauteur qu'on reproche à ce prince étranger d'y avoir mise ; toutes ces pointilleries ont écarté bien du monde à la suite de ces illustres personnages, ainsi que des princesses, & ont causé un grand vuide dans ces fêtes. M. le duc de Chartres & M. le comte de la Marche, jeunes princes plus sensibles que les autres, ont affecté de se montrer beaucoup à Paris ces jours-là.

2 Mars. Madame la princesse de Lamballe est toujours fort accueillie de la Reine. S. M. empressée de la voir, lui avoit fait écrire de se rendre chez elle à son passage, lors de son retour de Rennes & de ne point craindre de paroître en tel état qu'elle fût. En entrant chez la souveraine, S. A. a été agréablement surprise de se voir peinte sur une glace de l'appartement de la Reine. On ne doute plus aujourd'hui, dans un degré de faveur

fi marqué, qu'elle né l'emporte & n'obtienne fi
furintendance , malgré la prétention des vraies
princeffes du fang.

4 *Mars.* M. le duc *de Coffé*, après avoir célébré fon avénement à la place de gouverneur de
Paris par un bal fuperbe donné le famedi 15. février, & où ont affifté toute la cour, la famille
royale, même la Reine, qui n'en eft fortie qu'à
fix héures du matin, s'eft fait recevoir au parlement aujourd'hui & a fait fon entrée, où il a
joui de la prérogative précieufe & remarquable de
diftribuer de l'argent au peuple.

5 *Mars.* L'Archiduc toujours refté ici fous le
nom de comte de Bourgaw, eft parti. Il n'a fait
aucune fenfation agréable dans Paris & à la cour :
il n'a plu ni par fa figure, ni par fon efprit; il a
paru fans goût, fans amour pour le arts & les belles
chofes. Les plaifants de Verfailles n'ont pas manqué de le qualifier d'une façon très-indécente fans
doute , ils l'ont appellé *l'Archi....* La froideur
que la difficulté fur le cérémonial à fon égard, a
occafionnée entre la Reine & les princes du fang,
n'a pas peu contribué à le faire voir de mauvais
œil.

La derniere fête que les freres du roi ont donnée à cette alteffe le lundi-gras, dont on a parlé
fuccinctement, mérite quelques détails ultérieurs.
Elle confiftoit en une foire, un café, un bal, un
fouper. Elle a commencé à neuf heures du foir :
excepté les billets de la cour, ceux qui ont été donnés aux gens de Paris n'ont fervi qu'à les faire
entrer très-tard & à procurer beaucoup d'humeur
à ces badauds. La dépenfe eft très-confidérable.
On avoit mis à contribution l'opéra, la comédie
italienne, la comédie françoife, Nicolet, Audi-

not, toute la foire , & les fpectacles n'en ont pas été meilleurs.

Celui qui a excité le plus la curiofité , ç'a été le *Poïrier*, opéra comique du fieur Favart, mis en mufique par le chevalier Gluck. On veut qu'il n'ait pas eu le fuccès que fon auteur & fes partifans s'en promettoient.

Fin du vingt-neuvieme volume.